修道女フィデルマの挑戦

ピーター・トレメイン

法廷弁護士にして裁判官の資格を持つ美貌の修道女フィデルマ。彼女がまだ修道女になる前、モラン師が学院長をつとめるタラの学問所に入学した時に出合った、フィデルマ最初の事件「化粧ポウチ」、フィデルマが学問所の最終試験として出された事件の謎を解く「痣《あざ》」、ドーリィーの資格を得、修道女になってからの事件、三晩続けて聞かれた死を告げるバンシーの声の正体「バンシー」、有名なローマ第九ヒスパニア軍団の鷲の謎にフィデルマが挑む「消えた鷲」など全6編を収録。若き日のフィデルマに会える、人気シリーズ日本オリジナル短編集第4弾。

登場人物

化粧ポウチ

フィデルマ……………………モアン王国の王女
モラン……………………タラの学問所の学院長。ブレホン〔法律家、裁判官〕
フィクナ……………………寮母
アルマー……………………学問所の教授。ブレホン
アインダール……………
ドゥーベサー……………　フィデルマの同室者
ブレックナット…………

痣《あざ》

フィデルマ……………………タラの学問所の学生。モアン王国の王女
モラン……………………タラの学問所の学院長。ブレホン
〝アーダーのファービス〟……ドゥルムクリー〔大法官〕

カハルナー……………………テーバァー小王国の王
ソホラ………………………カハルナー王に仕える召使い
ファラナム…………………王の館の執事長

死者の囁《ささや》き

フィデルマ…………………修道女。ドーリィー〔弁護士〕でもある
ラズローン…………………ダロウの修道院の院長
ドンガル……………………ダロウの修道院の修道士。薬師《くすし》
トルカン……………………ダロウの修道院の修道士。厨房《ちゅうぼう》担当
コンリ………………………コンラの族長
セグナット…………………コンリの妻
コルブナット………………旅籠の女将《おかみ》
エッケン……………………旅籠の亭主
フィン………………………羊飼い

バンシー

フィデルマ……………………修道女。ドーリィーでもある
アボーン………………………司祭
エルナーン……………………死亡した農夫
ブリンニャ……………………エルナーンの妻
ブラー…………………………ブリンニャの妹
テイグ…………………………詩人
グラス…………………………粉挽き

消えた鷲

フィデルマ……………………修道女。ドーリィーでもある
エイダルフ……………………サクソン人の修道士。テオドーレ大司教の秘書官
プラトニウス・レピドゥス……ローマ人の修道院執事
ウルフレッド…………………ジュート人
テオドーレ……………………ローマの大司教

昏《くら》い月　昇る夜

フィデルマ……………修道女。ドーリィーでもある
アコブラーン…………モルナの修道院の院長
アビー…………………ヨーハイルの商人
オルカーン……………川船の運送業者。ヨーハイルの商人
ロス……………………船乗り
シェーガーン…………商人
コンナ…………………フィール・マグ・フェイナーの小族長

修道女フィデルマの挑戦
——修道女フィデルマ短編集——

ピーター・トレメイン
甲 斐 萬 里 江 訳

創元推理文庫

WHISPERS OF THE DEAD
AND OTHER STORIES
FROM WHISPERS OF THE DEAD
& THE COMB BAG

by

Peter Tremayne

目次

修道女フィデルマの挑戦

化粧ポウチ——修道女フィデルマ最初の事件——

The Comb Bag

—— [Sister] Fidelma's First 'Case' ——

「ブレホン[1]（古代アイルランドの法律家、裁判官）のモラン様のこの学問所において、あなたが最初の一年間暮らすことになるのが、この部屋です」ふっくらとした、素朴な顔立ちの中年女性は、そう告げながら少し脇に身を寄せて、自分の監督下に入ることになった娘を、先に通した。

戸口に立ち止まった少女は、十六歳ぐらいだろうか。赤みをおびた金色の長い巻き毛が、ふわりと顔を縁取っている。滑らかな象牙《ぞうげ》を思わせる肌だ。ただ、頬の辺りには、仄《ほの》かな薔薇《ばら》色が浮かび、両の頬から鼻筋にかけては、うっすらと雀斑《そばかす》が散っているようだ。くっきりとした唇と、何か物言いたげな口許。だが、その面《おもて》には、今にも悪戯《いたずら》っぽい表情へと一変しそうな気配も、こっそり潜《ひそ》んでいるように見える。瞳の色は、明るい青。しかし光の加減で、時にはきらっと緑のきらめきが現れるようだ。不思議な取り合わせの色合いだ。少女の気分によって、色が変わるのかもしれない。それが、今のようにおとなしやかに伏せられていると、いかにも無邪気な愛らしい少女と見える。しかし、注意深い観察者なら、その奥に、自分の目指すものへ向かう揺るぎない意志を見て取ることだろう。このように初々しい年頃の少女にしては、珍しい気質ではないか。

少女は素早く室内を見まわし、四台の寝台やその他の調度類を、さっと見た。

「では、ほかの方たちと、ご一緒なのですね」質問ではなく、見たことをさらりと口にした、といった発言だった。

案内の女性は、部屋の奥のほうに据えられている簡素な寝台を、指し示した。傍《かたわ》らには、戸棚が一つ、備え付けられている。

「それが、あなたの寝台です。同室の三人とは、すぐに会えますよ」彼女は、そこでちょっと言葉を切ってから、付け足した。「ここで五年間の課程を修了して〈カナ〉の資格を得るまでは、個室は与えられません。その後、上級課程の学生となれば、自分の部屋を貰えます。でも、今は先ず、〈オラーラ〉の資格を得ることに専念して、最初の一年間、ここで学業にお励《はげ》みなさい」

こう説明する彼女の声には、思い遣りが感じられた。むしろ、謝っているかのような口調であった。少女は、それを聞きながら、黙って自分の二、三個の鞄を、寝台のそばに運んだ。

「私物は全て、寝台の傍らのあの中に」と、案内の女性は寝台の横に置かれている戸棚を指差した。「キルヴォラグ[2]も、そこにしまっておくことになっています。ここのムィアギスト〔学院長〉でいらっしゃるブレホンのモラン様は、若い娘たちが学問所の中でキルヴォラグを持ち歩くことを、学則として、厳《きび》しく禁じておられますのでね」

キルヴォラグとは、スカハーン〈鏡〉、ジェメス〈鋏《はさみ》〉、シュレック〈石鹼〉、小さな亜麻布《リネン》などを入れて女性が常時持ち歩く小鞄である。もう少し年上の女性たちは、唇を紅く染めたり眉をくっきりさせたりするための漿果《しょうか》〈ベリー〉の果汁も持ち歩いているが、この少女フィデルマは、その種の化粧品ではなく、スイカズラから抽出したファル〈香料〉を携帯していた。彼女は、そのほかにも、エメラルドの耳飾りや木の葉形の金のブローチといった宝飾品も二、三、入れていた。いずれも、今は亡き母の遺品で、生まれたばかりの彼女を残して世を去った母の思い出の品なのである。

このように小さなバッグではあっても、女性の装いになくてはならない持ち物とされていた。〈選択の年齢〉[3]に達した女性は、必ずこれを携帯しているのだ。だから、これを持ち歩いてはならぬとは、いささか奇妙な規則だ。そう考えて、少女は一瞬、顔をしかめたものの、わずかに肩をすくめて、その思いを払いのけた。

「もちろん、規則は全て、守ります」と、少女は承知した。とにかく、規則は規則だ。

案内の女性は、満足げに頷《うなず》いた。

「ええ、そうでなければね。この規則を、厳しいと思われるかもしれませんが、私どもの学院長でいらっしゃるブレホンのモラン様は、教場に化粧ポウチが持ち込まれると、若い娘たちが気を散らしてしまうことに、お気づきになったのです。化粧ポウチの持ち歩きを禁止なさったのは、そのせいです。入浴や身仕舞《みじま》いは、決まった時間に限られています。お気の毒ですが、この学院の中では、あなたにも、特別待遇は与えられません」

「どうして、私に特別な配慮が必要だと、お考えなのでしょう？」少女は、驚いて、そう問い返した。

ふっくらとした体つきの案内人は、眉根をかすかに寄せた。

「あなたが〝キャシェルのフィデルマ〟(4)様であることは、ごく数人だけですが、よく存じ上げております。ですから、そのことを知らないために、あなたを軽んじて特別待遇を与えなかったというのではありません。ただ、私どもの学問所に国王の姫君をお迎えしたことは、あまりありませんもので、どうお扱いするべきかという前例がなかった、ということなのです。貴族のお嬢様がたは、何人か、おいでですけれど」

少女は顔を赤らめて、弁解気味にそれに答えた。

「父のファルバ・フランは、私がまだ赤ん坊の時に亡くなりました。ですから、私は、ほとんど王の娘として育ってはおりません。今のモアン(5)の君主は、従兄のメイナック・マク・フィーンゲン様です」その声には、かすかに苛立ちが聞き取れた。「私は、本当に、この学院の普通の学生の一人です。地位や特典は、家族が誰であるかによって与えられるものではありません。自分で勝ち得るものだと思います」

「そのように若いお年の方にしては、賢明でいらっしゃる」と女性は、それに答えた。「でも、モラン様がよくおっしゃることですが、聡明な言葉と賢明な行動が、常に手を取り合っているとは限りませんが。ああ、忘れていました。あなたがたは、この後すぐ、新入生の正式な入門式に出席することになっています」と彼女は、扉のほうへ向かいながら、続けた。「荷物を取り出したら、休んでいらっしゃい。間《ま》もなく、今日の授業が終わりますので、同室の学生たちが戻ってきます。その三人が、自己紹介をした後、あなたにどうすればいいか、教えてくれます。三人には、モラン様が新入生に訓示をお与えになる大広間へあなたを連れていくようにと、言いつけてあります。ほかに何か質問があれば、女子学生たちのバン・フォスタ〔寮母〕である私に、お訊ね下さい。私の名は、フィクナです」

寮母は、フィデルマの返事を待たずに、扉を閉めて、立ち去った。

フィデルマは寝台に腰を下ろすと、大きく溜め息をついた。イニシュ・ケルトラのルアダーン修道士の学院での課程を修了してから初めて、それも今突然に、彼女は孤独感に襲われ、心細さを覚えた。法律を学びたいという自分の決意は、はたして正しかったのだろうか？　これまでの何人かの友達、机を並べて一緒に学んできた友人たちは、〈選択の年齢〉(6)に達すると皆、すんなりと結婚してしまった。もっとも親しかった友人、アナム・ハーラ〔魂の友〕のリアダーン(7)は、隣国ラーハン（現在のレンスター地方）出身であったが、彼女も、族長である父親が結婚を調えて待っている故郷に帰り、父の望み通り、ゴール(8)からやって来た戦士スコリアーと結婚した。ほかの幼馴染《おさななじみ》たちは、宗門に入ってしまった。しかしフィデルマは、初老の修道士ルアダーンの優れた個人指導を受けつつ学院に残り、勉学を続けた。そして十六歳になった時、自分が何よりも渇望しているのは法律の勉強だと、はっきりと自覚したのだった。彼女は、ドーリィー(9)〔弁護士〕になりたかった。法廷に立って訴訟事件を論じ、罪ある者を追及し、無辜《むこ》なる人を弁護したかった。彼女は、保護者であり縁者でもあるダロウ(10)の修道院長ラズローン(11)に懇願した。父王ファルバ・フランの没後、ずっと彼女の教育の後見役を務めてくれているのが、このラズローンなのである。彼は、フィデルマのために、ダロウの修道院長としての影響力を揮ってくれた。その結果、今彼女は、もっとも高名なるブレホンの一人であるモラン師が大王《ハイ・キング》(12)の都タラ(13)に創立したこの偉大なる学問所にやって来ることができたのだ。フィデルマは、この法学院の学生に選ばれた喜びに、興奮していた。だが、いくつもの門をくぐり、何棟もの建物が立ち並ぶ敷地の奥へと向かっているうちに、何か説明のつかない重い思いが、暗い波のように胸を満たし始めていた。そして今、突然、一人取り残された孤立感にとらえられた。これまで見慣れてきた光景や人々が、奇妙に恋しい。だがフィデルマは、すぐに気を引き締めて荷解きにかかり、身の回りの品を片付け始めた。

　ちょうど片付け終わった時、扉がさっと開いて、フィデルマよりわずかに年上かと思える三人の娘たちが、部屋に飛び込んできた。ごく上機嫌であるようだ。何か、面白い冗談でも言い合っていたらしく、笑い声が朗らかだった。だが彼女たちは、フィデルマに気づくと、さっと立ち止まり、口を噤《つぐ》んだ。ほかの二人よりやや年長と見える娘が、主導権を握っているようだ。彼女は、フィデルマの前に進み寄った。浅黒い顔に傲慢な表情を浮かべた娘は、フィデルマを吟味《ぎんみ》するかのように、じっと見つめた。

「あなたが、新入りの娘なの?」と彼女は、わかりきった問いを口にした。

「フィデルマと申します」とフィデルマは、大人しく、それに答えた。

「あなたが来ると、聞かされていたわ。私は、この部屋の上級生よ。名前は、〝ドゥーラック・オークのイー・ヘルトゥリー家のアインダール〟。ここで、三年間の課程を修了して、〈フィルムイール〉の資格を授かっています」その声の底に、高慢さが窺えた。

フィデルマは、イー・ヘルトゥリーが北方の王国を治めるオー・ニール王家を宗主とした九つの族長国の一つであることを、知っていた。ほかの二人も近寄ってきて名を名乗ったが、アインダールよりは親しみやすそうだ。二人は、友人の態度に、いささか当惑しているように見受けられた。一人は、金髪に近い明るい髪の、ふっくらとした娘。もう一人は、全く対照的に、黒味の強い褐色の髪をした、肉の薄い顔の娘だった。

　ふっくらとしたほうの娘が、愛想よく微笑みながら、「私は、ドゥーベサー。こちらは、ブレックナット」と、フィデルマに話しかけた。彼女は、アインダールと違って、肩書めいた説明は、付け加えなかった。「私たちは、二年生なの。〈フークラーク〉（初級課程二年の学業の修了者）の資格を目指して、その試験を受けようとしているところよ」

ドゥーベサーに答えようとするフィデルマを制して、アインダールが素っ気なく口をはさんだ。

「私が、この部屋の責任者よ。新入りなのですから、あなたは私の指示に従わねばならないの。一番年下の者として、毎朝、講義が始まる前に、この部屋を清掃し、私の寝台を整えること。それが、あなたの役目。わかった？」

フィデルマは、考えこみながら、年長の娘をじっと見つめた。

その上で、「もしそれが、この学問所の規則なのでしたら」と、アインダールに答えた。「もちろん、そうします」

アインダールは、当然だと思っている自分の権威に対する疑念をフィデルマの声に聴き取って、煩《わずら》わしげに眉根を寄せた。

「私は、この寄宿寮の規則を、あなたに言い聞かせているの。私の言うことを、疑っているの？」

「十分に納得するまで安易に信じてはならないというのが、法律の勉強で最初に学ぶことなのでは？」とフィデルマは、静かに問い返した。「もしそれがこの寮の規則でしたら、もちろん、私も喜んでそれに従います」

ドゥーベサーとブレックナットが、ちらっと目を見交わしてくすくすと笑い始めたが、年長の娘に憤《いきどお》ろしげな黒い目を向けられて、笑いを噛み殺した。

「なんて生意気なの」とアインダールは、フィデルマにぴしりと鋭い声を投げつけた。

「私が十分な敬意や礼儀を示していないとお感じになったのでしたら、ご免なさい。ここに来たばかりですので、どうぞお許しを。ただ、これから私が守らなければならない全ての規則を、はっきり理解しておきたいと思ったのです」

「この寄宿寮で守らなければならない規則は、ただ一つ。私の言いつけには素直に従う、ということだけです」アインダールは、目を怒らせて、それに答えた。

「もしそれがこの学院の規則なのでしたら、今申しましたように、喜んで従います」と、フィデルマは繰り返した。だがその声は、これ以上頭ごなしの押しつけに屈服する気はないと、はっきりと告げていた。

アインダールは、今にもフィデルマを殴りつけるかに見えた。フィデルマは、さっと体を緊張させ、わずかに後ろへ身を傾けた。その目も、すっと細められた。ほとんど目にもとまらぬほどかすかな動きで、フィデルマはもとの姿勢に戻った。見る目を持った者なら、フィデルマがどのような攻撃をも受け止めようと備えたことに、気づいたことだろう。だが、緊張の一瞬は過ぎた。アインダールは、何やら曖昧《あいまい》な呟きをもらしながら、さっと背を向けて、部屋から出ていった。

ドゥーベサーは、同情するように、眉を曇らせた。

「厄介な敵を作ってしまったわね。アインダールは、ここの意地悪ボスなのよ。きっと、何か仕返しをしようとするわ。アインダールのこと、寮母様に報告しておいたほうが良くてよ」

それに対して、ブレックナットは、別の忠告をしてくれた。「アインダールのこと、気にしないほうがいいわ。新しく入ってきた女の子たちに、いつも、ああいうことをするのよ」

遠くのほうで、鐘が鳴り始めた。ブレックナットが、教えてくれた。「あなたは、すぐ、大広間に行かなきゃ。ブレホンのモラン様が、新入生全員に、公式に歓迎の挨拶をなさるの。私たち、ご案内するわ。今の鐘、集合の合図なの」


大広間には、四十人の新入生が集まっていた。新入生たちの前に居並んでいるのは、これから彼らの指導教授になられる学者がただ。ブレホンのモラン師その人の姿も、そこにあった。齢《よわい》のほどは定かに見極められないが、初老の域に達していることは確かだろう。長身で、肩に届く長さの白髪ときれいに刈りそろえた顎鬚。やや眉間《みけん》に寄った灰色の目は、奥に秘かな火が灯っているかのように煌《きら》めいている。何事をも深く見通す鋭さが、そこにはあった。それが、非常に印象的だった。面長《おもなが》な顔に、鼻筋がすっと通った、ほっそりとした鼻、薄い唇。何やら、近寄りがたそうな容貌だ。それでもフィデルマは、その容貌の下に、楽しげな人柄を感じ取った。その気配は、彼がオラヴ(14)〔教授〕がたの誰かしらに顔を向ける時などに、ちらっとその面をかすめた。すると、彼の頬は、ふっと柔らかく和《なご》んで、温かな微笑となる。それにしても、このように間近で彼を目にすることができるとは。彼女は、畏怖の念に打たれずにはいられなかった。ここに坐っておられるのは、大王さえ敬意をお払いになる人物、大王都タラの都における民族の大祭典⑮において、大王に自分のほうから話しかけることすら許されている、偉大な人物なのだ。

「よくぞ、この学問所に集われた」とモラン師は、おもむろに口を切った。歌の調べのように耳に心地よい、やわらかなバリトンだった。「儂《わし》は、新入生諸君を、心より歓迎しますぞ。諸君は、アイルランド五王国⑯を律する法律、すなわち我らアイルランドの全自由民に遵守されておる〈フェナハスの法〉⑰を学ぼうがために、ここへやって来た。諸君のほとんどは、同胞のために法を施行する司法官となることを目指しているのであろうから、これより我が国の数々の法典を勤勉に学んでゆかねばならぬ。司法官になるということは、その肩に重責を担うということだ。良いか、肝に銘じよ。全てを論じつくし、できる限りを悉《ことごと》く試みてこそ、真実が他を圧して力強く立ち現れる、ということを。したがって、諸君は、この先、生涯かけて、常に真実の追求に努めねばならぬ。なぜなら、真実なくして正義の宮居《みやい》たる法を希求することはできぬからだ。この学問所における数年の間に、諸君が学びとらねばならぬことは、無数にある。これよりの数日間、儂は諸君を一人ずつ面接することになる。諸君の資質と、真実と正義への献身の度《ど》を計り、諸君がここにおいて時を浪費することになりはしないかを、判断するためだ。

だが、儂がもっとも見定めたいのは、諸君が欺瞞《ぎまん》に惑わされぬだけの確たる自恃《じじ》を、つまりは健全なる判断力を備えているかどうか、という点である」

フィデルマが幼い時から一番興味を持っていた遊びの一つは、さまざまな言葉の語源探しであったが、自恃（ムィニギーン）と欺瞞（ムィンベック）が語源を同じうする言葉であることには、この時初めて気づいた。だがフィデルマは、自分の注意力が、いつしかモラン師の訓示から離れていることに、はっと気づいた。すでにモラン師は、短い演説を終えようとしているところで、新入生たちに、それぞれの担当教授の許へ赴くよう、指示しているところであった。

フィデルマと数人の少女たちの担当者は、かなり若い女性であった。彼女は、少女たちに、自分はブレホンのアルマーであると名乗った。その若さにかかわらず、かなり厳《いか》めしい風格を備えた女性である。顔立ちも、厳しげだ。だが、このきつい表情の中にも諧謔味《かいぎゃくみ》が潜んでいると思わせる何かが、目許辺りに感じられるようだ。とにかく、アルマーは、その若さで、すでに〈ロサイ〉の資格を授かっている女性だった。そうと知って、フィデルマは感動した。〈ロサイ〉とは、〝偉大なる教授〟という意味を持った単語で、きわめて高い資格なのである。アルマーは、彼女たちを自分の教場に連れていった。彼女たちが、この一年間、法制度の基礎を学ぶことになる部屋である。フィデルマたちは、全ての授業の開始と終了は鐘の音《ね》で知らされるが、その時間は厳守されねばならない、と言い聞かされた。実は、この学院では、授業のみならず、一日の始まりと終わりも、食事の時間も、全て鐘の音で告げられることになっているのだ。

フィデルマが教場を出ると、ドゥーベサーとブレックナットが待っていた。

「学院の中をご案内しようと思ったの」と、ドゥーベサーがフィデルマに話しかけた。

ブレックナットも、「チャッハ・スクレプトラ〔図書室〕は、すぐそこよ」と、説明を始めた。「あなたも、この先ほとんどの時間を、そこで法律書に囲まれて過ごすことになるわよ。特に探したい本がある時には、ラウアー・コメダッハ〔司書〕が親切に手助けして下さるわ」

「それよりも、プレインチャックの場所を覚えるほうが、もっと重大事よ」ふっくらとしたドゥーベサーのこの意見に、ブレックナットは笑いだした。プレインチャックとは、〝正餐の館〟という意味で、この学問所での一日の食事は全て、そこで供されるのである。

ドゥーベサーは、友達の笑いは気にかけずに、フィデルマに説明を続けた。「ここでは、学生に、一日に三回、食事が出されるのだけど、鐘が鳴ったら、遅れずに席に着かなければならないの。さもないと……」と、彼女は肩をすくめて見せた。

フィデルマは、ちょっと考えこんだ。「あらゆる事が鐘の音に従って営まれていて、私たちは鐘の合図に時間厳守で従うことを求められている、ということですね。でも、どの鐘の音が何の合図なのか、どうやって聞き分ければいいのかしら?」

「音色によってよ」と、ブレックナットが答えてくれた。「それぞれの鐘には、それぞれの音色があるの。すぐに、わかるようになるわ。何の鐘かわからない時には、私たちの誰かが教えてあげます。一週間もすれば、あなたも、私たちと同じように聞き分けられるようになってよ」

ドゥーベサーとブレックナットは、気持ちの良いお仲間らしい。フィデルマの見るところ、問題はもう一人の同室者、一番年上のアインダールという娘であるようだ。彼女が弱い者苛めの威張り屋であることは、一目で見て取れた。この先、用心しなければ。少なくとも、フィデルマがほかの二人と共に自分たちの寄宿室に戻ってから始まるイムデイ〔夕べの集まり〕の時刻までは、彼女と顔を合わせないで済むようだ。イムデイとは、本来は〝寝台〟を意味する言葉である。

自分たちの寄宿室へ戻ろうとしていたフィデルマは、寮母フィクナの素朴な姿に気づき、彼女と話してみようと考えて、足を止めた。

「寮母様、この寄宿寮の規則のことを、はっきりお伺いしたいのですが」とフィデルマは、丁重に話しかけた。

寮母のふっくらした顔に、怪訝《けげん》そうな表情が浮かんだ。「寄宿寮の規則？」

「新入生には、何か特別な仕事があるのでしょうか？ 新しく入った学生がやらなければならない仕事があるのかと、思ったものですから。例えば、ほかの人たちの寝台を整えるとか、部屋の掃除とか、あるいは、それ以外にも、何かやることがあるのかと思いまして」

寮母のフィクナは、怪しむように、フィデルマの目を覗きこんだ。「学生は皆、自分の寝台は自分で整え、部屋の自分が占める一画の清掃も、自分で行います。どうして、そのようなことを訊ねるのです？　そうした仕事を、誰かのためにやるようにと、言われたのですか？」

「私は、ただ、寄宿寮の生活に関して、私が知らずに破っている規則があってはいけないと、確かめたかっただけです」とフィデルマは、その問いに答えた。

「何か、問題を抱えているのでしたら、私に相談して下さい、良いですね？」と寮母はそれに応えた。「見知らぬ土地で、見知らぬ人々の間に身を置くことは、時には難しいものです」

フィデルマは、真面目な態度で頷くと、気懸りそうな寮母に、お休みの挨拶をして、同室者たちの許へと戻っていった。

その夜、アインダールは彼女を無視する策に出て、ほかの二人としか、口をきこうとしなかった。二人は困惑しながらも、年上のアインダールに返事をしない訳にはゆかないと感じているらしかった。フィデルマは就寝の支度をしながら、さらに孤独感を募らせた。やがて、全ての蠟燭《ろうそく》やランプを消さねばならない消灯の鐘が鳴った。フィデルマにとって、心地よい夜とは、とても言えなかった。これまで親しんできた世界が、恋しかった。その切ない思いを眠りが包み込んでくれるまでには、時間が必要だった。

フィデルマは、目を覚ました。体に疲れが残り、気分もすっきりしない。ほかの少女たちは、すでに起きだしているらしい。フィデルマはさっと化粧ポウチを摑み取り、すでに教えられていたフォーラカッド〔浴室〕へと急いだ。夜には入浴か全身の清拭《せいしき》を行うが、朝の身仕舞いでは、顔と両手だけを洗うというのが、この頃の慣習であった。フィデルマが、この起床時の洗顔を終えた時には、アインダールとブレックナットは、朝食を摂ろうと、すでにプレインチャックへ出掛けており、フィデルマが迷うといけないと、案内役としてドゥーベサーだけが、待っていてくれた。フィデルマは手早く服をまとうと、化粧ポウチを自分の寝台脇の戸棚に注意深くしまった。

朝食後、同室の少女たちと一緒に自分たちの部屋に戻ってくると、フィデルマは自分の寝台を整え始めた。

アインダールは、腰に両手をあてがって立ち、しばらくフィデルマを見つめていたが、やがて彼女に念を押した。

「忘れてはいないでしょうね、それが済んだら、私の寝台を整えて、部屋を掃除するのも、あなたの受け持ちだということと」

「私、そうは考えていません」フィデルマは、ろくに見上げもせずに、そう答えた。

アインダールは、信じられないという表情を面に浮かべながら、脅《おびや》かすように、前へ踏み出してきた。

「あなたは、考えないでいいの」とアインダールは、ぴしりと言い放った。「ただ、私の言う通りにすればいいのよ」

フィデルマは、体を起こして、彼女に面と向かって立ち、それに答えた。

「私は、昨日、それが学院の規則であるなら、あなたの指示に従う、と言いました。でも、知っていらっしゃるはずですけど、ここには、そのような規則はありませんでした」

アインダールは、目をぎゅっと細めた。「では、寮母さんの所へ駆けつけて、涙ながらに告げ口をしたって訳?」

「告げ口って、何をです？　私はただ、ここの規則について、寮母様にお訊ねして、教えていただいただけです。それとも、寮母様が間違われたのでしょうか？　あなたがその規則とやらをどう解釈し、私にどうおっしゃったかは、ご自分とご自分の良心の問題です。それを私に無理強いなさらない限り、私には何の関心もありません」

アインダールは頰を赤く染めつつも、一瞬、躊躇《ためら》いを見せた。

「では、私の言いつけに従わない気？　どうやら、自分を私と同じ身分だと思っているようね。私がイー・ヘルトゥリー族長国の王女であること、知らないの？　おそらく、イー・ヘルトゥリー族長国のこと、聞いたこともなかったらしいわね」

フィデルマは、傲慢な娘を、興味深く見つめた。

「イー・ヘルトゥリー族長国については、耳にしたことがあります。ケネール・ヌォーガンの小王がたに貢物を納めねばならない、北方の小族長領だとか」彼女は、平静な口調でそう答えて、相手の激昂《げっこう》の炸裂《さくれつ》を待ち受けた。

束の間、アインダールの体が、殴りつけられたかのように揺れた。だが、素早く目を瞬《しばたた》かせると、静かな、だが威嚇《いかく》的な声を、フィデルマに浴びせた。「今の侮辱、覚悟しておくことね」そして、さっと背を向けるや、自分の寝台のそばに置いてあった筆記盤などを摑み取って、部屋から出ていった。

ドゥーベサーは、心配そうだった。「アインダールのこと、この先、気をつけたほうが良くてよ。決して忘れたり許したりしない人だから。いつか、仕返しをしようとするわ」

フィデルマは、きりっと表情を引き締めた。「誰かが、受けて立たなければ。さもないと、一度弱い者に対する自分の力を味わった苛めっ子は、とめどなく力を揮い始めて、次に何を仕掛け、何を要求してくるか、わかりませんもの」

「どうして、ご自分の身分を言っておやりにならなかったの？　あなたがオーガナハト王家⑱の方で、モアン国王の王女だと知れば、アインダールだって、自分の家柄自慢を、少しは控えるわ」

フィデルマは、驚いた。「私がオーガナハト家の人間だと、どこでお聞きになったのかしら？」と、彼女は問いかけた。「私の家族のこと、モラン様と学院の教授がたしかご存じないと、思っていたのですけど」

ドゥーベサーはまごついて、顔を赤らめた。「どこかで、耳にしたの。あなた、〝キャシェルのフィデルマ〟王女なのでしょ？　アインダールのこと、報告なさるべきよ。少なくとも、寮母様には、あの人に苛められていること、話しておいたほうがいいのじゃない？」

「苛めようとされた、よ」とフィデルマは、ドゥーベサーの言葉を訂正した。

「とにかく、あの人の事、報告しておくべきよ。少なくとも、あなたのご家族のほうが、あの人の一族の小族長たちより遙かに強大なのだってことを、言っておやりなさいな。そうしたら、あの人の弱い者苛めもおさまるわ」

フィデルマは、首を横に振った。「私たちは、〝良きブレホンは、高慢であってはならぬ。自らの家系も、誇ること勿《なか》れ〟と教えられていますわ。アインダールは、私を服従させようとして、自分の家柄と地位を誇示しました。もし私があの苛め屋の上に立とうとして、自分の家系を自慢すれば、私も彼女と同列になってしまいます。それ、残念なことではありません？」

その時、鐘の音が聞こえて、ドゥーベサーとブレックナットは、気遣わしげに目を見交わし合った。

「あれは、授業開始の鐘よ。ご自分の教室への道、覚えていらっしゃる？　私たち、逆方向に行かなければならないのだけど」

「行き方、覚えています。心配なさらないで」とフィデルマは、二人に請け合った。

二人の少女は、出ていった。フィデルマは、粘土の筆記盤や鉄筆を取り上げ、彼女たちにちょっと遅れて部屋を出て、廊下を急いだ。もう、鐘は鳴り終わっていた。廊下の先のほうには、こちらへ向かってくる寮母の姿があった。寮母は、フィデルマに、首を横に振って見せた。

「遅刻ですよ、フィデルマ」と彼女は、フィデルマに声をかけた。「お急ぎなさい。ブレホンのアルマー先生が教室へ向かおうとしておいででしたよ。先生は、学生のだらしなさを、とてもお嫌いになります。早く、お行きなさい」

フィデルマは、走ることにした。ちょうど廊下の曲がり角にさしかかった時、逆のほうからやって来たらしいアインダールが、ぶつかってきた。廊下の角の曲がり具合で、フィデルマが見えなかったらしい。二人とも狼狽《ろうばい》して、よろめいたが、アインダールのほうは、そのまま転んでしまった。彼女は、必死にフィデルマにしがみつこうとした。わざとそうした訳ではなかったようだが、彼女がぎゅっと掴んだのは、フィデルマの頭髪であった。寮母のフィクナが振り返り、二人を助け起こそうと、慌てて戻ってきた。アインダールは、フィデルマを睨みつけた。

「また、あなたね。今に、思い知らせてあげるわ」とアインダールは、押し殺した鋭い声を、フィデルマに浴びせかけた。

寮母は、気遣わしげに眉を曇らせて、「二人とも、すぐに自分の教室にお行きなさい」と、忠告した。「とりわけ、あなたはね、フィデルマ。この学院での最初の授業に遅れるなんて、よくありませんよ」

フィデルマは、アインダールを無視して粘土の筆記盤や鉄筆を拾い集め、廊下を急いだ。廊下の端まで来た時、ちらっと後ろを振り返ってみると、アインダールと寮母は、まだ立ち話をしていた。アインダールは、何だか、寮母に笑顔を見せているようだった。

その後すぐに、フィデルマは教室に入っていくことができた。だが、ブレホンのアルマーは、一年生の第一日目の授業を、すでに始めようとしていた。彼女は、感心できないという表情で、フィデルマを迎えた。

「この学問所で、私どもは、時間厳守だけでなく、きりりとした身仕舞いをも、誇りとしているのですよ、フィデルマ」

「申し訳ございません、アルマー様。教室の外で、転んでしまったのです。なぜなら……」

「私は、あなたがそのように乱れた恰好《かっこう》をしている理由に、関心を持ってはいません。要は、あなたが私の授業に出席するにふさわしい身なりではない、という点です。髪が、ひどく乱れていますよ。ただちに自室に戻って、身なりを整えてから、戻っていらっしゃい」

フィデルマは、学生たちの忍び笑いに気づいた。彼女は抗議しようとしかけたが、そのようなことをしても何にもならないと、すぐに思いとどまった。彼女は、ただ黙って頭を下げ、よくわかりましたという気持ちをその態度で示して、教室を出た。こういうこともあるから、化粧ポウチを携える必要があるのに。この事件は、学院内で化粧ポウチの携帯を禁じるなんて、ばからしい規則だという彼女の批判を、改めて確認させてくれたようなものだった。

フィデルマは、寄宿棟へ入り、自室へ向かおうとした。その時、扉が閉まる音が聞こえた。彼女は、思わず躊躇った。丸々とした寮母の姿が、廊下を去ってゆく。フィデルマは、寮母がほかの部屋へ入っていくまで待ってから、自室に入り、自分の戸棚へ向かった。だが、化粧ポウチは、彼女が置いた場所から消えていた。フィデルマは、一瞬、化粧ポウチが失せたとは、信じられないでいた。

今朝、化粧ポウチをどこに置いたかは、はっきりと覚えている。ところが、それが無くなっている。それでも、自分の思い違いかもしれないと考えて、入念に探してみた。だが、無駄だった。となると、とても信じられないことではあるが、何者かが持ち去ったと考えるしかないようだ。たまたま何かの拍子に失せたということは、絶対にあり得ない。彼女の化粧ポウチは、意図的に持ち去られたに違いない。つまり、盗まれたということだ。

そう気がついて、フィデルマは息を呑んだ。盗難にあったと、学院に届けるべきだろうか？でも、その手続きを取ることは、何か躊躇われた。エール五王国の中でもっとも権威ある法学院において、到着したばかりだというのに、自分が盗難の被害者になるなど、とても信じられない。

フィデルマは、はっと思い出した。教室に戻らなければならなかった。アルマー先生が、待っておられるはずだ。もうすでに、十分厄介事を巻き起こしているというのに。フィデルマは、ドゥーベサーの戸棚を開け、彼女の櫛《くし》と鏡を借りて、乱れ髪を整えた。それが済むと、借りたものをドゥーベサーの化粧ポウチに戻したが、その前に、櫛はきれいに拭いておいた。そのポウチをドゥーベサーの戸棚に戻しながらフィデルマは、後ろめたかったものの、ふっくらとした体つきの少女のほかの持ち物に、ちらっと目をはしらせずにはいられなかった。だが、もう一つ余分な化粧ポウチを隠しておく余地など、戸棚にないことは、一目瞭然であった。でも、どうしても気になる。フィデルマは、さらに二、三分、時間を費やして、ほかの二人の戸棚も、覗いてみることにした。実を言えば、本当に調べてみたいのは、アインダールの戸棚だった。だが、わかったのは、彼女がきれい好きな几帳面な娘であるということだけ。フィデルマは、メダ〔寝台〕の下まで覗いてみたが、アインダールの所持品の中に、余分な化粧ポウチなどないことは、すぐに見て取れた。最後に、ブレックナットの戸棚も開けてみた。だが、結果は同じだった。探してみる場所など、ほかにはなかった。

もう、アルマー先生の教室に引き返すほかはない。

フィデルマがふたたび教室に入っていくと、ブレホンのアルマーは視線を上げた。

「ずいぶん、手間取りましたね」彼女の最初の言葉は、叱責だった。

「申し訳ありません。慌てて戻ってこようとしたもので、曲がり角を間違えてしまいました」

自分が口にした嘘に、フィデルマは顔を赤らめた。

アルマーは、しばらく無言で彼女を見つめた上で、「少なくとも、戻ってはきたのですから、まあ、良しとしましょう」と、言ってくれた。「でも、心得ておきなさい、良きブレホンの七つの資質には、〝身体は清潔なること〟、〝身仕舞いは端正なること〟、とありますよ。そのほかの資質がなんであるか、知っていますか？」

フィデルマは、やや躊躇ったものの、修道士ルアダーンから教えられた知識を、繰り返した。「〝真実の追求に際して、不屈なること〟、〝その追求に忍耐強くあること〟、〝高慢心なきこと〟、〝その結論に、悪意なきこと〟、〝就中《なかんずく》、正義が映し出されたる真実を求めること〟です」

アルマーは、フィデルマをしげしげと見つめた。「何やら、上《うわ》の空の答えでしたね、フィデルマ。何か、あるのですか？」

フィデルマは、即座に首を横に振って、ふたたび自席に戻った。

残りの時間、フィデルマは授業を受けながら、胸の内で消え失せた化粧ポウチの謎をあれこれと考え続けていた。誰であれ、どうしてあれを持ち去ったのだろう？　中に入っているのは、ほとんど何の価値もないものばかりなのに。ただ……。彼女は、ある事にふっと思い到って、唇をきゅっと引き結んだ。あの中には、亡き母上の宝石が入っていた！　これまで、あの宝石類を、自分の心の宝物としてしか、考えたことがなかった。でも、今初めて気づいたけれど、あれは高価な品なのだ。ああ、そういうことなのか！　犯人は同室者の中の一人だと、本能が彼女に囁《ささや》いている。そしてフィデルマは、その少女の戸棚に自分の化粧ポウチがなかったにもかかわらず、犯人は彼女だと、ある娘に疑いを向けていた。

彼女が部屋に戻った時には、もう正午になっていて、同室の娘たちは、エタル・ショッド

〔昼食〕を摂りに、食堂へ出掛けようとしていた。フィデルマは、彼女たちには目もくれず、真っ直ぐ自分の戸棚へ歩み寄り、その扉をさっと開いた。もしかしたら、化粧ポウチは元に戻されているかもと、半ば願ってはいたが、むろん、そのはずはないと、わかっていた。それを確認するには、一瞥すれば十分だった。フィデルマは、娘たちに向きなおった。

「私の化粧ポウチが盗まれました」フィデルマの前置き抜きのこの鋭い発言に、三人の娘たちは目を見張った。

短い沈黙の後、先ず嘲笑《ちょうしょう》的な口調で口を切ったのは、アインダールであった。「おや、まあ！　あなた、予備の石鹸や櫛を持っていないの？　それに、そんな他人が使った化粧品を欲しがる人、いるかしら？　覚えておくといいわ、フィデルマ。この学院の学生は皆、誇りをもって清潔な身仕舞いを心がけているのよ。他人の手垢《てあか》のついた化粧品で自分を汚《よご》そうとする人なんか、いるものですか」

フィデルマは、アインダールを、注意深く見つめた。「無くなったのが、普通の中身でしたら、代わりは簡単に手に入ります。でも、私の化粧ポウチに入っていたのは、高価な宝石類でした。ですから、事は単なる化粧ポウチの盗難という以上の意味を持つことになります」

アインダールの目が、心持ち大きく見張られた。だが彼女は、フィデルマに答えることはしなかった。

「誰のことを、疑っておいでなの、フィデルマ？」と、ブレックナットが静かな声で、問いかけた。

「化粧ポウチは、浴室から戻ってきた時、自分で戸棚にしまったのです。朝食を摂りに、ご一緒に食堂へ出掛ける前のことです。ですから、盗みは、私が朝食を摂っている間か、私が教室に出掛けた後に、行われたことになります」

「あなたは、たった今、ごく簡単に戸棚の中を覗いただけだったじゃないの」とアインダールが、突っかかるような口調で指摘した。「中を、ろくに見もしなかったわよね？　戸棚の中、ずいぶん乱雑だったわ。だから、衣類の下に潜り込んでるのではないの？」

「私の戸棚の中の様子、私よりもよく、ご存じみたい」とフィデルマは、静かな声で、アインダールに答えた。「いつ、私の戸棚の中をお調べになったのかしら？」

「私たちが授業から戻ってきた時、この部屋にいたのは、アインダールだけだったわ」とドゥーベサーが、悪戯っぽい微笑を浮かべながら、情報を提供してくれた。

アインダールがさっと立ち上がり、「私、盗ったりしていないわ」と叫んだ。だが、事態を考えてみたらしい。彼女は、自分の行動を認めた。「ええ、つい今しがた、一番早く部屋に戻って、確かにあなたの戸棚の所へ行ったわ。何か、あなたに意地悪がしたかったの。でも、戸棚の中は、乱雑に散らかっていただけだった。私、戸棚の扉を閉めて、自分の寝台のほうへ戻ったの。何一つ、手を触れてはいないわ。これ、本当よ」

「ええ、本当にそうだったでしょうね」とフィデルマは、彼女の言葉を認めた。「今朝、教室へ行く途中で、あなたにぶつかりましたね、アインダール。そのせいで、私はアルマー先生に、自分の部屋に引き返して身繕いをしてくるようにと、命じられてしまいました。でも、その時、私の化粧ポウチは、すでに失せていました。となると、ポウチは、一時限の授業が始まる前のわずかな隙に持ち去られた、ということになります」

「でも、〝一時限の授業が始まる前〟といったって、朝食の後、私たちはみんな、朝の授業を受けるために、ほとんど一緒に部屋を出たのよ」と、ドゥーベサーが指摘した。「あなたの化粧ポウチを盗む唯一の機会は、午前の授業の後、私とブレックナットが戻ってくるまでの間しかないわ。そしてアインダールは、自分が一番早く部屋に戻ってきたと、今、はっきり言っているのよ」

「そして私、その後ずっと、部屋から出ていないわよ！」とアインダールは、挑むように、ドゥーベサーの発言に付け加えた。「もし私がドゥーベサーとブレックナットが入ってくる直前に化粧ポウチを盗んだのなら、私には、それを隠す時間はなかったはずよ。隠すとしたら、この部屋の中しかないわ。探してみたらいかが？」

フィデルマは、一時限の教室に戻る前に、自分ですでに探してみたと、三人に告げようとしかけた。だが、思いとどまった。彼女の胸の中で、ある考えが、次第に形をとり始めていた。そして突然、それがくっきりと見えてきた。フィデルマの頬に笑みが浮かんだ。「それ、いい考えでしょうね」と彼女は、きっぱりとアインダールに答えた。「私、先ず、あなたの戸棚から始めさせてもらいます、アインダール。それが、当然の手順でしょうから」

アインダールは、挑戦的な顔で、両腕を組んだ。

「だったら、そうなさいな」

フィデルマは、ドゥーベサーに向きなおった。「アインダールの戸棚の中を探す役目、あなたにお願いしますね。私が探すと、何らかの早業でごまかしをやったと非難されるかもしれませんから」

ドゥーベサーは、いささか驚いたらしいが、すぐに満足そうな表情が、その面をかすめたようだ。彼女は歩み寄って、アインダールの戸棚の扉をさっと開くと、後ろへ一歩引き下がった。

フィデルマは、中を覗くために、前へ進み出る必要はなかった。彼女の化粧ポウチは、棚板の上に載っていた。隠そうとさえ、されていなかった。

アインダールが、そちらへ視線を向けた。彼女の口が、わずかに開いた。

ドゥーベサーが手を伸ばして、意気揚々と化粧ポウチを取り上げ、それをフィデルマに渡した。そして、忠告した。

「おっしゃっていた宝石が中に入っているかどうか調べたほうがよくてよ」

フィデルマは、ポウチを受け取り、中を覗いてみた。フィデルマには、中身が全て、ポウチに納まっていることも、宝石が手つかずであることも、すでにわかっていた。化粧ポウチが盗まれたのは、そのためではなかったのだから。

「どうなさるおつもり?」とアインダールが、囁《ささや》くようにフィデルマに問いかけた。「誓うわ、私、決してあなたの化粧ポウチを盗んではいないし、それを自分の戸棚に隠しもしなかった」

「あなたがそのようなことをなさらなかったことは、よくわかっています」アインダールさえ驚いた、フィデルマの返答だった。フィデルマは、振り向いて、化粧ポウチを自分の戸棚にしまった。

「では、誰の仕業だったの?」とドゥーベサーは、顔を赤く染めながら、フィデルマに答えを求めた。「ブレックナットか私を疑っていらっしゃるの?」

フィデルマは、悲しげに微笑むと、彼女たちを一人一人見つめながら、問い返した。

「私が、あなたがたを、何について疑っているとお思いになるのかしら?」

少女たちは、すっかり戸惑ってしまったようだ。

「どうなさるおつもり?」とアインダールが、ふたたび問いかけた。

「せっかく、私のために整えられた計画ですもの、乗ってみるべきではないかと、考えているところです。皆様も、そうお思いになりません?」

フィデルマが返した返事は、謎めいた問いかけだった。

「私には、何のことやら、さっぱりわからないわ」とブレックナットは、はっきりした説明を、さらに求めた。

「今に、おわかりになるわ」とフィデルマは、溜め息をもらした。

ちょうどその時、昼食を知らせる鐘が、鳴り始めた。

フィデルマは、言葉を継いだ。「エタル・ショッドを摂りそこねそうね。私たち、昼食を抜きにする必要、ないのではありません？」

そう言うと、驚いて顔を見合わせている三人を残して、フィデルマは部屋を出てゆき、食堂へ向かった。

フィデルマが、廊下の少し先に、寮母フィクナの姿を見かけたのは、部屋を出てすぐのことだった。

「急ぎの話があるのです。ブレホンのモラン様にお目にかかれないでしょうか？」とフィデルマは、寮母に話しかけた。

「どういうことで？」と驚いた寮母は、フィデルマに訊き返した。

「個人的な話なのです」

「個人的な？　ちょっと、お待ちなさい。この学問所には、いろいろと規則がありましてね。もしモラン様にお会いしたければ、先ずその理由を寮母の私に説明しなければならないというのも、そうした規則の一つです」

「盗難事件があったのです」

「盗難？」寮母の目が、ぎゅっと細まった。

「何が、誰によって盗まれたのです？」

「盗まれたのは、私の個人的な持ち物です」

寮母の顔に、奇妙な表情が浮かんだ。〝やっぱりね〟と満足したようにも見える表情だった。「アインダールを疑っておいでなのかしら？」と寮母は、フィデルマに問いかけた。「アインダールと、何か揉め事があったようですものね。いえ、否定なさらなくてもいいのですよ」

「疑っているのは、アインダールではありません」

一瞬、寮母は、びっくりしたらしい。

「アインダールではない？　どういう訳で……」

「ブレホンのモラン様にお目にかかる前にお話しするのは、ここまでと、心づもりをしておりますので」とフィデルマは、態度を変えようとはしなかった。

寮母フィクナはちょっと躊躇《ちゅうちょ》したが、すぐに肩をすくめて、フィデルマに告げた。「人に疑いをかけるということは、重大な行為です。あなたは、部屋に戻らないほうがいいでしょう。チャッハ・スクレプトラで、私をお待ちなさい。モラン様に、あなたにお会いになるかどうか、伺ってきますから」

フィデルマは、図書室で、寮母を待った。待ち時間は、ずいぶん長く感じられた。

そこで、この機会を利用して、司書の助言を借りながら、窃盗の種類や窃盗事件の処分に関する法律書を探してみることにした。司書は、フィデルマに適切な文献を教えると、用があるのでと断って、図書室から出ていった。かなり経ってから、やっと寮母が姿を現し、こちらに来るようにと、手招きをしてくれた。

「さあ、モラン様の前に、ご案内しますよ。ご自分がしようとしておいでの訴え、よくお考えになった上でのことであれば、良いのですけど」

フィデルマは、ただ、微笑んで見せた。

一、二分後、フィデルマは、この法学院の創立者であり学院長でもある人の前に立っていた。フィデルマにとって、初めての経験だ。寮母のフィクナは、フィデルマをブレホンのモラン師の前に案内すると、少女を一人残して退室してしまった。高名なる法律家の面前に立って、フィデルマは、ふたたび、身が竦《すく》む思いを味わった。モラン師は、椅子の背に深く身を凭《もた》せて、入ってくるフィデルマを、無表情な顔で見つめている。ただ、その目だけが、内なる光に照らされているかのように、生き生きと輝いていた。

少女が自分の前にぎこちなく立つと、彼は「さて、〝キャシェルのフィデルマ〟」と、声をかけた。「儂に会いたいと、求めたそうだな。その方《ほう》、寄宿寮の同室者の一人を、自分の化粧ポウチを盗んだとして訴えていると寮母のフィクナから聞いたが、その通りかな？　これは、由々しきことだぞ」

フィデルマは、モラン師がすでに事件を知っていることに驚いたが、その驚きは押し隠して、

「盗まれたのが私の化粧ポウチであるとは、まだ申し上げておりません」と、鋭く答えた。「それを行ったのが、同室の学生の一人であるとも、申しておりません」

「フィクナが……」と、モラン師は言いかけた。

「どうやら」とフィデルマは、モラン師だけでなく、自分でも驚いたことに、モラン師の言葉をさえぎって、しゃべりだしていた。「どうやら、フィクナ寮母様は、モラン様に報告する前に、ご自分で私の同室者たちを問い質《ただ》しておこうと考えられたようですね」

「この学問所では、何らかの問題が生じた時、そうするのが寮母の役目なのだ」と、学院長でもあるブレホンは、急いで説明した。「では、自分の訴えを否定するのか？」

「否定はいたしません」とフィデルマは、静かに、それに答えた。

「フィクナの報告によると、この盗難は、今朝のことだったそうだな。どうして即座に報告しなかった？」

「盗難があったとしか、わかっていなかったのです。そこで、どのような訴えであれ、先ずは調べてみて、事件の謎を解明してからご報告するほうがいいのでは、と考えました。誰だかわからない人物が盗みを働きましたと申し出ても、不毛の訴えにしか、ならないでしょうから。誰が盗んだのかを見つけてから訴え出るほうが、良いはずです。証拠を提出することができれば、さらに良いのではありませんか？」

ブレホンのモラン師は、考えこみながら、頷いた。

「なるほど、実に見事な手順だな」そして、急に自分の前の椅子を指し示した。「坐りなさい」

フィデルマは、指示に従った。

「その方は、今は亡きキャシェル王ファルバの息女であったな。その方の縁者のダロウの修道院長ラズローン殿が、その方の知性を高く評価して、この法学院へ推薦して寄こされたのだ。どうして法律を学びたいと考えたのだ？」

「法律は、社会の福利と良き統治の根底だからです」

ブレホンのモラン師は、少女を真剣な眼差《まなざ》しで見つめた。

「娘よ、抽象的な返答だな。儂の問いの返事とは、なっておらんぞ」

「なっていると、思います」とフィデルマは、即座に切り返した。「共同体を、言い換えるなら、社会を、築き上げるためには、何が善であり何が悪であるかの、根本的な合意が必要です。法や規則の中に明確に投影されるはずの、この根底的な合意なくしては、社会は成り立ちません。そして、混乱が我々を支配することになります。何の秩序もなく、人々に指し示す指針もない社会は、もっとも強力なる者、自分の意図を力でもって強制する者の支配するところとなってしまいます」

フィデルマは、少し身を乗り出して、自分の考えを披瀝《ひれき》していた。

「私たちの社会は、共有の理念と原理で、一つに統一されています。言い伝えによりますと、千年以上もの昔、アイルランド五王国の津々浦々において、人々が同じ理念と原理を共に奉ずることができるようにと、時の大王オラヴのフォーラが大勢のブレホンがたに命じて、数々の法を集大成なさいました。私たちの社会が、今、共有の理念と原理でもって統一を保っておりますのは、この大法《たいほう》があればこそ、です。これらの法典がなければ、社会は崩壊してしまいます。法律とは、共有の道徳を確立するために設けられているものなのです。ですから、法と衝突する行為は、社会の道徳観念とも、ぶつかり合うことになります。私は、よく考えておりました。人は、どうして法を破るのだろう、その結果、社会と衝突することになるのにと。私が法律を学び、弁護士になりたいと望んでおります理由は、それなのです」

モラン師は、口許にかすかな笑みを浮かべながら、彼女の意見に耳を傾けていた。

「しかし、もう少し時間をかけて熟考すべき点が、ほかにもあるのではないかな。法とは、社会共通の道徳律を確立してゆくために生み出されたものであり、律法に悖《もと》る行為を行った者は、社会との軋轢《あつれき》を味わうことになると、その方は述べた。共同体総体の道徳律を守っていくためには、そのような違反者には強制的な力をもって臨むことも許される、と考えるのかな？　それが、その方の論旨であったと思うが？」

フィデルマは、その通りであると、認めた。

「では」と、ブレホンのモラン師は続けた。「世代は次々と変わっていくが、道徳律は不変なのか？　もし社会が、つまり儂は、法を施行する人々のことを指しておるのだが、もし社会が、それを構成する人々が納得しかねる法律を押しつけてきた場合、どうなるのだ？　言い換えるなら、道徳に悖る法律、正義に背く法律なるものがあるのであろうか？　そういう法律が現れた場合、誰が、それを徳義に反する法、正義なき法と、見定めるのか？　その問題を考えてみよ」

フィデルマは、眉をひそめた。「考えてみます。でも、三年に一度、ブレホンがた、高位の聖職者がた、国王や貴族がたがお集まりになり、法とその適用を考察するための会議を開催なさっておいでです。皆様は、その会議で、法についての見解や、人々からの請願を熟考なさいます。もし、ある法が正しくない、あるいは訂正を必要とするとお考えになられましたら、その法は、民の意思に従って、論議され、変更されることになっておりますが？」

「すでに、十分、考察していたようじゃな、〝キャシェルのフィデルマ〟。では、法を破った者に対して、どう対処すべきかについても、自分の見解を持っておるのであろうな？」

「すでに社会に認められている定めを破り、それによって社会の合意を揺るがした者には、その行為を禁じなければなりません」と、フィデルマは認めた。「社会の総体的な道徳律を遵守してゆくためには、それを拒否する者に対して、強制的な力を適用することも、認められるべきだというのが、私の考えです」

「別の言い方をするなら、そうした者たちを罰する、ということか？　異国においては、キリスト教という新しい教えが認めておる〈レクス・タリオニス〉、すなわち、〈懲罰法〉という法制度を用いている国も多い。〝目には目を、歯には歯を〟という考え方だ。彼らに賛同するのかな?」

「その法制度は、私どもの社会が目指すものでは、ありません。私どもの法は、〈矯正法〉です。法に背いた者に、反省させ、自分の違反を後悔させ、被害者に対して弁償させる、という処分を用います」

モラン師は、ゆっくりと頷いた。

「我等の法の精神の原理を、しっかり把握しておるようじゃな」と、モラン師は、フィデルマを評価した。「では、その方の化粧ポウチを盗んだ学生に対して、どのような罰を与えるべきだと考える?」

フィデルマは、躊躇った。ブレホンのモラン師は、一体どこへ、私を導こうとしておられるのか? こうして会っていただこうとした目的から、話はずいぶん逸れているではないか?

「処分についての結論を述べる前に、何か言いたいことが、もう少しあるようじゃな?」モラン師は、フィデルマをじっくりと見つめながら、問いかけた。「窃盗についての処罰は、盗品が単品であれ複数の品であれ、その盗品の価値のみでなく、持ち主の社会的地位が考慮されるということも、忘れるでないぞ」

「先ほど、図書室でフィクナ寮母様をお待ちしております間に、『ブレハ・イム・ガッター』〈窃盗に関する法規〉という法律書を読んでおこう、と考えました」とフィデルマは、モラン師に答えた。

モラン師に、驚いた様子は見えなかった。おそらく、彼女が図書室を訪れたことも、そこで法律文献を探していたことも、司書から報告されていたのであろう。

「さて、その方の判決は、どうなる？」

「窃盗に関して、法律は、それがどのような状況の中で犯されたかという点に、十分に注意を払います。つまり、窃盗の誘因についてです。例えば、無知のせいだったのか、不注意のせいか、それとも泥酔や精神の異状によるものだったのか、あるいは、精神的な緊張の下《もと》での行動だったのか、といった点に留意しております」

モラン師は、何も言おうとはしなかった。何か面白がっているかのような表情で、彼女を見つめ続けているだけだった。

「さまざまな問題点の中でも、法は、傍観者や共犯者についても、彼らが犯行にどの程度関与していたかを、十分に考察しております」

「その法律について、むろん、儂は、承知しておるぞ、フィデルマ。それなのに、何を言いたいのじゃ？」とモラン師は、フィデルマに返答を求めた。

「私の判定をお聞きになる前に、私が訴えている人物は誰なのかを、お訊ねになるべきなのではありませんか？　私が誰に疑いをかけて訴えているのかをお知りになろうともなさらずに、いきなり私の判定に突き進まれるとは、非常に興味深うございます。それとも、それが誰であるのか、すでに推定しておいでなのでしょうか？」

「その人物とは、〝イー・ヘルトゥリーのアインダール〟であろう？　その娘との間に、何か問題があったと、バン・フォスタのフィクナから報告を受けておるからな。アインダールは化粧ポウチを盗んだと、認めておるのか？」

「私は、寮母様に、犯人はアインダールだと、はっきり申し上げてはおりませんが」

モラン師は、驚きを押し隠そうとしたが、うまくゆかなかった。

「はっきり申し上げてはおらぬ？　儂は、その方が、この盗難事件をすでに見極めていると、思っておったのだが。アインダールは、その方を屈服させようとしたが、うまくゆかなかった。そこで、その方に仕返しをした、ということではなかったのか？　とすると、アインダールの処罰は、どうなる？　その方たち二人の対立という報告は、どうなるのだ？」

「でも、それは、私が仕組んだことではございません」とフィデルマは、静かに告げて、首を横に振った。「アインダールですか？　〝ラーハ・クルーアンナ〟という表現を、ご存じだと思いますが？」

モラン師は、軽く眉を上げた。「〝囮《おとり》の鴨《かも》〟のことか？」

「時として、目指す道が、ごくはっきり見えていることがあります。あまりにも、はっきりしすぎていることが」と、彼女は答えた。

「では、窃盗を働いたのは、誰だったのだ？」

「私の同室の学生たち全員と共謀したという点で、私はフィクナ寮母様を、有罪であると申し立てます。彼女たちは、皆それぞれ、自分の役割を課されておりました。でも、学生たちに罪はありません。なぜなら、三人とも、それぞれの役割を演じるようにと、寮母様に命じられてのことですから。寮母という地位にある方からの言いつけですもの、三人は従うしかありませんでした」

「では、それが本当だとして、フィクナはどのような罰を受けることになる？」

「寮母様は、いかなる咎《とが》めもお受けにならないというのが、私の判定です。あの方もまた、私の化粧ポウチを盗むよう、指示されていらしたのですから。法に照らし合わせてみれば、寮母様がなさったことは、〝緊張の下での行為〟と断定されましょう」

ブレホンのモラン師は、眉をつっと上げた。表情も、厳しくなった。

「それを、どうして〝緊張〟と解釈できるのだ？」モラン師の問いは、むしろ詰問調であった。

「あくまでも、その線を追うつもりか？」

「ほかに、追うべき線は、ございません」とフィデルマは、怯《ひる》むことなく、それに答えた。

「寮母様は、化粧ポウチを盗むようにとの指示をお受けになった時、それを拒むことができないで、大変な緊張を強いられていらしたことでしょう。ですから、私は、寮母様の行為を、〝緊張の下での行為〟と、判断いたしました」

初老のブレホンは、かすかな笑みを、頰に浮かべた。「では、その方の化粧ポウチを盗み、その罪をアインダールに着せるという茶番劇《シャレード》を調えたのは、フィクナだったと信じておるのだな?」

「この茶番劇は、自分が置かれた状況の中で、私がどう反応するかを試すためのものだったのです――弱い者苛めという役割を演じるアインダールに、私はどう対応するだろう? 脅《おび》えてしまうか、それともアインダールがひけらかす権威に対抗するために、自分の身分に頼ろうとするだろうか? ドゥーベサーが、私の家柄という背景について知っていると、口を滑らせていましたわ。私を 唆《そそのか》すのが、彼女の役目だったのです」フィデルマは、ふと、ロー・グリサー〔煽動者〕という法律用語を思い出した。「ドゥーベサーは、私の疑惑をアインダールに向けようと、私を唆していましたし、寮母様に訴えてみたらと、幾度《いくたび》となく奨めてくれましたわ」

「しかし、化粧ポウチは、アインダールの戸棚から見つかった。これは、事実だぞ」

「私は、完全なる犯罪などあり得ないと、信じております。今回の事件も、それを実証しております。私は、授業開始の直前に、アルマー先生の教室を出て、自室に戻らなければなりませんでした。それは、寮母様が化粧ポウチを私の戸棚から取り出された直後だったに違いありません。部屋のすぐ外の廊下にいらっしゃる寮母様を、私はお見かけしましたから。寮母様は、私が教室から引き返してくる気配に気づかれた。でも、ポウチをアインダールの戸棚に入れる暇《いとま》はなかった、ということだったのだと思います。私は部屋に入って、化粧ポウチが消え失せていることに気づき、部屋を探しました。でも、その時には、ポウチは見つかりませんでした。私が立ち去るのを待って、寮母様は戻っていらっしゃり、ポウチをアインダールの戸棚にお入れになったのでしょう。私がすでに部屋を調べていたとは、気づかれなかったのです。もちろん、ほかの人たちも皆、この茶番劇に関わっておりました。そして、私が授業を終えて部屋に帰ってきました時、煽動者役のドゥーベサーは、私が化粧ポウチを発見するように、お膳立てを調えました。その結果、私は、寮母様の許へ行き、犯人の告発をするであろうと、期待されていたようです。でも、皆がこの茶番劇に一枚嚙んでいると見て取るのは、決して難しいことではありませんでした」

「先ほど、申しておったな、フィクナは、命じられて、こういうことをやったのだと。命じたのは、誰だったのだ？」

「その答えは、すでにおわかりのはずです。寮母様は、学院長様からの直接の指示、あるいは何らかの形での指令に従って、あの茶番を演じられたのでした」

「どのような理由でじゃ？」

「理由は、すでにおっしゃっておいででした」

「儂がか？」

「はい、新入生への歓迎のお言葉の中で、おっしゃっておいでです。ブレホン様は、私が泣きながら教授がたの許に駆けつけて、自分の被害を訴えるか、それとも事件を自分で解決しようとするかを見て、私の性格を判断しようとなさったのです。つまり、あれは、私がこの学問所で学ぶにふさわしい学生であるかどうかを見極めるための試験だったのです」

モラン師は、しばし椅子の背に身を凭せ、眉を寄せていた。そして突然、笑い声を迸《ほとばし》らせた。頭を左右に振りながらの哄笑だった。

「〝キャシェルのフィデルマ〟よ」と彼は、頭を打ち振りながら告げた。「頼もしい将来を期待させてくれたな。その方は、この学問所で、優秀な学生となるであろうよ。さてと、我々は、この件で、かなりの時間を費やしてしまった。その方は、昼食を摂りそこなったようだ。だが、フィクナが、廊下で待っているはずじゃ。彼女に試験に及第したと告げるがよい。フィクナが食堂に連れていって、夕食まで保《も》つようたっぷりと昼食を出してくれよう。そうだ、きっと、その方は、三人の同室者たちに、良き友人たちを見出すことになるぞ。その方を教えるのが楽しみじゃよ、フィデルマ」

痣《あざ》

The Blemish

「フィデルマ！」

若い修道士は、建物の角を曲がって飛び出してきた背の高い娘と、危うく衝突するところだった。建物の壁にぴったり張りつくことで、彼はこの猛突進から辛うじて身を避けた。

「立ち止まってはいられないの！」髪と長衣《ローブ》を靡《なび》かせて疾走しつつ、彼女は喘《あえ》ぐように叫び返した。

「ブレホン〔古代アイルランドの法律家、裁判官〕のモラン師が、君を探しておられるぞ」と修道士は、遠ざかる彼女の後姿に向かって、大声で告げた。

「わかってるわ」と、ふたたびフィデルマは叫び返した。「今、行こうとしているところ！」

「もう、試験に遅刻だぞ」と続けてから、若い修道士は気づいた。相手は、もはや声の届かぬ先のほうだ。彼は、その場に立ったまま、彼女が学院の中枢部である灰色の石造りの建物へ向かって駆け去ってゆくのを、渋い顔でちょっと見つめていたが、すぐに肩をすくめると、自分の目的地へと、ふたたび歩き始めた。

フィデルマも、ブレホンである〝ダラのモラン〟師の試験に自分が遅刻しそうになっていることは、人に指摘されるまでもなく、十分に承知していた。今日は、彼女が受けつつある一連の試験の最終日なのだ。これに合格すれば、〈ドス〉の学位を得られ、モランが学院長を務めるこの学び舎での四年間の勉学の日々が終了することになるのだ。〈ドス〉とは、〝これから大きく伸びてゆく若木〟という意味であり、学生をそう見做して、彼らの最初の資格は〈ドス〉の学位と称されているのである。つまり、法学院卒業者の新たなる出発を飾る最初の学位なのだ。この先、卒業者が登ってゆくことになる梯子《はしご》の一番下の段、ということだ。この学位を得て初めて、卒業者は前へ進むことができ、先ずは下級行政官や法律顧問としての活動が可能となる。だがフィデルマは、さらにその上を目指していた。しかし、今日、定められた刻限に試験官の前に出頭できないと、彼女は卒業さえできないだろう。

フィデルマは怖ず怖ずと扉を叩き、素っ気ない声の指示に従って部屋に入った。モラン師は、机を前に一人で坐っていた。表情穏やかな初老の人物である。しかしこの穏やかさは、一瞬にして厳《きび》しい叱責の面《おもて》へと変わることもある――ちょうど、今のように。

「さて、フィデルマ」彼女が息をはずませながら師の前に立つと、彼は、先ずは穏やかな口調で問いかけた。「定刻に遅れて出頭すると、待たされた判者《はんじゃ》がたは、すでにその時点から、これをその者の好ましからぬ資質と判断される。そのことは、承知していような?」

フィデルマは、苛立ちに頰を染めた。

「ファー・レギン」と彼女は、恩師モランの〝学院長〟というアイルランド語の公式肩書でもって、彼に話しかけようとした。「実は、これは私のせいではなく……」

モラン師が、眉をひそめかけた。それを見て、フィデルマはさっと口を閉ざした。

「まあ、完全無欠な人間など、滅多にいはしないが」とモランは溜め息をついた。

師の表情は、まだ厳《いか》めしかった。だがフィデルマは、その瞳に、自分へのかすかな笑いがちらっと浮かんだような気がした。「何と言いかけたのかな、フィデルマ?」

彼女は、首を横に振った。

「遅刻いたしまして、申し訳ございません」彼女は、いかにも悔い改めていると聞こえるような声で、それに答えた。自室の扉の鍵が、誰かに外からかけられてしまい、何とか人の注意を引いて、やっと部屋から抜け出すことができた、などという奇妙な事情を説明しても、今は何にもなるまい。この試験にどうして遅れる羽目になったかという釈明など、何の役にも立ちはしないだろうから。でも、このようにばかげた悪戯《いたずら》をしかけた犯人とおぼしき学生たちに対しては、実に腹が立つ。それも、選りに選って、彼女が出頭しなければならない試験当日の朝に、なのだ。全く、憤懣《ふんまん》やるかたない。しかし、モランは、長年にわたって、学生たちのさまざまな弁明を聞かされてきたはずだ。彼女の釈明は正当なものではあるが、弁明は弁明。厳めしい試験官殿の目に、決して彼女の印象を良くしてはくれまい。

「では、その方《ほう》の反省は、受け入れるとしよう」モラン師は、指先を突き合わせ、両の親指が顎の下に来るような形に手を組みながら、椅子の背に身を凭《もた》せて、フィデルマにそう告げた。「坐りなさい」

フィデルマは、落ち込みながら、指示に従った。

「〝痣《あざ》〟について、どの程度、知っておるかな？　それを、述べてみよ」

ブレホンは、何の前置きもなく、いきなり彼女に質問を放った。フィデルマは、考えをまとめるための時間を少し稼ごうと、問い返した。

「〝痣〟？　法律分野で言う〝痣〟のことでしょうか？」

ふたたび、苛立ちの影が、モランの面を過《よぎ》った。

「その方は、法律を専攻しようと、この学院に来ておるのであろうが？」モランは、素っ気なくそう告げたのみで、答えは彼女が自分で引き出すに任せた。

フィデルマは、適切な知識を思い出すことができるようにと願いながらも、ともかく答え始めた。

「法典の『ウリーケヒト・ベック』は、〝我々の法律は、真実と正義と万有《ばんゆう》の理法に基づく〟という言葉をもって、始められております。裁判官は、自分が下す裁定が、提供された情報に基づいて、厳正にして十分なる考察の上で決せられるものであることの保証として、銀一オンスを供託しなければなりません。もしその裁決に異議が申し立てられ、それが審議の結果認められた場合、この供託金は没収されます。さらに、事実が明確に提示されていたにもかかわらず誤った審判を下したとされると、裁判官には一カマル(1)の科料が科されます」

「無理からぬ誤審と雖《いえど》も許されぬ、と申すのか?」モランは、即座に彼女の解答の不備を衝《つ》いた。

「その場合には、咎《とが》められません。なぜなら、〝いかなる裁判官にも、一つは誤審あり〟と言われているではありませんか? しかし、その過ちが歴然たるものであったり、明らかに偏見からの誤裁定であった場合には、裁判官の顔に〝痣〟が現れる、と古くから伝えられております。もしそれが重大な誤審であった場合には、裁判官は地位と名誉を失うことになります」

ブレホンのモラン師は、ゆっくりと頷《うなず》いた。〝痣〟に関する恩師の最初の試問に適切に答えることができたフィデルマの面に、ちらっと満足の色が浮かんだ。モラン師は、それを無視して、静かに問いを続けた。

「では、その〝痣〟とはいかなる形をしたものであるかを、説明してみよ」だが、その声には、かすかに笑みが浮かんだようだ。

フィデルマは、一瞬、躊躇《ためら》った。しかし、思うところをそのまま述べてみようと、意を決した。

「遥か遠い時代の人々が裁判官の面上に現れる〝痣〟について言及なさったのを、そのまま文字通りに受け止めるべきではない、と思います」

モラン師は、厳しい面持ちで眉根を寄せた。

「ほほう、古《いにしえ》の法典の意味を、解釈してみせようというのか？」

師の口調に嘲笑《ちょうしょう》を聞き取って、フィデルマはつっと顎を突き出した。

「そのような僭越《せんえつ》な振舞いに及ぶつもりなど、ございません。でも、もちろん、法典の解釈は、ブレホンの責務でございます。誤った裁定を下した者として名誉を失い、そのことを広く世間に知られた裁判官の面に現れる〝痣〟とは、この裁判官の人格に与えられる世間の評価であると、私は考えております。その人の精神に刻印される〝痣〟であり、肌に現れる身体的な〝痣〟ではないのです」

「ほう、そうかな？」モラン師の声は、冷淡で、無表情なものであった。

モラン師は身を乗り出して、小さな銀の卓上ベルを取り上げた。その軽く澄んだ響きが消えるのとほとんど同時に扉が開いて、豊かな白髪の巻き毛を頭に戴く、背の低い痩せた人物が入ってきた。彼は扉を閉めると、フィデルマに向かいあって坐っているモラン師の隣りの椅子へと、進み寄ってきた。表情に乏しい、ごく平凡な容貌の男であった。

「こちらは、ドゥルムクリィー〔大法官〕の、〝アーダーのファービス〟殿じゃ。大法官殿は、これより、ある裁判事件について、お聞かせ下さる。それを伺った上で、その事件を担当した裁判官の面上に〝痣〟が現れるかどうかを、どうしてそうなるかの理由とともに、儂《わし》に答えよ」

と、モランはフィデルマに告げた。

フィデルマは、緊張して、身じろぎをした。大法官というのは、専門分野における学業を悉《ことごと》く習得した法律家であるが、単にブレホンであるだけでなく、法曹界の最も重要な地位に任命されることも可能な、最高位の法官なのである。彼女は、わずかにファービスのほうへと向きなおった。

彼の声は甲高く、その口調は苛立たしげであった。それに、気にくわないと感じるや、その度《たび》に鼻を鳴らす癖があるようだ。

「よく、聴くのじゃ。書き留めることは、一切、ならぬ。儂は、記憶を補う手段として覚え書きを取ることを、良しとはしておらぬ。〈新しい信仰（キリスト教）〉が伝来する以前には、我等の叡智《えいち》を書き写すことは、許されてはおらなんだ。我等の古の信仰は、知識を文字に記すことを禁じておった。これは、良き掟だ。門弟たちは、筆録することによって、記憶力を鍛えることを怠ってしまうからな。覚え書きに頼ることができるとなると、彼らは暗誦という努力を蔑《ないがし》ろにし、知識を錆びつかせてしまう。そうではないかな、娘よ?」

突然問いかけられて、一瞬、フィデルマは戸惑った。

「その趣旨のご主張は、これまでにも耳にしたことがございます、大法官様」と、彼女は生真《き ま》面目《じ め》な態度で、それに答えた。

ファービスの唇の両端が、ぐっと下がった。

「しかし、これに同意はしないのだな?」大法官は、見通すような視線で彼女を見据えながら、鋭く訊ねた。

「〈新しい信仰〉の渡来以前に、私どものご祖先がたは、この上もなく貴重な我等の知識を記録しておくことをなさいませんでした。その結果、民族の多くの叡智は、後世に伝えられることなく失われてしまいました。哲学、宗教、歴史、詩文……これらは、文字に残されていなかったために、消えていったのです。あらゆる知識の文献化が拒否されていた結果、私どもにとってきわめて貴重であるはずの多くの文化が消滅してしまったのではないでしょうか?」

ファービスは、気にくわぬとばかりに、強い視線で彼女を見つめ、鼻を鳴らした。

「〈新しい信仰〉を伝える修道院では、今、それらの知識をラテン語文字によって文書化しようと、写書僧たちが没頭しているが、どうやら、その方も、彼らの仕事に喝采をおくる若い世代の一人であるようじゃな?」

フィデルマは、頷いた。

「いかにも、その通りです。もしそれらが文書化されなければ、これから先の世代は、どうやって我々の詩歌や法律、古の物語、歴史の流れなどを知ることができましょう? ただ、一点だけ、私も彼らの仕事に批判を感じております。写書僧たちは、古代の神々や女神たちの物語を、〈新しい信仰〉のイメージで装わせねばならぬと、思いこんでいるようなのです」[2]ふと気がつくと、フィデルマはこの問題を熱く語っていた。「そうなのです。大王《ハイ・キング》のリアリィーを

〈新しい信仰〉に改宗させるために、聖パトリック[3]は、古代の英雄クーフラン[4]を地獄から呼び出された、と描いている書物を見たことがございます。写書僧は、大王リアリィーがキリスト教に帰依されるや、クーフランは地獄から救済され天国に迎え入れられた、とさえ描いているのです」

ブレホンのモラン師が、身を乗り出して、彼女に問いかけた。

「それを不満とするのか？」

フィデルマは、頷いた。

「〈新しい信仰〉で、私どもは、神は善であり、愛と許しの神である、と教えられております。クーフランは、異教徒ではあれ、その生を弱きを助け強きを挫《くじ》くことに捧げた、偉大なる戦士でした。彼は、このような神によって地獄に追われるべき人間ではなかったはずです。それに……」

ファービスが、大きな音を立てて咳払いをした。

「娘よ、過激な考えを抱いておるようじゃな。だが、その方の質問に答えておこう。未来の世代も、我々の古き慣習を固く守り、口承をもって人から人へと、後世に知識を伝承してゆかねばならぬ。我々の伝統は、知識は口伝《くでん》によって伝えよと、定めておる。そうすることによって、我等の叡智が外部の者たちに盗まれぬよう、守ってゆけるのじゃ」

「そのような慣行を続けていくことは、不可能です。古き世界は、消え去ります。私どもは、前へと進んでゆかねばなりません。もっとも、私どもの過去の姿を損なうことのない形で進んで欲しいものですが」

モラン師が、もどかしげに口をはさんだ。

「その方は、我々は前進せねばならぬ、と申すのだな。その通りじゃ。では、我々が今日やらねばならぬ仕事を前進させようではないか？」彼は、重々しくそう告げた。「日脚《ひあし》は短くなってきておる。だのに、日暮れ前に試験を受けようとしておる学生たちが、まだ大勢待っておるのだぞ」

胸の中で、フィデルマは呻《うめ》いた。遅刻をして、自分の態度のせいで、大法官ファービスの機嫌を損ね、しかも自分の意見を見境なく口にすることによって、モラン師をうんざりさせてしまうなんて！

ファービスが、すぐさま鼻を鳴らして、それに応じた。

「そうとも。では、注意深く聴くがいい。二度と、繰り返さぬからな。外の世界がどうであれ、覚え書きをとることは許さぬぞ」

そう告げるや彼は、挑発するかのようにフィデルマを鋭く見据えた。フィデルマは、それに抗議はしなかった。

ややあってから、彼は口を開いた。

「この件には、ブレホンが一人関わっておる。その名は、明かさぬことにする。彼が、この事件の裁判官を務め、ある女を有罪とした。その名は、ソホラとしておく」

この冒頭の説明にも反論を予期しているかのように、大法官はしばらく待ち、その上で先を続けた。

「状況は、こうだ。ソホラは、テーバァー王の館で働いている女だった。テーバァーがどこであるかは、知っておるな？」

フィデルマは、機械的に頷いて、答えた。

「ミースの西に位置する小王国で、ここからさして遠くない国土です」と、フィデルマは答えた。彼女は、地理に強いのだ。

「その通り」と大法官は呟いた。質問に易々《やすやす》と答えられてしまったことが、いささか残念であるようだ。「今から二百年前に、大王〝九人の人質取りしニアル〟(5)の王子モインによって建国された小王国じゃ」

フィデルマは、そのことも承知していたが、これ以上は口を噤《つぐ》むことにした。

「今言ったように」とファービスは、まるでフィデルマが口出しをしたかのように、不機嫌な口調で、説明を続けた。「ソホラは、その時、カハルナー王の大広間で働いておった。大広間には、オーク材と青銅でできた筐《はこ》が飾られており、歴代のテーバァー王によって、大事に守り伝えられていた。筐の中には、戦場で斃《たお》れた、テーバァー建国の祖モイン王の頭蓋骨が納められていたのだ。後に、詩人たちに〝勲《いさお》輝かしきモイン〟と讃えられることになった王だ。この頭蓋骨は、遙か昔からの伝統に従って、テーバァー小王国の象徴とされてきた。彼らにとって、金銭をもっては計りがたい、尊《たっと》い遺骨なのだ」

「ほかの国々にも、似たような象徴は、いろいろございますね」とフィデルマは、そっと意見を述べてみた。

即座に、ファービスから、「儂は今、テーバァーのことを話しておる」という返事が、ぴしりと返ってきた。「モインの頭蓋骨は、計り知れぬほど尊いものとして、カハルナー王の大広間の、最も厳かな場所に安置されてきた」

ファービスは、何か言うつもりなら言ってみろとばかりに、フィデルマを睨みつけた。だが彼女が口を開かないので、きつい口調をいささか緩めて、先を続けた。

「その日、カハルナーと王に随行する者たちは、ハーリィー（アイルランドの伝統球技）を見物しようと、〝競技の原〟に出掛けていった。王の館に残っていたのは、王が戻ってこられたら繰り広げられる予定の宴《うたげ》の準備を担当するソホラのみであった。帰還した王は、頭蓋骨を納めた筐が失せていることに気づいた。そこで、カハルナーの不在中にただ一人残っていたソホラが呼び出されたが、彼女は何も知らぬと言い張った。だが、王はそれを疑って娘の部屋を調べさせたところ、その寝台の下から、筐が見つかった。そこで、学識深いブレホンがアーダーから招かれ、事件は彼に委ねられた。その結果、娘は盗みの咎で、有罪とされた」

ファービスは言葉を切り、身を椅子の背に凭せた。

「これが、今、問題としておる事例じゃ。この裁判官は、正しい裁きを行ったのか、それとも誤審を犯したのであろうか？」

フィデルマは、しばらくじっと坐っていた。それから華奢《きやしや》な肩をつっとすくめた。

「お話し下さった事実から答えを引き出すことは、不可能です」と言いつつ、彼女はちらっとモラン師を見やった。「おそらく、お答えいたします前に、大法官殿に質問をさせていただきますことは、お許し下さいますでしょうね？」

大法官が、答えようとするモラン師の機先を制した。

「娘よ、事実はすでに明白ではないか。筐は、ソホラの寝台の下から発見されておる。そのことを見過ごしたのか？」

「見逃してはおりません」と、フィデルマは答えた。

「そのことを承知しておりながら、これが単純明快に解決できる事件ではないと申すのか？むろん、その方も、今ここで無駄な時間を過ごそうとは、思っておるまい？　答えは、単純に、肯定か否定かのいずれかだ。ソホラを有罪と宣告したのは、正しい判決であったのか、それとも誤った判決だったのか？」

フィデルマは、ブレホンのモラン師に向かって答えた。

「私には、いくつか質問をする権利があると思います」とフィデルマは、怯《ひる》んで引き下がろうとはしなかった。大法官に脅《おど》しつけられる謂《いわ》れはない。「全ての事実を知る前に、それが正しい裁きであると表明することなど、誰にもできませぬ」

ブレホンの謹厳な面に、わずかに笑みが浮かんだ。

「質問を許そう。ただし、手短に済ませよ」

フィデルマは、ファービスのほうへと、姿勢を戻した。

「その娘に有罪の判決を下されたブレホン殿は、彼女の動機は何であったとお考えになられたのでしょうか？」

ファービスは目を瞬《しばたた》くと、モラン師を見て、眉を吊り上げた。だがすぐにフィデルマに視線を戻し、冷淡な態度で肩をすくめてみせた。

「きわめて高価な遺物なのだ。動機は歴然としておろうが？」

「そうでしょうか？　むしろ私には、だからこそ不可解に思えます」

ファービスは、目をきつく細めた。だが彼が反応を見せる前に、フィデルマは次の質問を放っていた。「そのソホラという娘は、まともな理解力を持っておりますか？　それとも、少し知能が足りないとか、尋常な判断力を欠くといった欠陥でもあるのでしょうか？」

「ソホラはきわめてまともな娘だ」

ファービスははっきり答えた。

「それならテーバァーのモイン王の頭蓋骨のように値段がつけられぬ遺物を盗んだとて、金を手に入れることなどできぬことくらいわかるはずでしょうに」

「ソホラは、盗品を無傷のまま返還すると持ちかけて、カハルナー王に代償を要求することもできるではないか?」と、モラン師が、穏やかに指摘した。

「それもまた、あり得ませぬ」と、フィデルマは答えた。「筐と頭蓋骨は自分が持っていると明かすや、彼女は非常に危ない立場に立たされます。たとえその交渉に成功しようと、彼女はテーバァーの国土とカハルナー王の勢力の及ぶ限りの土地から追放されるという運命を、招いてしまうのですから。ええ、金銭的な目的という動機は、あり得ませぬ……もし、おっしゃるように、彼女がまともな知能を持っているのでしたら」

ファービスが、椅子に坐ったまま、落ち着かなげに身じろぎをした。

「そのような理由だけで、このブレホンは判決を誤ったと断じるのか?」

フィデルマは、即座に首を横に振った。

「この理由からだけではございません」と彼女は、仄《ほの》かな微笑を頰に浮かべた。「申し上げるまでもありますまいが、どのような事件にも、動機と手段と機会という要素がございます。一つの事件には、この三要素が全て揃わなければなりません。私は今、ソホラに機会があったと伺いました——彼女は、ほかの方々がハーリィーの試合見物に出掛けられた後、一人大広間に残っていたとのことを。ご一同が競技場に出発なさるまでは、筐と頭蓋骨はあるべき場所にあったのに、お帰りになった時には消え失せていた——この点は、確かなのだと考えてよろしいのでしょうね？　頭蓋骨を納めた筐を運び出すのは、容易だったことでしょうから」

「では、手段と機会に関して、このブレホンは正しく判断した、と認めるのだな？」と、ファービスは念を押した。

フィデルマは、口をすぼめるようにして、考えこんだ。

「でも、手段と機会を持っていたのはソホラのみであったという証拠は、まだお伺いしておりません。この点は、はっきり立証されておりますか？　ソホラがカハルナー王の館のどこかほかの場所に行っていた隙に、何者かが入り込み、筐を持ち去ったという可能性は、ないのでしょうか？　誰かがやって来て、ソホラの寝台の下に筐を置いておいた、ということも、あり得ないのでしょうか？」

ファービスは、この示唆を面白がって、笑いだした。

「その動機は、何なのだ？」

「いくつか、動機は挙げられましょう。でも、それを見つけ出し立証するには、多くの質問をしなければならないでしょうが」

「どうもその方は、この裁きの渦中の女ソホラを無罪にしようと努めている、と儂には見えるぞ」とモラン師は、フィデルマに告げた。

だが彼女は、素早く首を振った。

「そのようなことは、ございません。結論に飛びつく前に、諸々《もろもろ》の事実を見つけ出したいと、努めているだけです。もちろん、機会や手段に関して、さらに質問をしたいと望んでおります。このソホラについても、もう少しお教え下さい。若いのか、年老いているのか、どういう性質の娘なのか、結婚しているのか、何人か恋人がいるのか、いるのであれば、どのような男たちであるのか、などを」

「若い娘だ」と、ファービスは答えた。「〈選択の年齢〉に達したかどうか、といったところだ。父親の身分は、ダール・ネメッド、つまり労働者階級で、実際には王の鍛冶師の手助けをしており、娘のソホラもやはり労働者だ。カハルナー王の館で召使いとして働いておった」

「そのように若く、そのような階級に所属する娘が、皆が球技の試合を見物に行って無人となった館に一人残っていたのは、どういう訳なのでしょう？　カハルナー王は、敵や隙を窺う油断ならぬ人々を恐れることなく、館や宝物を無防備に残して、出掛けてしまわれたのですか？」

ファービス大法官は、ふたたびモラン師と目を見交わした。

「こうした質問は、カハルナー王へも、お向けになったのでしょうね？」今の問いに何の返事も返ってこなかったので、フィデルマはこの点をさらに追及した。

ファービスは、鼻を鳴らした。「何を仄めかしておるのじゃ？」

「大法官様、私が仄めかしなどしていないことは、わかっておいでのはずです。こうして質問をいたしますのも、その答えから真実を発見することが、私の義務であるからにほかなりません」

大法官ファービスは、何やら居心地悪そうになった。

「王には、敵だの自分の財宝を狙う輩《やから》などを恐れねばならぬ必要は、何もないのだ」

「それにしても、このような身分の方が、このようにご自分の館や宝物を無防備に放置なさるなど、前代未聞ではありませんか？」

「事実は、今述べた通りじゃ。誰が、なぜ、そうしたのかをあれこれ批判したり推測したりすることは、儂の仕事ではない」

フィデルマは、さっと身を乗り出した。

「でも、それこそ、ブレホンの仕事ではありませんか？　それぞれの事実に潜《ひそ》む動機を調べ、それぞれの事実の背後に何が存在しているかを推し量って、その上である人間が犯行を企《たくら》んだのか否かを判定するというのが、ブレホンの職務でありましょう？」

大法官は、背筋をさらに伸ばした。

「娘よ、聞くがよい、その方は自分の立場の限界を超えておるぞ。その方が今ここに坐っておるのは、儂の試問に答えるためであるのに、まだ何一つ答えてはおらぬではないか」

「答えては、おりません。なぜなら、これまでに与えられた条件では、この試問にお答えすることは不可能だからです」と、彼女は頑なに答えた。「大法官様は、ソホラは若い娘だとおっしゃいました。結婚は、しているのでしょうか？」

「してはおらぬ」

「恋人は、おりますか?」

ファービスは、やや躊躇《ちゅうちょ》した上で、頷いた。

「その日、恋人はどこにおりました?」

「男は、ソホラと一緒にいたと、答えておる」

この新事実に驚いて、フィデルマは口をすぼめた。

「それで、ソホラは? 彼女は、何と言っております?」

「王と供の人々が出掛けた後、仕事を始めたが、そこへ恋人がやって来た、とのことだ。そこで二人は、しばらく一緒に過ごし……」

フィデルマが、さっと質問をはさんだ。「ソホラは、筐が見えない場所へ行ったのでしょうか?」

ファービスは、目を瞬いた。答える前に、やや間《ま》があった。

「筐は、宴の広間の中のもっとも大事な場所、すなわち王座の後ろの台の上に、常に置かれていた。ソホラの言うところによれば、二人は一時間近く、それの見えない所にいたようだ」

「そうすると、誰であろうと広間へやって来て、筐を持ち去ることができた訳ではありませんか?」とフィデルマは、口を尖らせた。「この娘を有罪と断じるには、とても頼りない事実です。その恋人というのは、何者で、何と言っているのでしょう?」

ファービスは、かすかに笑みを面に漂わせた。

「儂は、頼りない事実とは思わぬ」

「どうしてでしょう?」

「この男は、娘が罪に問われるや、逃げ出しておるのだ」

「逃げ出した、というと?」

「カルリーゲ地方からやって来ていた男だったのだ」

フィデルマは、今度は、眉をひそめた。

「でも、それは……?」

ファービスは、薄笑いを浮かべた。

「その通りだ……テーバァー小王国の歴代の王たちが最大の脅威としてきた、イー・アレッロ王国の一地方だ」

「大法官様は、ソホラの恋人もこの盗難に絡んでいる――そうおっしゃろうとしておいでなのですか?」と、彼女は考えこんだ。「もしそうでしたら、今、動機を提示なさったことになります。これは、先ほど私がお訊ねしました時に、明らかになさるべきことでしたのに」

彼女の声には、苛立ちが潜んでいた。

ファービスは、この詰問の口調に、思わず目を瞬いた。

ブレホンのモラン師が、眉をひそめて彼女に告げた。

「その方が話しかけているのは大法官殿であることを、忘れるでない」彼の声は、冷やかだった。

「儂も、その方に思い出させてやろう」とファービスが、苦々しげに付け加えた。「儂には、この難問について、その方が訊ねる質問全てに答えてやる必要はないのだぞ」

フィデルマは、モラン師に向きなおった。

「無礼な質問をさせていただくつもりは、ございません。でも、大法官様が初めにお述べになった事実のみではこの裁判事件を判断できないと申しましたのも、まさにこのようなことがあるからです。つまり、この事件に、この名前のない恋人が今初めて登場しましたが、これは事件解明にとって不可欠なる要素でありますのに……」

「この事件を担当したブレホンは、そうは考えなかったのだ」とファービスが、それをさえぎった。「ただ彼は、ソホラという娘を有罪と考える、さらなる証拠だとのみ、考えた。二人が共謀して盗みを働き、イー・アレッロ王国という避難所に逃げ込もうとしていたことは歴然としている、と見たのだ。モインの頭蓋骨を持って逃げ込めば、イー・アレッロの王は、夥《おびただ》しい褒美をもって彼らを迎えてくれるはずだからな」

フィデルマは、首を横に振った。

「信じるに足りぬ筋書きです」

ファービスは、衝撃を受けたようだ。モラン師も、坐ったまま、身を乗り出した。

「フィデルマ、あらゆる事実を問題視しようとしておるようじゃな」

「お考えになってみて下さい」と彼女は、肩をすくめてそれに答えた。「召使いの娘が一人、王の館に残っていた。彼女には恋人がいたが、彼はテーバァーの王とその領民にとって、きわめて危険な敵対国の人間であった。娘が一人館に残って働いていたところへ、この男がやって来た。彼女によると、二人は一時間ほど、情事に耽ったらしい。その後、二人は頭蓋骨の入った筺を盗み、召使い棟のソホラの部屋の寝台下にそれを隠し、恋人は館から立ち去った。やがて王たちが帰ってきて、頭蓋骨を納めた筺が消え失せていることに気づいた。結局、筺は娘の寝台の下から見つかったが、恋人のほうは、すでに自分の国へと逃亡していた」フィデルマは、ここで一旦言葉を切ってから、ふたたび述べ始めた。「あり得ない話です。言わせていただきますと、ほとんど荒唐無稽《こうとうむけい》です」

大法官の唇が、固く引き結ばれた。

「この件を担当したブレホンは、何が荒唐無稽であり、何が真実であるかを見極める能力に欠けていた、と申すのか?」

「そのようです」とフィデルマは、真剣な面持ちで、それに答えた。

大法官ファービスは、今度は皮肉な微笑を浮かべた。

「では、要するに、これは誤審であった、というのだな?」

「もし、担当のブレホン殿が、この件を、ここに述べられた証拠のみをもって裁定なさったのでしたら、確かにこれは誤審と言えましょう」

「よかろう」とファービスは、椅子の背に体を凭せ加減に坐り直して、フィデルマに告げた。

「これらの事実について、もう少し話すとしよう。ソホラとその恋人は、筐を持ってただちに逃走するつもりであった、と王側の代弁者であるドーリィー〔弁護士〕は論じている。ところが二人は色事に耽って、手間取ってしまったため、皆が戻ってきた物音が聞こえなかったのであろう。彼らにできることは、筐を寝台の下に隠し、恋人のほうは敷地内のどこかに潜んで成り行きを見守る、ということしかなかった。しかし男のほうは、ソホラが捕らえられたと見るや、処罰される運命の彼女を残して、自分だけ逃げてしまった。これが、王側の代弁者の主張だった」

「ソホラのためには、どなたが弁じて下さったのでしょう?」

「この件のブレホンだ」

平然とそう告げる大法官の顔を、フィデルマは驚いて見つめた。

「裁判官たるブレホンは、公正でなければなりませんね」フィデルマは、ゆっくりと、この批判を口にした。

「いかにも」とファービスは、それに同意した。「だからこそ、彼が被告のために弁じることを許されたのだ……」

「でも、それは、被告あるいは証人に、自ら抗弁したり陳述したりする能力がない場合に限って執られる措置《そち》です。でも、大法官様は、ソホラは十分な知力を持っており、知的障害はないと、すでにおっしゃっておられます。どうして彼女は、自分で申し述べたり自分の弁護人に指示したりすることを、許されなかったのでしょう？」

モラン師が、身じろぎをした。

「このブレホンのやり方は適切とは言えぬ、と言いたいのかな？」

「被告の権利が侵害されているように思えます」とフィデルマは、慎重に言葉を選びながら、彼に答えた。

ファービスは、嘲《あざけ》るように鼻を鳴らした。

「侵害じゃと？　アーダーのブレホンは、誰一人……」と言いさして、彼は途中から言葉を質問に切り替えた。「では、王のほうの権利は、どうなるのだ？」

「〝法は、王より強し〟。これは、古くから言われている言葉です」とフィデルマは、それに答えた。「このブレホン殿は、大法官様がお話し下さったことから判断しますと、かなり偏っておられるように思われます」

ファービスは、かすかに唇を引き締めた。

「その方は、自分に獲得できるであろう資格よりも遙かに高い資格を持っておられるブレホン殿のことを、話題にしておるのだぞ」

フィデルマの苛立ちが、とうとう溢れ出てしまった。

「大法官様は、予言者か千里眼の持ち主でいらっしゃるのでしょうか？」彼女の声は、氷のように冷たかった。

ファービスの顔が、ぐっとしかめられた。

「儂を侮辱しようというのか？」彼の声も、彼女に劣らず尖っていた。

「侮辱？　とんでもありません。私はただ、お教えいただきたいと願っているだけです。大法官様は、この名前を伏せられているブレホン殿がお持ちになっている、あるいはお持ちになっていた資格など、私には到底得られないだろうとおっしゃったのです。このような言明をなさるには、先ず、この匿名のブレホン殿がどういう資格をお持ちだったのかを、知っておられる必要があります。さらには、今後私がどのような資格を得られるであろうかも、わかっておられる必要があります。どうして、それがお出来になったのでしょう？　私は自分の将来に強い関心を持っておりますので、どうしてそのようなことがお出来になったのかを、不思議に思いました。そこで、適切なる敬意をお払いしつつ、この予言の根拠をお伺いしたかっただけでございます――大法官様は、予言者でいらっしゃるのか、それとも千里眼の持ち主でいらっしゃるのか、と。そのどこが、侮辱なのでございましょう？」

モラン師のほうから、何かかすかな音が聞こえた。

彼は、口許や顎の辺りに片手をかざしているが、まるで、笑いを嚙み殺しているように見える。

大法官のほうは、感情を面に表すまいと、努めているらしい。

だがモラン師は、面白がっている内心を抑えて、穏やかな口調で彼女に話しかけた。「フィデルマ、考えてみればわかるであろうが、大法官殿は比喩的に語っておられるのだ」

「そして、法律をかなり無視して語っておられます」フィデルマの機嫌は、恩師の取りなしによっても、宥《なだ》められなかった。

ファービスも、まだ厳しい唇の線を、緩めてはいない。

「では、自分の考えを述べてみるがよい」と促すモラン師の声は、静かだった。だが、これは危険信号なのだ。

「ごく単純なことです。法は、あらゆる人間に遍《あまね》く適用される、ということです。大法官といえど、たとえ相手が〈ドス〉の資格もまだ取得していない一介の学生であっても、これを侮辱することは許されません。また、ある人物がブレホンであるからといって、批判を免れることはできません――私が申しましたのは、こういう意味です」

室内に、氷のようにひんやりとした空気が張りつめた。

突然、大法官ファービスの緊張が緩み、その面に微笑さえ浮かんだ。仄かな笑みではあるが、笑いであることに変わりはない。

「娘よ、全くその通りじゃ。その方に対して個人的な感情を浴びせてしまった。確かに、儂が悪かった。また、ブレホンとて、審査を免れることはできぬ。もし誤りを犯せば、当然、それを糾《ただ》され、科料を科せられるべきだ。いかにも、課程を終えていないその方に誤りを糾す権利はないと仄めかすべきではなかった」

　フィデルマは、軽く頭を下げた。

「実際、私どもが今この件を論じているのも、問題になっているこの匿名のブレホン殿は、判定を誤ったのか、それとも正しかったのか、それを見極めるためでございましたね？」とフィデルマは、問いかけた。

　モラン師は、穏やかな微笑を見せた。

「いかにも、そのために、我々はここに坐っておる。それで、何らかの結論に達したのかな？」

「私がこれまでに出しております結論は、彼の裁定はやはり不十分だ、というものです。王の代弁者は、どういう証人がたをお呼び出しになったのでしょう？」

「例えば、王の館の執事長だ」と、ファービスは答えた。

「彼の名前は、何といいます？　それに、彼の証言の結果はどうなりました？」

「執事長の名前？」とファービスは、やや躊躇った上で、質問に答えた。「ファラナムだ。彼は、ソホラが召使いとして王の館に雇われていたことを証言した。また、王と館の一同が競技見物に出掛けた後、館に残って働いている彼女の姿を目にした、ということもな。それに、ここが最も重要な点であるが、その時、筐はいつもの場所に置かれていたとも、証言していた」

「王の館を最後に出たのは、ファラナムだったのでしょうか？」

「そうだ」とファービスは、即座に答えた。「どうして、そのことを知っておる？」

フィデルマは、それに直接答えることはせず、さらに問いを重ねた。「そして、競技見物から帰ってきた時、筐が失せていると最初に気づいたのも、この執事長だったのでしょうか？」

大法官は、首を横に振った。

「いや、実は、いつもの場所に筐がないことに誰よりも先に気づいたのは、王ご自身だった。そこで王は、ファラナムを呼びに、人を遣わされ……」

「人を遣わされ？」フィデルマは、さっと問いをはさんだ。「一行が競技場から戻った時、彼はどこにいたのです？」

「自分の家に、だ。執事長は、王の館の近くに、家を持っていたのだ」

「でも、執事長は、王とその一行が戻ってこられた時、自分がお側にいるよう求められるはずと、当然承知していたと思いますが」

「おそらく、王たちが帰ってきたことに気づかなかったのであろう」と大法官は、さしてその点を気にしてはいないようだった。

フィデルマの頬に、すっと微笑が浮かんだ。

「執事長は、ご一行が帰って見えたことに気づかなかった？　どうしてでしょう、彼も一緒に帰ってきたのでしょうに？」

ファービスは、フィデルマに無関心そうな視線を向けただけで、この質問に答えようとはしなかった。

「証言によれば、ご一行はソホラ一人を館に残して、皆で競技見物に出掛けられた、となっておりますが?」と、フィデルマは指摘した。

「その通りだ。王の館には、ソホラ一人が残されていた」

「でも、このファラナムという執事長は、競技観戦には同行せず、いく棟もの建物からなる王の館の近くにいた、とおっしゃるのですね?」

ファービスもモラン師も、それに答えようとはしなかった。

フィデルマは、しばらく考えこんだ。

「ブレホンは、この点を問題になさったのでしょうか?」

大法官は、肩をすくめた。

「その必要があったかな?」

「私は、大いに必要であった、と思います」

「どうして、そう思う?」

「なぜなら、これが、事件全体を覆すかもしれない事実だからです。館の近辺にいたのはソホラだけではなかったことを、この事実は知らせてくれました。また、彼女には恋人がいたことを、今では私どもも知っておりますが、この恋人は、ソホラ以外に館にいた唯一の人物ではなかった、という事実を明かすものです。執事長も館近くにいたと、この証言は告げているのですから。もしかしたら、恋人たちが夢中になっていた間に、執事長が秘かに館に忍び込んで筐を取り出し、何らかの理由でそれをソホラの寝台の下に隠しておいた、という事態もあり得るではありませんか？」

「フィデルマ、〝もし〟が多すぎよう。〝もし〟を持ち出すならば、タラ（大王の居城がある都）の全域も、その対象となってしまうぞ」

フィデルマは、納得しなかった。「この事件については、多くの疑問点とさまざまな可能性を、さらに検討する必要があります。ファラナムという執事長がどのような人間であるかには、質問が向けられたのでしょうか？」

「直接の聴取は、行われていない」とファービスは、この質問には、はっきりと答えた。

「どういう意味でしょう？」

「執事長に、直接問い質《ただ》すことはされなかった、という意味だ」

フィデルマは、少し考えこんだ。

「では、ソホラには、ファラナムとの間柄を問い質されたのでしょうか？」

「間柄？」

「彼女は、執事長と円満な関係にあったのかどうか、についての質問です」

ファービスは、首を横に振った。

何か引っかかって、彼女は大法官にさらに問いかけることにした。

「ソホラは、ファラナムについて、自分から進んで何か申し立ててはおりませんでしたか？」

「ブレホンは、娘のその申し立ては認めがたい、と判断した」

「どのような申し立てだったのでしょう?」

「自分は、ファラナムに口説かれたが、それを拒んだ。だから執事長は、自分に悪感情を持っているのだ、という申し立てであった」

フィデルマは、鋭く息を呑んだ。

「これで、動機と機会があったのは、ソホラだけではなかったという事実が、見えてまいりました」フィデルマの声は、冷やかだった。「同じように、動機と機会を持っていた人間は、このほかにもいるのかもしれません。ブレホン殿は、どのような根拠で、この情報を認めがたいと断じられたのでしょう?」

大法官ファービスは、身じろぎをした。

「ブレホンは法典『ベルラッド・アレクタ』を典拠とした。これについては、知っておろうな?」

「この法典には、認めることのできない証言を列挙した条文が、収録されております」とフィデルマは、自信を持って、大法官に答えた。「私の記憶に誤りがなければ、決して認めることができない九種の証言と、却下すべき理由がそれよりやや軽い四種の証言を、この法典は挙げております。どういう証言が拒まれるのかと申しますと、確か、賄賂《わいろ》を受け取ったことが歴然としている証人、自分が証言しようとしている相手と個人的関係を持っている人間、相手に悪感情を抱いていることがよく知られている人間、などによるものです。さらには……」

ファービスが、片手を挙げた。

「フィデルマ、その方が、これに関わる法律について熟知していることは、よくわかった。ブレホンは、ソホラはファラナムを知っており、彼を憎んでいた、したがって彼女のファラナムについての申し立ては適切ではないという根拠によって、彼女の供述を却下したのであり……」

「彼のその判断は、間違っております」

「なぜじゃ?」とファービスが、厳しい口調で切り返した。

「なぜなら、これは、被告であるソホラには適用されないからです。自分に対する告訴に反論しようとする彼女のこの陳述を承認しがたいとして退けることは、できません。ここで、ブレホン殿は誤謬《ごびゅう》を犯しておられます。彼は、この申し立てを取り上げるべきだったのです」

こう述べるにあたって、フィデルマは、過失による誤謬ではなく、偏見によって引き起こされた誤謬に対して用いられる専門的法律用語のゴーハンという単語を使った。

ファービスは、じっと坐ったまま、しばしフィデルマを吟味《ぎんみ》の目で見つめた。

「では、この裁定には誤審あり、と断定するのだな?」

フィデルマは、即答はせず、ややあってから、静かな口調で大法官に答えた。「ソホラの申し条の却下という誤りを犯したからといって、必ずしも裁判の判決全体が、ブレホン殿の人格の傷となる〝疵〟が現れるほどに、不当であった、あるいは誤判定であった、ということにはなりません。さらにもう一歩踏み込んでお訊ねしたいのですが、まだ伺っておりません事実が、ほかにもあるのでしょうか？」

この言葉は、突如鋭さを表して、大法官へと、まともに放たれた。

モラン師も、急に落ち着かない様子を見せて、咳払いをした。

「フィデルマ、今日は、ほかにも数名、試験を受ける学生が待っておる。その方は、もう十分、儂たちの時間を費やしておるぞ」

モラン師は、ふたたび厳めしい顔となり、咎めるように眉根を寄せていた。

「それでは、今、判断せよとおっしゃるのでしょうか？」彼女は、頭を下げながら、静かに問いかけた。「でも、私は、まだ十分な時間もこの件に関する全ての事実も、頂いてはいないという気がいたします」

モラン師は、そっと溜め息をもらした。この静かな息遣いは、師の不快感の表れであるようだった。

「フィデルマ、今日は、その方が受ける一連の試験の中の最後の日と、定められていた。本日の試験の結果次第で、司法資格の最も下級の資格である〈ドス〉が、その方に授与されるかどうかが、決定されることになっておる。この学位を得た者のみが、さらに学ぶことを許され、当学院で六年から八年の研鑽を積めば、〈オラヴ〉が、その方を待っておるかもしれぬ。〈オラヴ〉ともなれは、大王とさえも、椅子に坐って語り合うこともでき、裁きの庭にあっては、大王に先駆けて発言し、その裁定を告げることができる地位じゃ。しかし、狩りの最高の褒美である白き猟犬と大いなる鹿一頭は、もっとも鋭い腕前を持つ者に与えられるのが定めじゃ。そこで、その方に思い出させておかねばならぬことが、いく点かある」

モラン師は、射通すような鋭い視線をフィデルマに向けたまま、言葉を切った。

「いく点か?」彼女は、注意を集中しようと努めながら、呟いた。

「今、儂が言ったことを十分に承知しておりながら、試験に遅刻した。なぜそうなったか、その方は弁明しようともしなかったな?」

フィデルマは、一瞬躊躇った上で、それに答えた。「弁明の余地は、ございませんでしたので」

「その方は、ここへやって来て、はっきりと示された質問に答える代わりに、叡智の第七階級という最高位の資格を持っておられる方に向かって、質問を向け始めた……それも、強引な非難の口調で、だ。表現を変えよう、フィデルマ、その方は、儂たちが授ける学位の承認を受けるために、まだ何一つ答えてはおらぬ。つまり、〈ドス〉の学位が得られるかどうかの決定は、まだ儂たちの手中にある、ということだ」

フィデルマの面が、さっと紅潮した。

「学位が得られるかどうかは、どなたかの承認を得る努力如何《いかん》によって決定されるものだとは、思いません。法律についての私の知識が審査されて、それ如何によって決定されるものだ、と私は考えておりました」とフィデルマは、それに対して、平静に返答した。

「いかにも、法律の知識と、それを行使する能力とを、どれほど持っているかが審査され、それによって決定されるのだ。今設問として提示されておる、このブレホンに関して、自分の法律知識をすでに十分に披瀝《ひれき》した、とその方は考えておるのか？」とモラン師は、厳めしい口調のまま、フィデルマの反論に答えた。

「あるきわめて賢明なるブレホンが、私に向かって、〝最初の人物が述べた話を聞いただけで判定を下してはならぬ。別の人物の申し立ても聴いた上で、判決を下すように〟、と申されたことがございます」

モラン師の謹厳な態度の下に、フィデルマのこの対応を面白がっている気配が、かすかに覗いたかに見えた。

「儂の言葉を引用して、儂から好意的な評価を引き出そうという魂胆《こんたん》か？」

「そのような気は、全くございません。その言葉がどなたの口から出たものであれ、真実は真実です」

「それでは、判断は下せない、と申しておるのか？」と、大法官が言葉をはさんだ。

フィデルマは、彼に向きなおり、首を横に振った。

「お聞かせいただいたこの裁判全体についての判断は、私にはできません。でも、このブレホン殿の裁きのなさり方についてなら、判断できます」

大法官は、笑みらしきものを面に浮かべながら椅子の背に身を凭せ、片手で彼女を促すかのような合図をした。

「どちらであると、考えるかな？　選択は、〝ファーブリ〔正しき裁定〕〟か、〝キルブリィー〔誤った裁定〕〟かの、どちらかじゃ」

大法官ファービスは、ゲール語（古代アイルランド語）の正式な法律用語を用いて、二者の選択をフィデルマに促した。

「この裁判において、このブレホン殿が下された判決は、キルブリィー、すなわち誤審であったと私は判断いたします。また、大法官様、〝痣〟はあなたの顔に現れるはず、と信じております。つまり、この事件に登場するブレホン殿とは、あなただったのだと、私は確信しております」

ファービスの目が、わずかに細まった。

「どうして、そう申すのだ？」

「なぜなら、大法官様が、このブレホンの行動を、あまりにも詳しく把握しておいでだからです。また、私にお聞かせになったのは、多くの事柄の中から選び出された事項だと思いますが、その選び方が、私の注意を引きました。常に、ブレホンに有利なご説明であり、このブレホン殿を守ろうとなさるかのような気配を、しばしばお見せになりました。このブレホン殿は大法官様なのだと私が信じましたのは、こういう訳です」

大法官ファービスは、微笑した。

「信じることは、立証とはならぬぞ」

「おっしゃる通りです。でも、あなたは、テーバァー小王国第一の街であるアーダーの大法官でいらっしゃいます。また、この事件が起こったのは、アーダーであった、とのご説明もありました。さらに、大法官様は、このブレホン殿をかばうことに気を取られて、彼がアーダーから召し出されたと、つい説明なさっておしまいでした。これらの材料から導き出される結論は、一つです。それに、大法官様は、このブレホン殿のことを、きわめて確かな口調でお話しになっていらっしゃる。すなわち、大法官様がこのブレホンだったからです」

意外にも、ファービスは、面に称賛の色を浮かべた。

モラン師も、同感するかのように、微笑していた。

「では、フィデルマ……」

「もう一つ、申し上げることがございます」とフィデルマは、モランの言葉をさえぎった。

モランは、やや躊躇った上で、問いかけるように眉を吊り上げた。

「まだ何かあるのか?」

フィデルマは、頷いた。

「この裁判の事件は、全て虚構です。このようなことは、実際には起こってはいなかったのです。ファービス大法官様が、あたかもこのブレホン殿になり代わったかのように確信を持って話すことがお出来になったのは、私をお試しになるために、ご自身でこの物語を創作なさり、この話の筋を、私どもが辿ってきたような形に、展開おさせになったからです。もし、このブレホン殿が大法官様のように深い学識をお持ちでしたら、決してこのような裁きはなさらないでしょう。でも、このブレホン殿は、大法官様なのです。これをどう考えればよいのでしょう？　そう、ファラナムが、ヒントです！　〝ファラナム〟という名前は、ゲール語で〝名前のない男〟という意味です！　つまり、この事件も、実体のない事件であり、大法官様が学生を試されるために用意なさった試験問題だった、というのが、私の結論です」

モラン師が、笑顔となった。

「その方は、試験問題の奥に、この真相を見て取った、初めての学生だ」

「ブレホンの正体を看破した、最初の学生でもあったぞ」と、ファービスもモラン師と同感であることを告げた。「ほとんどの学生は、儂が最初の試問を与えるや、すぐさま正解は何かと推測し始めた」

「でも、私以外にも、もう少し情報が欲しいと求めた学生は、おりましたでしょう？」と、フィデルマは訊ねてみた。

「そういう学生も、おった。しかし儂らが」と彼は、モラン師を身振りで指し示した。「それに同意を示さず、その要求を退けようとするや、彼らはその方のように固執せず、すぐに諦めるのが常であった。その方は、頑固に要求し続けた。疑問点をあくまでも追い求めようとする探究心を、備え持っておった」

「この試験の目的は、受験者が探究心を持っているか、安易に結論に飛びつこうとする人間ではないかを、見極めるだけでない」と、モラン師は説明を加えた。「反対者を前にして、不利な状況にあろうと、あるいは権威の壁にぶつかろうと、あくまでも真実を見出す努力を貫き通す堅忍不抜《けんにんふばつ》なる精神力を持っているかどうかを見るためでもある。真実は偉大であり、普遍だ。しかし時としては、見るからに乗り越えがたい障壁に囲まれており、それを隠れ処《かくが》から引き出すには、誰か根気のある者の手で、その扉をこじ開けてもらわねばならないこともあるのだ。フィデルマ、その方は、それを見事にやり果《おお》せたな」

フィデルマは立ち上がり、ファービスからモラン師へと視線を移した。

「ということは、試験に合格した、ということでしょうか？」と彼女は、感情を抑えて、モラン師に問いかけた。

モラン師は、ほとんど面白げに、にやりと笑った。

「結果は、明日の朝の集会で、発表される。その時に、わかろう――もし遅刻しなければの話だがな」

フィデルマは、モラン師とファービス大法官の二人に向かって、会釈した。

だが彼女は、ふと扉の所で立ち止まり、考えこみながら、二人を振り返った。

「明日の発表の際には、私が今日のもう一つの試験にも合格したかどうか、そちらの結果もお知らせいただけるのでしょうか？」フィデルマは、楽しげに、そう訊ねた。

モラン師は、用心するような視線で、彼女を見つめた。

「もう一つの試験とな？」

「私が遅刻するように、そしてそのせいで動揺するようにと仕組まれて、試験当日である今日の朝、私は外から鍵をかけられて自室に閉じ込められてしまったのですが、これもまた、探索をやり抜こうとする不屈の精神と、困難のもとでそれに対処する能力とを見極めるための、私への試験だったのでございましょう？」

モラン師の表情は、フィデルマの推量が正しかったことを告げていた。悪戯っぽい、ほとんど腕白小僧めいた微笑を頬に浮かべて、フィデルマは扉をそっと閉め、試験場を後にした。

死者の囁《ささや》き

Whispers of the Dead

炉には、ぱしっぱしっと音を立てながら、薪が燃えていた。ダロウの修道院長ラズローンは、その片側に据えられている自分の椅子にゆったりと身を凭《もた》せかけ、手にしたマルド・ワイン（香料、砂糖、卵黄などを入れた温かな葡萄酒）の杯をじっと見つめながら、何か感慨に耽るかのような面持ちで坐っていた。

「フィデルマ殿、驚くばかりの名声を、すでに我がものとなされましたな」と彼は、炉をはさんだ向こう側に坐って自分の杯の葡萄《ぶどう》酒をそっと味わっている、かつての教え子の女性に、その天使（シュラブ）のような顔を向けて、自分の思いを告げた。「ブレホン〔古代アイルランドの法律家、裁判官〕の中には、あなたのことを、ブリッグやデイリーに匹敵する偉大なる女性法律家だと言う方々もおられる。その若さでそう称されるとは、大変なことですぞ」

フィデルマの面《おもて》に、仄《ほの》かな笑みが浮かんだ。彼女には、虚栄心など、微塵《みじん》もなかった。彼女は、自分の弱さをはっきりと承知しているのだ。

「私は、あのお二方のように法律に関する著作に手を染めようとは、思っておりませんわ。私は、ただ事実の追求者、ドーリィー〔弁護士〕にすぎませんもの。自分を、それ以上の人間であると装う気は、全くありません。人を裁き判定することは、ほかのブレホン様がたにお任せしますわ」

ラズローン院長は、彼女の考え方に賛同するかのように、軽く頷《うなず》いた。

「しかし、それこそが、あなたの令名の基《もとい》となっているのでありましょうな。調査に際して、あなたはほかの人間が見逃してしまうであろう点に、しっかりと洞察の目を向け、それによって、幾度《いくたび》も、目覚ましい成功を勝ち得てこられた。私はしばしば、その能力が発揮される場面を、この目でじかに拝見させていただいたものだ。このような責任を、重荷に感じられることはないのかな？」

「唯一気にかかるのは、自分が事実を全て把握したか、正しい結論に達したのか、という点だけです。でも、八年間、ブレホンの〝ダラのモラン〟様の許で学ばせていただいたことを、無駄にしてはおりません。私は、自分の職務に伴う責任をしっかり受け止めねばならないと、学んでおります」

「さよう」とラズローン院長は、溜め息をついた。「〝多く与えらるる者は、多く求められん〟[1]。これは、……」

「『ルカ伝』ですわね」とフィデルマは、悪戯《いたずら》っぽい笑みを浮かべて、彼をさえぎった。

ラズローン院長も、笑みを返した。

「いかなることも、あなたの記憶から逃れることはないようですな、フィデルマ。だが、時には、惑われることもあるのでは？　例えば、これは犯罪であるとはっきり言い切れないで終わってしまった殺人事件も、現実には少なからずあるのではありませんかな？」

「多分、私は運が良かったのでございましょう」と、フィデルマは認めた。「それでも私は、〝完全犯罪〟というものなどあり得ない、と信じております」

「おやおや、それはいささか言いすぎではないかな？」

「私どもが、この男は、あるいは女は、生前どのような人間だったのか、また何者の手にかかったのかが、摑めないこともあります。ましてや、どのようにして、いつ、殺害されたのか、になりますと、なかなか究明しがたい遺体も、確かにあります。それでも、良き観察者であれば、何かを遺体から学びとれましょう。死者は、常に私どもに囁《ささや》きかけてくるのです。死者たちのこの囁きに耳を傾けることこそ、私どもの仕事です」

ラズローン院長も、フィデルマが自分の能力に自惚《うぬぼ》れることのない人間であると、よく承知していた。しかし今は、そのふくよかな面には、疑わしげな表情が浮かんでいた。

そして、唐突に、「いかがです、私と賭けをなさらぬか？」と、言いだした。

フィデルマは、眉をひそめた。彼女は、ラズローン院長が賭け事好きであることを知っていた。幾度となく、カラー・リファー〔リファー川沿岸の競い馬競技場〕における盛大なエイナック・リファー[2]〔リファー川沿岸の競い馬大会〕に一緒に出掛け、ラズローン院長が思い切った賭けに出ては大金を儲けたりすったりするのを、よく目にしていた。

「どのような賭けを考えておいでですの、院長様？」とフィデルマは、警戒気味に問い返した。

「死者は、我々に囁きかける。我々はそれに耳を澄ますべきだ、と言われましたな。また、いかなる状況にあった死者であれ、やがては彼、あるいは彼女が何者であり、もしその死が何人《なんぴと》かの手にかかった死であるなら、その下手人が誰であったのかを突きとめるに必要な情報を、遺体が明かしてくれるはず、とも言われた。私は、あなたの言葉を正しく理解しておりましょうな？」

フィデルマは、頷いた。

「それは、これまでの私の体験です」と彼女は、院長の問いかけを肯定した。

「では」とラズローン院長は、先を続けた。「ご自分のその主張を証明するために、私と賭けをなさらぬか？」

「どのような賭けでしょう？」

「ごく単純な賭けですわい。実は、全く偶然なのだが、この修道院からさほど離れていない場所で、若い農婦の死体が見つかりましてな。だが、身許を確認する手段は何も残っていなかったし、近くの村での聞き込みも、失敗に終わった。誰一人、姿を消した人間はいないという。多分、貧しい放浪者（アイティネラント）だったのでしょうな。ここの修道士の一人が、死者を哀れに思って、遺体を修道院に連れ帰ってきました。我々は、明日、慣例に従って、修道院墓地のひっそりとした一角に、その女を葬ることになっておるのですよ」

ラズローンはここで言葉を切り、悪戯っぽい目で、フィデルマをちらっと見やった。「もし本当に死者があなたに囁きかけるのであれば、この死者の呟きを聴き取って、この農婦の身許を探り出すことがお出来になるかもしれませんな、ドーリィー殿？」

フィデルマは、一瞬、考えこんだ。

「院長様は、この死者は若い女性だと、おっしゃいましたね？　死因は、何だったのでしょう？」

「そこが、謎でしてな。見たところ、死因が何であるのかを示すものは、何一つなかった。我の修道院の薬師《くすし》によると、栄養状態も良かったらしい」

「暴力を受けた痕は、なかったのですね？」彼女は、少し興味を引かれた様子で、ラズローンに訊ねた。

「全く、なかった。この事件は、一切が謎ですわい。ですから、あなたに賭けたいのですよ。この哀れな女の死因や身許の確認に繋がる何らかの証拠を、見つけ出すことがお出来になるかどうかに。もしお出来になったら、私は喜んで、〝死者は囁く〟というあなたの主張は正しいと、認めますよ。ということで、この賭けにお乗りになりますかな？」

フィデルマは、躊躇《ためら》った。自分の才能を賭けの対象にするのは、嫌だった。だが、その一方、何やら内なるナルシシスティックな声が、誘いかけてくる。

「具体的には、どれほど賭けようとおっしゃるのです？」と、彼女は訊ねてしまった。

「一スクラパル(3)を、修道院の献金箱に」と、ラズローン院長は微笑した。「あなたが、この気の毒な女について、我々が知り得た以上のことを発見されたら、この哀れな女の魂のために、私は一スクラパルを献金箱に献じましょう」

一スクラパルは、ドーリィーに相談した場合に、一件につき支払わねばならぬ弁護士料金に相当する銀貨である。

フィデルマは、一瞬躊躇《ちゆうちよ》したものの、すぐに自負心に衝《つ》き動かされて、「お受けしましょう」と、答えていた。

フィデルマが、マルド・ワインの杯をテーブルに置いてさっと立ち上がったもので、ラズローンは驚いた。

「どこへ行かれるのです？」

「むろん、遺体を調べに、です。日中の明かりは、後一、二時間しか残っていません。人工の明かりでは、多くの重要な詳細は失われてしまいますもの」

ラズローンも、渋々マルド・ワインの杯を下に置きながら、立ち上がった。

「良いでしょう」と彼は、吐息をついた。「こちらへ、どうぞ。薬師の所へご案内しましょう」

ラズローン院長が入っていくと、中で乳棒《にゅうぼう》でもって薬草を擂《す》っていた男が、顔を上げた。嘴《くちばし》のような鼻をした、長身痩軀の修道士だった。院長に続いてフィデルマも室内に入ってくるのを見て、彼は目を大きく見張った。フィデルマは、このダロウの修道院では、多くの修道士たちによく知られていたのだ。

「ドンガル修道士、我々の身許不明の死体を調べて下さるよう、私がフィデルマ修道女殿にお願いしたのじゃ」

修道院の薬師は、ただちに作業を中断し、興味深そうに彼女を見つめた。

「この気の毒な女は、お知り合いの女ではないかと、お思いになられたのですかな、修道女殿?」

フィデルマは、さっと彼に笑顔を向けた。

「私は、ここにドーリィーとして伺ったのです、修道士殿」と、フィデルマは彼に答えた。

ドンガル修道士は、かすかに顔をしかめた。

「暴力による死であると示す痕は、何一つありませんでしたが。どうして法律家の修道女殿が、この事件に関心をお持ちなのです?」

彼女の表情が苛立ちに強張ったのに気づいて、ラズローン院長がさっと言葉をはさんだ。

「私が、フィデルマ殿に、この事件をどう判断されるかと、ご意見をお伺いしたのじゃ」

ドンガル修道士は、扉へ向かった。

「遺体は、ここの霊安室です。埋葬のために、間もなく遺体の支度をしなければなりませぬ。修道院の大工が、つい今しがた、柩を運び込んでくれたところです」

遺体は、霊安室中央のテーブルの上に横たえられ、亜麻布《リネン》がかけられていた。死者たちは、ここで、納棺の前の支度を整えられるのである。

フィデルマがそちらへ歩み寄り、リネンを捲《めく》ろうと、その端に手を伸ばしかけた時、薬師が困惑気味に咳払いをした。

「私は、検分せねばなりませんでしたので、衣服を脱がせたのですが、実は、まだ納棺の装いを整えてやってはおりませんのです、修道女殿」

薬師の狼狽《ろうばい》ぶりに、フィデルマは目をきらっときらめかせたが、別に何も言いはしなかった。死者は、若い娘だった。おそらく、二十歳《はたち》を過ぎてはいないであろう。フィデルマは、このように若くして散った死者に出会おうとは、予期していなかった。

「死後、それほど経ってはいませんね」というのが、彼女の最初の言葉だった。

ドンガル修道士は、それに頷いた。

「一昼夜といったところでしょうな。今朝になって発見されましたが、多分、夜の内に殺されたものと思われます」

「誰が発見したのです?」

「トルカン修道士でしたよ」扉のすぐ内側に立って二人を見ていたラズローン院長が、口をはさんだ。

「どこで、発見されました？」

「修道院の外壁から二、三百歩の所だった」

「どのような場所かを、お伺いしたいのです。周りは、どのような様子でした？」

「ああ、そういうことですか。この娘は、森の中で発見されたのですわい。木々の枝にすっぽりと囲われた、小さな空き地だった」

フィデルマは、眉をつっと上げた。

「トルカン修道士は、そこで何をしていらしたのです？」

「ファンギ（食用の茸類）を集めに行ったのですわ。厨房《ちゅうぼう》で働いていますのでな」

「娘が身に付けていた衣類は……今、どこに？」と、フィデルマは訊ねた。

ドンガル修道士は、身振りで傍《かたわ》らの小机を示した。上に、畳んだ衣服が積んであった。

「農婦たちが着る、ごくありふれた服をまとっておりました。あの娘の身許を明かすような物は、何一つありませんでした」

「すぐ、調べさせていただきます。それに、トルカン修道士にも、すぐに会いたいですね」

彼女は視線を遺体に戻し、屈み込んで、死者を注意深く丁寧に調べ始めた。

しばらくして、やっと彼女は体を伸ばした。

「では、次には、衣服を見せていただきましょう」

彼女が衣類を一つずつ手に取り上げ始めると、ドンガル修道士が小机に寄ってきた。履物は、鞣《なめ》していない粗皮《あらかわ》の平底に、同じ皮を切り取った革紐を縫いつけた、クアランと呼ばれるサンダルだった。ほとんど擦《す》り切れていた。服のほうは、羊毛とリネン地で、これまた着古したものであり、糸目は、調べるまでもなく、ひどくくたびれた物だった。リネンの紐で細腰《ウエスト》を絞って着ていたのだろう。さらに、田舎の女たちがよく羽織っている、頭巾付きの短い肩掛け《ケープ》もあった。これも、兎《うさぎ》の毛皮の縁取りが施されてはいるが、相当古びた代物である。

フィデルマは頭を上げ、薬師をちらっと見やった。

「この娘の着衣は、これで全部でしょうか?」

ドンガル修道士は、そうですと、頷いた。

「肌着は、なかったのですか?」

薬師は、恥じらいを見せた。

「つけておりませんでした」

「キルヴォラグ〔化粧ポウチ〕も、持っていなかったのですか?」

キルヴォラグとは、直訳すれば〝櫛《くし》入れ袋〟で、櫛などの化粧用品を入れて、身分、階級を問わず、いかなる女性も常に携えている必携品である。財布の役も果たしており、普通、ベルトで腰に吊るされていた。

ドンガル修道士は、ふたたび頭を振って、それを否定した。

「それ故に我々は、この死者はただの貧しい放浪者だという判断を下したのですわい」と、ラズローン院長が説明を加えた。

「キルヴォラグを持っていなかったのですね？」と、フィデルマは考えこんだ。「ブローチや宝石類も、身に付けていなかったのですか？」

ドンガル修道士は、口許にうっすらと笑みを浮かべた。

「もちろんです」

「どうして、〝もちろん〟なのです？」と、フィデルマは鋭く問い質《ただ》した。

「なぜなら、この死者がごく貧しい田舎娘であることは、この服装から、はっきり見て取れますからな。このような娘は、そうした贅沢品を買うことはできませんよ」

「どのように貧しかろうと、どのような倹《つま》しい田舎娘であろうと、何かしらの装飾品で身を飾るものです」とフィデルマは、薬師に答えた。

ラズローン院長が、気の毒そうな笑みを面に浮かべながら、寄ってきた。

「残念ながら、何も見つからなかったようですな。おわかりになりましたろう、フィデルマ殿？　この貧しい娘は、死者の国から、あなたに何も囁きかけることはできないようだ。貧しい田舎娘というだけで、身許を明かす物は、何一つない。彼女の囁きは、声なき囁きですな。私の挑戦に乗り気になられて、お気の毒でした」

フィデルマは、くるりと院長を振り向いて、微笑んだ。だが、その目には、危険な炎がきらりと覗いていた。

「その反対ですわ、ラズローン様。この可哀そうな娘は、多くのことを囁いてくれました。このように哀れな状況にあってさえ、この死者は、実に多くの情報を語ってくれておりますよ」

ドンガル修道士は、院長と戸惑いの視線を見交わしながら、彼女に問いかけた。「私には、さっぱりわかりませんが、修道女殿。何を見つけられたのです？　私は、何を見落としたのでしょうか？」

「はっきり言って、全てを、です」とフィデルマは、静かに言い切った。

ラズローン院長は、くすりと笑いそうになったが、薬師の無念そうな表情を見て取って、それを抑え込み、フィデルマを詰《なじ》るように見やった。

「これこれ、フィデルマ殿、そのように言い切られぬほうがよくはないかな？　なにしろ、あなたは解明不可能な謎に取り組んでおられるのですからな。たとえあなたであろうと、無の中から事実を呼び出すことは、お出来になりますまい」

ラズローンは、彼女の瞳の中で緑の炎のきらめきが強く輝いたのに気づいて、落ち着かなげに、身じろぎをした。だが、彼に向けられたフィデルマの声は、思ったより穏やかだった。

「ラズローン様、私のことを、もっとよくご存じのはずでしょうに。私は、空威張りなど、いたしませんわ」

ドンガル修道士が近寄ってきて、フィデルマが何を見て取ったのかを知ろうと、娘の亡骸《なきがら》をじっと見つめた。

「私は、何を見逃したのでしょうか？」と彼は、もう一度、問いかけた。

フィデルマは、ドンガル修道士へと、向きなおった。

「第一に、あなたは、この娘は貧しい田舎娘だと言われました。どうして、そのような結論を出されたのです？」

ドンガルは、ほとんど憐れむような視線で、彼女を見つめた。

「簡単なことです。衣服をご覧なされ――それに、サンダルも。決して身分や地位ある人間の物ではありませんぞ。これは、卑しい身分の者の衣服です」

フィデルマは、そっと溜め息をもらした。

「私の恩師であるブレホンのモラン様は、〝帳《とばり》は、多くの物を偽装することができる〟とおっしゃったことがあります。外観を、相手の秘めた本質だと思いこむことは、愚かしいことです」

「まだ、よくわかりませんが」

「この娘は、決して卑しい身分の者ではありません。それは、はっきりしております」

ラズローン院長も、興味を覚えたらしく、進み出てきて、遺体を覗きこんだ。

「やれやれ、フィデルマ殿、推測ですかな？」

フィデルマは、頭を横に振った。

「私は、推測はいたしませんよ、ラズローン様。前に、そう申し上げましたでしょ」とフィデルマは、苛立ちを見せた。「死者の囁きに、耳をお傾け下さい。もし彼女を若い農婦だと推定なさったのでしたら、娘の肌にご注目を――真っ白ですよ。風や日光に曝《さら》された肌色ではありませんわ。手も、ご覧下さい。柔らかで、指も爪も、よく手入れをされています。爪の下に、黒い汚《よご》れなど、一つもありません。力仕事に従事する者の肥厚《ひこう》した手ではありません。脚も、然り、です。これまた、柔らかで、手入れが行き届いております。足の裏を、見て下さいますか？　あのお粗末なサンダルで、畑や草地をてくてく歩いてきたはずは、ありません。遠方から徒歩でやって来たのでも、ありません」

院長と薬師は、フィデルマの指示に従い、彼女が指摘した手足を調べた。

「次は、髪です」

若い女性の金髪は、項《うなじ》で一本にまとめられ、緩やかに編まれていた。ほとんど、腰に届くほど、長かった。

「別に、おかしな点はないと思うが」と、ラズローンは意見を述べた。

〝アイルランド五王国〟の多くの女性たちは、ごく長い髪を女性の美の象徴と考えており、大抵の女たちは、これに近い髪型にまとめていた。

「でも、この若い女性の髪は、とりわけ念入りに整えられております。この編み方は、伝統的なキルフィオンと呼ばれるスタイルです。ですが、ご存じのはずですわ。この髪型は、高い地位にある女性だけが結うものだ、ということを」

「それなら、どうして農民の服装をしておるのです？」薬師は、やや黙《もだ》していたものの、ふたたびフィデルマの返事を求めた。

フィデルマは、唇をすぼめた。

「私ども、もう少し囁きに耳を澄まさねばなりません。この若い女性は、私どもに、さらに何か、話しかけてくれましょうから」

「例えば？」

「彼女は、結婚しています」

ラズローン院長は、疑わしげに鼻を鳴らした。

「どうして、そのようなことがおわかりなのだろう？」

フィデルマは、死者の左手の第三指（薬指）を指し示した。

「第三指に、ぐるりと痕がついております。確かにかすかな痕ではありますが、彼女がごく最近まで、そこに指輪をはめていたことを示しています。それに、左腕には、染みがついています。これは何だと思われます、ドンガル修道士殿？」

薬師は、肩をすくめた。

「この、青い染料の染みのことですか？　大して意味はありますまい」

「なぜです？」

「村の暮らしでは、よくあることですからな。女たちは、生地や衣料品を、よく自分で染めます。この青い色は、アブラナ科のグラシーンという草を搾って作る青色染料でしょう。大抵の女たちは、これを用います。とにかく、何の不思議もない染みです」

「そうでしょうね。でも、身分ある女性は、自分の衣装を自分で染めたりはしません。それに、この染料の染みは、ごく最近ついたものであるようです」

「それが、重要なのかな？」と、院長は質した。

「おそらく。この遺体が私どもに囁きかけているさまざまな事実の中でもっとも重要な事実を、私どもがどう扱うかに関わってきますから」

「その事実とは？」とドンガルが、さらに彼女の返答を求めた。

「この女性は殺されたのだ、という事実です」

ラズローン院長の眉が、ぎゅっと上がった。

「ちょっと、お待ちを。我らの薬師は、この死者には、暴力の痕跡など何一つ見られないと言っておるのですぞ。切り傷も、打撲傷も、擦り傷も、全く残っていない、と。顔の表情も、あたかも眠っている間に静かに息を引き取ったかのように、穏やかだ。このことは、誰にでも、見て取れますわい」

フィデルマは前に進み出て、死者の頭を少し持ち上げ、衿足が露わに見えるように、一本に編んである髪を、前にまわした。フィデルマは、先ほど遺体を検分した時にも、この動作を行っていた。ラズローン院長とドンガル修道士も、かすかに好奇の色を面に浮かべながら、彼女の動作を見つめていたのだった。

「お二人とも、こちらにいらして、ご覧になって下さい。ドンガル修道士殿、これをどう解釈なさいます？」

薬師は、テーブルの上を覗こうと首を伸ばしながら、いささか当惑の面持ちになった。

「編んだ下げ髪の下までは、見ませんでしたので」

「では、今、それを見て、どう思われます？」

「首筋の真中で、ぽちっと色が変わっておりますな。小さな引っかき傷のように」薬師は少し考えてから、答えを続けた。「幅は手の爪くらいで、中央に小さく血が滲んでおる箇所があります。虫が嚙んで血を吸ったのか、それとも誰かが針で刺したのか。そういった傷ですな」

「院長様も、そうお考えでしょうか？」と、フィデルマは訊ねた。

ラズローンは身を屈め、すぐに頷いた。

フィデルマは、死者の頭を、そっとテーブルに戻した。

「私も、この傷は刺し傷だと思います。今、針で刺したようだ、と言われましたね、ドンガル修道士殿？　いかにも、何か針のように細くて長いもので刺された傷です。その針のような物は、強い力で項に深く刺し込まれて、それが脳にまで達したのです。素早く、致命的に、残酷に。この女性は、おそらく、自分が襲われたことに気づく暇《いとま》さえなく、即死したのでしょう」

ラズローン院長は、茫然と、フィデルマを凝視した。

「はっきりさせて下され、フィデルマ殿。今朝、修道院近くで発見されたこの亡骸は、身分ある女性であり、殺害されたのだ、と言われたのだろうか？　そう理解してよろしいのか？」

「さらに、この女性は、身許を隠すために、死後、衣服を脱がされて、農婦の衣服を着せられております。殺人者は、死者が何者であるかを示す品を全て、遺体から剝ぎ取ろうとしたのです」

「たとえ、そうであったとしても」と、ドンガル修道士はフィデルマをさえぎった。「我々、どうやって彼女は誰なのか、誰がこの犯人なのかを、発見すればいいのです？」

「ドンガル修道士が発見した時、彼女は死後そう経ってはいませんでした。このことは、私どもの仕事をやり易くしてくれます。彼女は、修道院の地所内で殺されたのです。かなり立派な場所を訪れようとしていた途上だったのでしょう。足の裏をご覧なさい。彼女は、自分の最後の旅の終着地へ向かって、相当な距離を、馬か馬車で旅してきたのです」

「でも、その目的地とは、どこなのです？」とドンガル修道士は、フィデルマの説明を求めた。

「この女性は、当地ダロウへやって来たのかもしれぬが、我々の修道院へはやって来ませんでしたぞ」と、ラズローン院長も指摘した。「それは、確かじゃ」

「確かにそうでしょう。となると、私どもには、この女性が訪れようとしていた目的地として、二種類の場所が残りました。貴族の館か、ブルーデン〔居酒屋兼旅籠〕です。彼女が自らの死に遭遇した地は、この修道院から五、六キロの範囲内で、見つかると思います」

「どうして、そう、言い切ることがお出来なのかな?」

「演繹法《えんえき》です。遺体は、死後、さして時間を経てはいませんでした。まだ何者かわかっていないこの殺人者は、死者をできる限り早く隠したかった。そこで彼は、遺体に農婦風の服を着せた上で、手近な場所に運んだのです。つまり、遠くから運んできた訳ではないのです」

ラズローン院長は、顎をこすった。

「殺人者が何者であれ、修道院のすぐ近くに死体を隠すとは、ずいぶん危険なことをしたものじゃ」

「多分、それほど危険ではないのでしょう。私の記憶違いでなければ、あの辺りは、修道院の建物の近くではありますが、この森の中でもごく木々が密生している箇所だったように思えます。あそこは、人が頻繁に訪れる場所なのでしょうか?」

ラズローン院長は、肩をすくめた。

「確かに、トルカン修道士は、ファンギを採取するために森に入りますが、あそこにまでは滅多に行きませんな」と、彼は認めた。「トルカン修道士が死者を見つけたのは、全くの偶然だったのだ」

「であれば、殺人者は、修道院から近すぎることなど、頓着する必要はなかったのです。ところで、私が今推測した距離の範囲内に、先ほど申し上げたような館か何かが、ありましょうか?」

「旅籠や族長の館ですかな？　ここから北へ向かうと、バラコーラ村となり、旅籠が一軒ありますな。逆に南へ行くと、族長コンリ殿のお住まいのバリーコンラ荘がある」

「コンリ殿とは、どのような人物なのです？　お聞かせ下さいますか？」

「最近、族長位に就いたばかりの若者ですわ。族長になった時に、私に敬意を表しに、一度だけ修道院へやって来たものの、実を言うと、私はこの若者のことは、ほとんど知らないのですよ。私がダロウの修道院長としてこの町へやって来た時には、彼の父親がここの族長で、子息のほうは大王《ハイ・キング》の軍団の戦士となって、この地を離れていましたのでな。彼は、オー・ニール系の諸王を相手の戦闘に幾度か従軍し、つい最近、こちらに帰ってきたばかりの独身者なのですわい」

「では、コンリ族長について、もう少し調べねばなりますまい」とフィデルマは、ずばりと決断を下し、窓から覗く曇り空を見上げた。

「日没まで、まだ一時間はありますわ」彼女は、ちょっと考えてみた。「トルカン修道士に、門の所で落ち合えるでしょうか？　遺体を発見された場所へ、案内して欲しいのです」

「そのようなことが、何になるのですかな？」と院長は、問いかけた。「あそこには、遺体以外には、何もなかったが」

　フィデルマは、それには答えなかった。

院長は、溜め息をつきながら、修道士を探しに出ていった。

それから三十分後、トルカン修道士は、森の中の小さな空き地へと、フィデルマを案内しつつあった。その後から、ラズローン院長が苛立たしそうな様子で、従《つ》いてきた。フィデルマは、そこへと向かう小径をじっと見つめながら、進み続けた。小型の荷車がやっと通れる程度の小径だった。彼女は、路面に轍《わだち》と馬蹄《ばてい》の跡が刻まれていることに気づいた。明らかに、荷車が通ったのだ。

「あれは、どこに通じているのかしら?」三人はすでに目的の空き地についていたが、空き地の向こう端にも、もう一本、小径が延びていたのだ。

院長が、それに答えてくれた。

「先のほうで、南の道路に繋がっておるのです。バリーコンラ荘へ向かう道路ですわい」と彼は一言、意味ありげに付け加えた。

すでに、空は暗くなってきつつあった。フィデルマは、溜め息をついた。

「明日の午前中、コンラの族長のコンリ殿に会いたいと思います。今夜、このまま調査を続けても、無駄でしょうから。今は、修道院へ引き返すのが、最善策でしょうね」

翌朝、フィデルマは、ラズローン院長に伴われて、南へと馬を進めた。族長コンリの館は、かなり大規模な地主屋敷だった。その周囲を、小農《しょうのう》たちの農場や小作人たちの住居の一群が取り囲んでいる。手近な畑では、根菜類の収穫作業が行われていた。道には、一頭のロバで牽《ひ》かせる小型の荷車が数台停めてあり、農夫たちがそれに収穫物を積み込んでいた。小径は、集落の間をうねうねと通り抜けている。途中には、渡渉《としょう》しなければならない川もあった。川原では、火にかけた大釜に布地や衣類を入れて掻きまわしたり、洗い終わった分を土手に広げたりしている女たちの姿も見られた。染料の刺激的な臭いが、今農婦たちがどういう作業をしているかを、フィデルマに告げていた。二人が通りかかると、何人かが仕事の手を止めて、院長に挨拶の声をかけ、彼に祝福を求めた。二人は、さらにもう一つの畑の傍らを通り過ぎ、坂になってきた小径を登って、大きな館へと馬を進めた。

族長の館が建っている場所は、おそらく、かつては丘の上の砦だったのであろう。

館のほうから、手入れの行き届いた艶やかな黒馬にゆったりと跨《また》がった若者が、二人を目指して、普通駆け足《キャンター》で近づいてきた。

二人は馬を停め、近寄ってくる男を待ち受けた。

「あの若者が、バリーコンラ荘の主《あるじ》、族長のコンリですよ」とラズローンが、フィデルマに囁いた。

浅黒い肌の美男子であるようだ。服装や物腰から、彼が社会的地位を持った行動的な男であることが、見て取れる。額に走る傷跡は、戦士の経歴を持った男であることを物語っていた。傷は、彼の容姿や風格を損ねるよりは、むしろそれを高めているようだ。

「お早うございます、院長殿」と彼は、ラズローン院長に快い挨拶を述べ、フィデルマに視線を転じた。「お早うございます、修道女殿。どのようなご用で、バリーコンラ荘へ?」

フィデルマは、ラズローンが説明しようと口を開きかけるのをさえぎって、「私は、ドーリィーです」と、名乗った。「どなたか、客人をお待ちのようにお見受けしますが、コンラの族長コンリ殿。丘の上から、私どもが近づいてくるのをご覧になって、素早く馬に乗り、お出迎え下さったご様子。気づいておりましたよ」

若い族長は、わずかに目を見張ったが、すぐに悲しげな笑みを頬に浮かべた。

「鋭い目をしておいでですな、ドーリィー殿。実は、この数日、妻の到着を待ち受けているのです。馬に乗った女性の姿を目にしましたもので、一瞬……」

「奥方を?」とフィデルマは、ラズローン院長にすっと視線を向けながら、素早く問いかけた。

「セグナットという名で、ティール・ビーの族長殿の娘です」誇らしさを隠そうともせず、コンリはフィデルマに答えた。

「待ち受けていると、おっしゃいましたね?」

「毎日、今日こそと、待っていました。それで、ドーリィー殿を妻だと思ったのです。私どもは、ほんの三カ月前に、ティール・ビーで結婚したばかりでして。しかし、ここの領民たちに関わる問題が生じて、すぐにこちらへ戻らねばならなくなりましてね。セグナットも一緒のはずだったのですが、妻のほうにも出発を延期せざるを得ない事情ができまして、私だけ一足先に、ここへ帰ってきたのです。でも一週間前に、妻から、私と暮らすためにバリーコンラへ向けて出発できるようになった、という知らせが届きました」

フィデルマは、考えこみながら、彼を見つめた。

「そのようにご出発が遅れたのは、どういうご事情だったのでしょう？」

「私たちが結婚した時に、妻の父親が病にたおれ、つい最近、身罷《みまか》りました。セグナットはただ一人の近親でしたので、父親の介抱のために、止むをえず出発を遅らせたのです」

「奥方のご容姿を、お聞かせいただけますか？」

若い族長は、眉をひそめながらも、頷いた。

「でも、なぜ、そのようなことをお訊ねになるのです？」

「今しばらく、私の振舞いをお許し下さい、コンラの族長殿」

「齢は二十歳。金髪で、青い瞳です。こうしたお訊ね、どうしてなのです？」

フィデルマは、はっきり答えようとはしなかった。

「ティール・ビー族長領からの道は、北からやって来る旅人を、バラコーラ村を通って、修道院近くへと導いてくるのでしたね？」

コンリ族長は、この問いにびっくりしたらしい。

「そうなりますな」と彼は、苛立ちを見せながらも、それを認めた。「でも、もう一度伺いますが、こうしたご質問、一体どうしてです？」

「私は、ドーリィーです」とフィデルマは、落ち着いた態度で、同じ答えを繰り返した。「さまざまな質問をするのが、ドーリィーとしての私の仕事なのです。でも、実を言いますと、昨日の朝、修道院近くの森の中で、若い女性の遺体が見つかりましてね。私どもは今、その身許を突きとめようとしております」

コンリは、忙《せわ》しなく、目を瞬《しばたた》いた。

「それが、セグナットだと言われるのですか？」

フィデルマは、同情の色を面に浮かべた。

「私どもは、ただ、行方不明になっている若い女性はいないかと、周辺の人々に聞き込みをしているところなのです」

コンリ族長は、異を唱えるかのように、顎をぐいっと突き出した。

「でも、セグナットは、行方不明になど、なっていませんぞ。今にも、到着するはずです」

「でも、この遺体をご覧になりに、今日の午後、修道院までお越しいただけませんでしょうか？　もちろん、これがセグナット様である可能性を、消去するためです」

若い族長は、いかにも頑固そうに、口許を固く引き締めた。

「絶対、セグナットではあり得ませんよ」

「残念ですが、どのようなことにも、可能性はありますわ。ただ、一つがほかのいくつかより可能性が高い、というだけなのです。ご協力いただければ、私ども、ありがたく存じます。はつきり否定していただくことは、はっきり肯定して下さることと同じように、私どもの助けになるのです」

ラズローン院長が、ここで初めて、言葉をはさんだ。

「修道院は、貴殿のご助力に感謝しますぞ、コンラの族長殿」

若者は、躊躇の色を見せたものの、肩をすくめた。

「今日の午後、と言われましたな。伺いましょう」と言うや、彼はさっと馬首をめぐらせて、キャンターで駆け去った。

ラズローン院長は、ちらっとフィデルマと目を見交わした。

「今の情報、お役に立ちましたのか?」

「そう、思いますわ」と、フィデルマは答えた。「私ども、次には、修道院の北のバラコーラの集落にあるとおっしゃっていらした旅籠に注意を集中すればいいのだと、お蔭でわかりましたもの」

ラズローン院長の顔が、明るくなった。

「なるほど、あなたの方針が、私にもわかってきましたぞ」

フィデルマは、彼に微笑みかけた。

「本当に?」

「否定的な情報も、肯定的な情報と同じように大事だ、と言われましたな？　あなたは、若いコンリ族長から、否定の形の情報を引き出された。それによって、我々は、殺害された女性が誰であるかを求めて、今やただ一つ残っている可能性を調べに行けばいい、ということになりましたな」

フィデルマは、微笑みながら、修道院のほうへ、さらにはその先のバラコーラ集落へと、北へ向かう道に馬を進め始めた。


旅籠は、十字路に建つ、低く広がる陰気な建物だった。二人が中庭へ入っていった時、逞《たくま》しい体格の中年の女が、ラバに牽かせた荷車と共に、ちょうど現れて、中庭への入り口を塞ぐように荷車を停めた。女は、荷車の上に坐ったまま、不快げに二人を睨みつけた。

「坊さんと尼さんか！」ほとんど唾を吐きかけんばかりの挨拶だった。

フィデルマは、眉をつっと上げて、彼女をじっと見つめた。

「どうも、私たちに会って嬉しい、という様子ではありませんね？」とフィデルマは、面白そうに彼女に応じた。

「修道院が無料《ただ》で泊めてやるもんだから、あたしらのような貧しい人間の商売は、とんだ迷惑をこうむってんだからね」

「そうでしょうかねえ？　私たち、ここで、飲み物か軽い食事でも頼もうとしているのかもしれませんよ」

「あんたたち、代金払う気なら、中に亭主がいるから、頼みゃいい」

フィデルマは、女の前に立ちふさがったまま、彼女に道をあけてやろうとはしなかった。

「どうやら、ここの女将《おかみ》さんのようですね？」

「だったら、何さ？」

「でしたら、二、三、質問があります。二日前の夜、若い女性が一人で、ここを通りませんでした？　ティール・ビーからの北街道をやって来て、ここに着いたはずの女性です」

大女の目が、疑わしげに、きつくなった。

「あんたに、何の関わりがあるんさ？」

「私は、ドーリィーです。何人《なんぴと》であれ、ドーリィーの質問には答えねばなりません」とフィデルマは、厳《きび》しく言い渡した。「名前は、何と言います、女将さん？」

女は、目を瞬いた。咄嗟《とっさ》に食ってかかろうとしたらしいが、それはすぐに思いとどまって、口を一文字に引き結んだ。ドーリィーの質問に答えることを拒めば、法への冒瀆として科料を科せられることになる。公共の宿の主には、とりわけ法の遵守が厳しく求められるのだ。

「コルブナットですよ」と大女は、渋々命に従った。

「そして、私の最初の質問への答えは？」

コルブナットは、分厚い肩を、雄弁にすくめて見せた。「二日前の晩、ここへやって来た女は、いましたよ。でも、ただ夕食と、馬に飼葉をやってくれって、注文しただけでね。ティール・ビーから来た人でしたよ」

「その女性、名前をあなたに告げましたか？」

「聞いた覚え、ありませんね」

「金髪を一本の編み髪にして背に垂らした、色白の女性ではありませんでしたか？」

女将は、ゆっくりと頷いた。

「その人ですよ」と答えたものの、突然、彼女の大きな顔に、怒りの色が走った。「あたしの旅籠か、ここの応対ぶりについて、あの女、苦情を申し立てたんだ。そうなんでしょうが？」

フィデルマは、頭を横に振った。

「あの人は、苦情を申し立てることなど、とてもできませんよ、コルブナット。あの女性は、亡くなりました」

女将は、ふたたび目を瞬かせて、言い立て始めた。「でも、あたしらがここで出した料理で死んだんじゃありませんよ。あたしゃ、ここをきちんと営んでるんだから」

「あの女性の死因を問題にしているのでは、ありません」とフィデルマは、口をすぼめた。

「あなたは、小さな荷車を使っていますね？」

コルブナットは、話題が急に変わって、びっくりしたようだ。

「そうしている者、大勢いますよ。あたしゃ、必要な食料を近辺の農家に求めなきゃなんないんでね。それがいけないってんですかい？」

「衣類などは、この旅籠で、自分で染めているのですか？」

「衣類なんかを、自分で染めてるかって？　なんだって、そんな戯けたこと言ってなさるんですかい、修道女さん？」と言いながら、コルブナットはちらっとラズローン院長を見やってから、フィデルマに視線を戻した。どうやら、自分が相手にしているのは頭のおかしい危ない連中なのだと、考えたようだ。「殿様や奥方様じゃあるまいし、誰だって、自分の衣料は自分で染めまさあね」

「あなたの手と腕を、見せてくれますか？」とフィデルマは、強引に求めた。女将は、ふたたび一人からもう一人へと目を移しながら、二人のごく穏やかな顔を目にして、逆らうまでもないと判断したらしい。彼女は、溜め息をつきながら、がっしりとした両腕を差し出した。染料の染みは、一つもついていなかった。

「ご満足で？」とコルブナットは、尖った声をフィデルマに投げつけた。

「きれいな手をしていますね」とフィデルマは、女将に答えた。

女将は、ふんと鼻を鳴らした。

「汚れ仕事をやってくれるんじゃなきゃ、何のために亭主を持ったってんですかね」

「でも、若い女性に食事を出してあげたのは、あなたなのでしょう？」

「はあ、あたしですよ」

「いろいろ、あなたに話しかけていました？」

「ほんのちょっとね。ご亭主のとこへ行く途中だとか、言ってましたっけ。ご亭主、修道院を南へ少しばかし行ったとこに住んでるんだって」

「ここに、一晩、泊ったのではないのですね？」

「早くご亭主んとこへ行きたがってましたのさ。全く、若い連中のお熱ときたら！」とコルブナットは、不愉快そうに鼻を鳴らした。「すぐに冷めちまう熱病ですよ。美男の王子様と思って結婚したら、実は怠け者のろくでなしだったなんてね！　うちの宿六が、良い例――」

フィデルマが、それに割り込んだ。「夫に夢中だというふうに見えましたか？」

「ああ、そりゃあ、もう」

「問題を抱えているとか、心配だとか、言ってはいませんでした？」

「全然」

フィデルマはじっと考えこんで、しばし口を噤《つぐ》んだ。

「この旅籠に居る間、誰も連れはいませんでした？　誰一人、あの女性に話しかけた者は、いなかったのですか？　ほかに、客は？」

「いいや。ここには、うちの宿六とあたしだけでしたよ。そして、宿六は、馬の世話をしてましたからね。あのお客、馬の面倒をよく見るようにって、煩《うるさ》くってね。ありゃ、きっと、どっかの族長の娘ですよ。馬も、見事な黒い牝馬だったし、着ている服も、すごく上等なものだったしね」

「彼女が出ていったのは、何時でした？」

「食事が終わってすぐで、陽が落ちてちょうど二時間って時刻でしたよ。すっかり夜になってしまう前に目的の場所に着けるって、言ってましたっけ。あの客に、何があったんですか？街道の追い剝ぎにでも襲われたんですかね？」

「それを知ろうとしているのです」と、フィデルマは答えた。だが、あの気の毒な若い女性の死に方から見て追い剝ぎではあり得ないということまでは、女将に告げなかった。実を言えば、この死に方こそ、彼女にとって最も重要な手掛かりなのだ。「今度は、あなたのご亭主と、一言、話したいのですが」

コルブナットは、眉をしかめた。

「どうしてエッケンと話したいんです？　うちの宿六は、何もお話しすること、できませんよ」

フィデルマは、厳《いか》めしく、眉を寄せた。

「その判断を下すのは、私です」

コルブナットは何か言いかけて、フィデルマの面の揺るぎない決意に気づき、肩をすくめた。そして、突然、甲高く耳障りな声で叫んだ。

「エッケン！」

その大声に、ラバやフィデルマたちの馬が、びくっと驚いた。脅《おび》えて後ずさりしようとした動物たちを落ち着かせるまでには、二、三分かかった。

納屋から、痩せた、鼬《いたち》のような顔をした男が現れ、急いでやって来ると、「お呼びになりましたかね？」と、大人しい態度でフィデルマに問いかけた。だが、すぐにラズローン院長に気づいた。明らかに、顔見知りの仲のようだ。男は両手を揉み合わせながら、へり下った物腰で、ぴょこりと頭を下げた。「ようこそ、お出でを、ラズローン院長様」彼は、続いてフィデルマに向かって、「尼様も、よくお出で下さいました。お越しいただけたことだけで、俺らの家は祝福を頂きましたわい」と、挨拶を述べた。

「静かにせよ！」とラズローン院長が、男の饒舌をぴしりと叱りつけた。「ドーリィー殿が、お前に質問をしたいと仰せじゃ」

小男は、目を見張った。

「ドーリィー殿？」

「〝キャシェルのフィデルマ〟です」彼女の視線が、揉み手をしている男の腕に向けられた。

「腕に、青い染料の染みがついているようですね？」

小男は、びっくりしたように、自分の腕に目を落とした。

「ちょうど、幾色かの染料を混ぜとったんですわ、尼様。グラシーンとダヴ・ポールを調合して、良い色合いの青色を創り上げたいって思いましてな――ダヴ・ポールってのは、沼の底に溜っとる真っ黒な澱《おり》で、青色の成分のグラシーンと混ぜ合わせりゃ、きっと深みのある青色が……」

「黙んな！　尼様は、お前さんの無駄口なんぞ、お聞きになりたかないよ」と、コルブナットの叱声が飛んできた。

「その反対です」とフィデルマは、女将のがみがみ女房ぶりに苛立って、ぴしりと彼女を制した。「私は、先夜、若い女性がここへやって来た時に、エッケンが染色作業をやっていたかどうかを、知りたいと思っているのです」

エッケンは、顔をしかめた。

「ただ夕食と馬の世話だけ注文した、あの若い女のことだよ」と、女房が小男に説明した。

「ほら、あの黒い牝馬さ」

小男は、やっとわかったようだ。

「この染め物は、今日始めたばかしでさ。でも、あの娘のことなら、覚えてまさあ。早く着きたいって、やけに急《せ》いてましたな」

「その女性と、話をしましたか？」

「馬の世話について、ほんの一言、二言でさ。その後、あの客は、夕食を摂ろうと、すぐに旅籠の中へ入っていきましたからな。中に居たのは、一時間かそこらですわ。そうだったろ、コルブナット？　それから、馬に乗って、行っちまいましたよ」

「あのお客、一人で出ていきましたよ」と、コルブナットが付け加えた。「さっき、言った通りにね」

エッケンは、口を開きかけたが、女房の眼差《まなざ》しで、その口を、ふたたびきゅっと閉じてしまった。

その無言のやり取りを、フィデルマは見逃しはしなかった。

「何か、付け加えることはありませんか、エッケン？」と、彼女は小男を促した。

エッケンは、躊躇いを見せた。

「さあ、何か言い足すことがあるなら、はっきり、おっしゃい！」とフィデルマは、鋭く彼に命じた。

「ただ、ちょっと……そのう、あの女客は、全く一人っきりで馬に乗って立ち去ったっていう訳じゃないんで」

彼の女房は、渋い顔をして、亭主に向きなおった。

「でも、あの晩、旅籠には、ほかに誰もいなかったじゃないか。あんた、何言ってんだい？」

「俺、鞍に乗んなさるのを手伝って、あのお客が南のほうに馬を進めるのを見送っとったら、丘の岩っ鼻のとこで、向こうから、ロバに牽かせた小さな荷車に乗って羊の群れを引き連れた奴が現れて、あのお客と連れだって、南のほうへ行ったんだ」

「誰かが、あの女性と一緒に？　男でしたか、それとも女？」とフィデルマは、返事を求めた。

「その見分けはつきましたか？」

「男でさあ」

ラズローン院長も、ここで初めて、口をはさんだ。

「では、その男こそ、我々が求める真犯人ですな」と彼は、ほっと吐息をついた。「とにかく、街道の追い剝ぎだったのだ。だが、そうなると、我々には、そ奴を突きとめることは不可能ですな」

だが小男エッケンは、「街道の追い剝ぎじゃねえです」と、はっきりと言い切った。

フィデルマたちは驚いて、さっとエッケンを振り向いた。

「じゃあ、それが誰だったか、尼様がたに申し上げなよ、このうすのろ!」と、コルブナットは、哀れな連れ合いを、怒鳴りつけた。

「ありゃあ、フィンの若造だったんだ」とエッケンは、今の罵《のの》りに傷ついて、抗議し始めた。

「あいつ、きっと羊の群れをこっから一マイルほどのシュリーヴ・ヌアダ（ヌアダの丘）に連れてって、草を喰《は》ませてたんだろ」

「ああ、あのおかしな若者かい」とコルブナットは、それなら納得できる、という顔になった。

「三年前に両親《ふたおや》が死んじまってからってもの、すっかり世捨て人になっちまってる。あの若いの、あたしに言わせりゃ、普通じゃないね」

フィデルマは、視線をエッケンに戻して、「あなたたちのどちらかに、修道院へ行って、遺体を見てもらいたいのです。それが旅籠に立ち寄った女性に違いないか、確かめてもらえないかしら？　これは、きわめて重要なことなのです。私ども、あの女性の身許を、はっきりと確認したいのです」

「エッケンが行きゃいい。あたしゃ、忙しいんでね」

「では、そのフィンという羊飼いが住んでいる場所を、教えて下さい」

「シュリーヴ・ヌアダというのは、ここから見えている、あの大きな丘ですわい」と、ラズローン院長が口をはさんだ。「その場所なら、私が知っている。その若者もな」

程なく、二人は、昔ながらのリアス・カラック〔羊小屋〕のすぐ傍らに建つ、羊飼いの小屋に到着した。羊たちは、見知らぬ人間が入ってきたことにも全く無関心のまま、うろうろ歩きまわっていた。羊は、村の共用草場で放牧される時、隣人の羊の群れに紛《まぎ》れ込むことがあるので、飼い主をはっきりさせるため、染料で印がつけられる。フィデルマは、ここの羊には、青い染料で丸印がつけられていることに、気がついた。

フィンは、風雨にさらされて赤銅色に日焼けした、整った顔立ちの若者だった。赤毛の髪が一房、額にこぼれている。彼は、身を屈め、ひどく胃が膨れているらしい一匹の羊に跨っていた。まるで、仔羊を孕《はら》んでいるようだが、それにしては、いささか異様だ。フィデルマたちは、馬を進めて近寄ってみた。若者が、長くて細い、針のようなビーラッハ〔串状の針〕を、羊の腹部に突き刺そうとしているらしい。すぐに、奇妙なしゅーしゅーという音がして、羊の腹部が、たちまちすぼんでいった。解放された羊は、機嫌を損ねたような鳴き声を残して、よろよろと逃げていった。

若者は顔を上げて、ラズローン院長に気づき、ビーラッハを脇に置いて、歓迎の笑みを浮かべながら寄ってきた。

「ラズローン院長様。親父の葬式の時お目にかかったきり、ずっとご無沙汰しちまいまして」

フィデルマとラズローンは馬を下り、手綱を繋ぎとめた。

「どうやら、厄介事を抱えているようだな」とラズローン院長は、今すっきりした身体つきに戻った羊を見やりながら、若者に声をかけた。

「あいつらときたら、食っちゃなんない草も食っちまうんでさ。すると、ガスが溜って、腹がまるで空気を吹き込んだ袋みたいにパンパンになるんで。でも、針を刺してやると、空気はすーっと抜けます。ごく簡単で、羊には、何の障《さわ》りもありませんや。院長様は、修道院のために、羊を買いにお出でたんで？」

「残念ながら、悲しい用件でな。こちらは、フィデルマ修道女殿じゃ。ドーリィーでいらっしゃる」

若者は、眉をしかめた。

「よう、わかりませんけど？」

「二日前、お前はバラコーラの旅籠のほうからやって来る女性に、行き合ったな？」

フィンは、躊躇いなく頷いた。

「その通りで」

「どうして、その女性に声をかけたのだ？」

「声をかける？　何のことで？」

「お前は、ロバが牽く荷車に乗っていたのであろう？」

「はあ」

「女性のほうは、馬に乗っていたのだったな？」

「はあ、黒い牝馬でしたよ」

「なぜ、立派な馬に乗った女性に話しかける気になったのじゃ？」

「なぜって、ティール・ビーから来られたセグナット様だったからでさ。俺、親父に従《つ》いて——御魂よ、安かれ——よく、父御《ちちご》の砦に行ってましたから、セグナット様を知ってたんでさあ」

フィデルマは、何とか驚きを押し隠した。

「父御は、ティール・ビーの族長様でさ」

「あなたのお父さんは、ティール・ビーに、どのような用があったのです？　ここからは、かなり離れた土地ですのに」

「親父は、今じゃもう絶えかけてる、角《つの》のある古い品種の羊を育ててましたんでね。腕のいいトゥロイダーゲで、それを誇りにしてたんでさ。見事な羊を育てることにかけちゃ、大したもんでした」

トゥロイダーゲというのは、第一級の羊飼いを指す名称である。

「わかりました。それで、セグナット殿を知っていたのですね？」

「道でぱったり会って、びっくりしましたよ。今度、バラコーラの族長になったコンリと結婚して、一緒に暮らすために、今、コンリの館に行くとこだって聞いたもんで」

微妙な感情が、フィンの声に覗いたことを、フィデルマは聞き逃さなかった。

「コンリ殿が嫌いなのですか？」

「あの人を、好きだの嫌いだの言う資格、俺にはないですよ」と、フィンは認めた。「ただ、びっくりしただけでさ。セグナット様が、別の女と一緒に暮らしとる男と結婚する、なんて聞かされたもんで」

「その点は、人それぞれの選択ですよ」とフィデルマは、若者を窘《たしな》めた。「〈新しい信仰（キリスト教）〉も、古くよりの一夫多妻という結婚の在り方を、私どもから完全に払拭《ふっしょく》するまでには、いたっていません。男性は、一人以上の妻を持つことを認められていますし、それと同じように女性も、一人以上の夫を持つことを認められていますよ」

ラズローン院長は、感心しないとばかりに、頭を振った。

「教会は、一夫多妻制に反対しておりますぞ」

「おっしゃる通りですわ」と、フィデルマも同意した。「でも、『ブレハ・クローリゲ』[4]の中で法律的な問題を論じておられる法学者は、〝一夫多妻制を否定することは、そう簡単ではない。なぜなら、古いキリスト教の教典に、神の選民であるユダヤの人々は一夫多妻制をとっていたことが記されているからだ。そこを取り上げて、いろいろ議論がされてきている。したがって、一夫多妻制を認めることと同様に、それを否定することも、なかなか難しい〟と、述べておいでですわ」


フィデルマは、やや黙してから、ふたたび口を開いた。

「あなたが、コンリ殿の結婚の在り方を好ましくないと感じているのは、セグナット殿が好きだからでは？　違いますか？」

「どうして、そんなことをお訊ねなんで？」と、羊飼いは反論した。

「セグナット殿が、殺害されたからです」


若者は、一瞬、フィデルマを凝視したが、すぐにその顔を引き攣《つ》らせた。

「コンリの仕業だ！　セグナット様の夫がやったんだ。あいつ、セグナット様が持ってくる持参金が狙いだったんだ。しかも、セグナット様が持ってくるのは、それだけじゃないからな」

「例えば？」

「セグナット様は、バンフォマーバ〔女性相続人〕なんでさ。お父上は、男の後継者を残さないまんま亡くなんなさったから、あの人がティール・ビーの女族長なんだ。それに、自分の財産も持ってなさる。セグナット様が、そう言っておられましたよ。だけど、コンリがセグナット様を娶《めと》りたがった理由は、もう一つあるんでさ。このところ、アイルランド全土の大王は、ウラー（現在のアルスター地方）王国の北オー・ニール系のいろんな国を相手に、幾度も戦っとられましたから、大王にお仕えする武将として、コンリの奴、手勢を引き連れて戦に出陣しなけりゃなんなかった。そのため、何度も自分の軍団の兵士を集めにゃならず、すっかり金を使い果たしとったんでさ。これは、誰でも知っとる噂ですぜ」

「噂話は、必ずしも事実ではありませんよ」とフィデルマは、フィンを制した。

「でも、大抵は、事実あっての噂でさ」

「セグナット殿が亡くなったと聞いても、あまり驚いたようではないな」とラズローン院長は、ちくりと皮肉った。

「最近は、よく人の死に出会いますんでね、院長様。あまりにも、死が多すぎまさあ」

「もう、これ以上あなたを引き留める必要はなさそうですわ、フィン」やがてフィデルマは、羊飼いに、そう告げた。ラズローン院長が、驚いたように、彼女をちらっと見やった。

「俺が言ったこと、忘れんで下さい。コンリが犯人だって、すぐにおわかりになりますぜ」立ち去ろうとするフィデルマの背に、フィンはそう叫んだ。

ラズローン院長は、何か話しかけたそうであったが、それを思いとどまって、大人しくフィデルマの馬の後に従った。二人は、羊飼いの小屋を後に、しばらく馬を進めていたが、もう声がフィンに届かない所まで来るや、ラズローン院長は、興奮気味に身を乗り出してきた。

「ほうれ！　殺人者を突きとめましたな。フィンだったのです。これで、全て辻褄が合う」

フィデルマは、振り返って、彼に微笑みかけた。

「そうですかしら？」

「動機も、機会も、手段も、揃っている。それに、それらを裏付ける証拠までもありますぞ。フィンが、彼女を殺したのだ」

「どうやら、いろいろ法典をお読みになったご様子ですね、ラズローン様」と彼女は、直答《ちょくとう》を、さらりと躱《かわ》した。

「フィデルマ殿のご成功を見習いましてな」

「では、お聞かせ下さいな。どういうふうに、謎をお解きになりましたの？」

「先ずは、ビーラッハがありましたぞ。あの女性の致命傷は、あなたが示唆なさった通り、長く鋭い凶器によるものだ。羊の手当てに使う細い串ですわ」

「どうぞ、先を」

「フィンは、自分の羊たちを見分けるために、青色の染料を用いていた。遺体についていた染みは、これですわい」

「その先を」

「フィンは、セグナットを知っていた。そして、コンリが彼女と結婚したことを、妬《や》いておった。嫉妬は、しばしば、殺人の動機になりますからな」

「ほかには、いかがです？」

「セグナットが死を迎えたあの夜、フィンは街道であの女性に会った。そして彼は、ロバに牽かせた小さな荷車に乗っていた。遺体を運ぶにうってつけですわい」

「フィンがセグナットに会ったのは、夜ではありませんよ」とフィデルマは、几帳面にラズローンの言葉を正した。「すっかり夜になるまでには、まだ時間がありました」

ラズローン院長は頭を振って、彼女の言葉をさえぎった。

「私が言った通りですぞ。動機と、機会と、手段。フィンが、犯人だな」

「間違えておいでですわ、ラズローン様。死者の囁きに、耳を傾けていらっしゃいませんのね。でも、フィンは、誰が殺人者であるのか、わかっていましたよ」

ラズローン院長は、目を見張った。

「私には、どうも理解が……」

「申し上げましたでしょ、死者に耳をお傾けにならねばならないと。コンリの奥方セグナットを殺害したのは、コンラの族長、コンリ自身です。動機は、おそらく、フィンの指摘通りでしょうね……奥方が亡くなった後の、その遺産を狙ったものと思います。コンリは、セグナットと結婚した時点で、すでに奥方の父親が遠からず亡くなることを、知っていたのです。修道院に帰りましたら、私はすぐにボー・アーラ[5]〔代官〕に使いを出し、数人の戦士を伴って、コンリの農園や館を、捜査させるつもりです。運が良ければ、セグナットの衣服や身の回りの品を、まだ廃棄していないかもしれません。それに、コンリが乗っていたあの黒い牝馬は、気の毒なあの女性が、自分の死へ向かってやって来た時に乗っていたものと同じ馬だったと、私ども、程なく確認できましょう。私は、きっとエッケンが、二頭は同じ黒馬だと、はっきり見定めてくれるのではないかと、期待しています」

ラズローン院長は、いとも平静なフィデルマに驚きながら、彼女の顔を呆気《あっけ》にとられて見つめてしまった。

「でも、どうして、そうはっきりと言い切ることがお出来なのですかな？　今言われたのは、推測なのでは？　フィンも、コンリと同様、セグナットを殺せたはずですぞ」

フィデルマは、首を横に振った。

「致命傷だった傷を、思い出して下さいませ。針を突き刺した傷は、項の下のほうの、編み髪の陰に隠れた箇所にありましたわ」

「それが、何か？」

「もちろん、ビーラッハのような長く鋭い針であれば、あのような傷をつけることができるでしょうし、現に、そうだったのだと思います。でも、全くの他人に、あるいはフィン程度の知り合いに、そのような傷を負わせることができましょうか？　どのようにして、その見知らぬ人物は、セグナットを、そこまで寛《くつろ》がせることができたのでしょう？　見知らぬ男は、どうやってセグナットの編み髪を持ち上げ、そこにさっと針を突き刺すことができるでしょう？　セグナットが、愛する者以外に、そのようなことを誰に許しましょう？　それができたのは、彼女が信じ切っていた人物だけです。馴れ馴れしく触れられても、警戒しなかった相手。それは、ただ一人です。彼女の恋人、彼女の夫。ほかに、誰がいましょうか」

ラズローン院長は、深い溜め息をついた。

フィデルマは、付け加えた――「セグナットは、愛する夫に会えるものと喜んで、バリーコンラに到着しました。でも、そこに待ち受けていたのは、自分を殺害し、その財産を奪おうと企《たく》んでいた殺人者だったのです」

「妻を殺害した後、コンリはその衣服と宝石類を剥ぎ取り、代わりに農婦の服を着せ、農民たちが自分で染めた服や布地を運搬する時に使う荷車に乗せたのじゃな。その上で、遺体を森に運び込んだ。おそらく、亡骸は、すっかり朽ち果てるまで発見されることはあるまいと、考えたのであろうよ。たとえ発見されようと、決して身許まではわからぬと、踏んでいたのだな」

「コンリは、忘れておりました、たとえ死んでも、死者は我々に多くのことを囁いてくれる、ということを」とフィデルマは、悲しげに、頷いた。「死者たちは、私どもに囁いてくれます。私どもは、それに耳を澄まさねばならないのです」

バンシー

The Banshee

「あの男の家の前で、連夜、三日にもわたって、バンシー(1)が嘆いておったのです。あの男が、そこに、死体となって発見されたのも、不思議ではない。あの男は、定めの時を迎えたのですわい」

修道女フィデルマは、驚きの視線を、アボーン司祭へ向けた。

初老の司祭は、やや前屈みに浅く椅子に坐っていた。さして寒い日ではないのに、わずかに身を震わせている。薄い唇も、かすかに震えていた。片方の口角からもれた唾が、白髪まじりの顎の無精髭に引っかかっている。頭蓋骨を思わせる肉の薄い顔にぴんと張りついたような皮膚は、まるで羊皮紙（パーチメント）のようだ。

「あの男の死は、定められておったのです」と司祭は、ほとんど苛立たしそうな口調で、そう繰り返した。「死の呼び出しであるバンシーの嘆きの歌を拒むことは、誰にもできませんのじゃ」

フィデルマは、司祭が怯えており、ごく真剣に話しているのだと、気づいた。

「誰が、その嘆き声を耳にしたのです?」と彼女は、自分が抱いている当然の不審を気取られないようにと押し隠しながら、初老の司祭に訊ねた。

老人は、ぶるっと身を震わせた。

「近くに住む、粉挽きのグラスですわ。それに、ブラーも、この嘆き声で目が覚めたと、はっきり言っとります」

フィデルマは唇をすぼめ、その隙間から、音のない口笛のように、息をそっともらした。

「二人とは、後ほど話すことにします。今は、この件について、司祭殿がご存じのことを、聞かせていただけますか? ご自分で直接見聞きなさった事実だけを、伺いたいのです」

初老の司祭は、苛立ちを抑えるかのように、溜め息をついた。

「もう、ご存じのはずでは? 儂《わし》がお送りした伝言《メッセージ》は、いたってはっきりしとったと思いますが?」

「私は、男性の死体が発見されたが、その死には訝《いぶか》しい点がある、と聞かされました。この知らせを届けに来た使者は、この不審を詳《つまび》らかにするために、法廷に立つ資格を持ったドーリィー〔弁護士〕を一名、派遣していただきたいとのご当地からの要請も、キャシェルのブレホン〔古代アイルランドの法律家、裁判官〕の長《おさ》に伝えられました。これが、私がこれまでに聞かされた情報です。ほかに私が知っていることと言えば、その男はエルナーンという名の農夫で、自宅の戸口で、咽喉《のど》をぎざぎざに切り裂かれた死体となって発見された、ということぐらいです」

フィデルマは、自分の苛立ちを見事に抑えながら、きわめて明確に、司祭に答えた。

「ここは、ごく穏やかな土地でしてな」とアボーン司祭は、突然、弁解めいた口調で説明し始めた。「ショウル河の堤に沿って長閑《のどか》に広がる、小さな集落ですわい。自然さえも、我々に祝福を与えてくれとります。だから我々は、この地を〝蜜流る緑の野〟と呼んでおったのです。未《いま》だかつて、このようなことが起こったことはなかった土地だのに」

「もし、何が起こったのかを正確に知ることができれば、大変助かります」と彼女はそっと促した。「ですから、どうかご存じの事実を、お聞かせ下さい」

「儂は、この村のただ一人の聖職者でしてな」とアボーン司祭は、彼女の求めなど耳に入らなかったかのように、自分の話を続けた。「この四十年、儂はこの地に住み、この集落の者たちの魂の問題に手を差し伸べてきました。だが、未だかつて、このようなことは……」

司祭は、言葉を途切らせた。

フィデルマは、何とか苛立ちを抑え、彼が口にしようとしている言葉を待った。

「〝事実〟と言われましたな?」と彼は、突然、淡い色の目でじっとフィデルマを見つめつつ、問い返してきた。「〝事実〟は、こうですわい。昨日の朝、儂が朝のご祈禱を捧げておった時、ブラーが戸口に現れて、大声で泣きながら、エルナーンが死んでる、正面扉のすぐ外で、咽喉を切り裂かれて死んでいる、と言うのです。儂は、すぐにエルナーンの家に駆けつけ、ブラーの言った通りだと、見て取りました。そこで、ドーリィーをお遣わし下さるよう、キャシェルに使者を出したのですわ」

「即座にドーリィーの派遣を求められるとは、この男の死をめぐる状況のどこに、不審を持たれたのです？」

アボーン司祭は、落ち着かなげに顎の無精髭をこすった。

「ブラーが言っとったことが……」

フィデルマは、片手を上げた。

「その前に、エルナーンとはどういう男であったのかを、はっきり教えて下さいませんか？」

「この下のほうの、川堤に沿った土地を所有しとった農夫ですわ。見目《みめ》の良い若者で、結婚しとります。あの男には、敵など、一人もおりませんでした。儂は、この男の亡くなった両親も、知っとりました。申し分のない生き方をしていた、まっとうなキリスト教徒でしたよ」

「ブラーと言うのは？　エルナーンの連れ合いですか？」

アボーン司祭は、首を横に振った。

「エルナーンの女房はブリンニャで、ブラーはブリンニャの妹ですわ。姉夫婦と一緒に暮らしとるのです。良い娘ですわ。毎週、教会で、賛美歌を歌ってくれとります」

「エルナーンが死体で発見された時、ブリンニャはどこにおりました？」

「すっかり取り乱しとりました。悲しみのあまり、正気を失っとりましたよ。亭主を、深く愛しとったのです」

「わかりました。それで、ブラーが、何と言ったのです?」

「ブラーは、三日間、毎晩、家の外から聞こえてくる恐ろしい泣き声で目が覚めていた、と言うとりました」

「ブラーは、その音が何であるのか、調べてみたのでしょうか?」

初老の司祭は、嘲《あざけ》るような笑い声を上げた。

「ここは、鄙《ひな》びた農村ですぞ。皆、自然を身近に感じて生きておるのです。バンシーの嘆き声を調べに行く者など、誰もおりませんわい」

「〈新しい信仰(キリスト教)〉は、私どもに、異界の物どもを恐るること勿《なか》れと、教えておりますよ。司祭殿は、キリスト教徒として、死が目前に迫っている者の戸口へ真夜中にやって来て、嘆き悲しむという〝丘の女性《にょしょう》〟を、つまりバンシーと呼ばれる妖精の存在を、本当に信じておられるのですか?」とフィデルマは、司祭に問いかけた。

「キリスト教徒として、儂は信じなければなりませんわい。なぜなら、聖書は、神にも悪魔にも仕える精霊たちのことにも、触れておりますからな。〝丘の女性〟バンシーが、そのどちらに仕えとる精霊であるのか、誰にわかりましょう。遙かなる昔、バンシーは、ある特定の高貴な一家に庇護を与える女神であって、彼らの地上の生が終わって〝彼方《かなた》なる国〟(2)に生まれ変わろうとする時が近づくと、差し迫った現世の死を悲しげに告げてくれる、と考えられておりましたのじゃ」

「そうした伝承は、私も知っております」とフィデルマは、平静な声で、司祭に応じた。

「伝承だと言って、否認すべきではありませんぞ」とアボーン司祭は、熱っぽく言い切った。「幼い頃、儂は近所の人から、こういう話を聞かされましたぞ。その男の父親は、かなりの老人でした。やがて、この世を去る時がやって来たらしく、邸の敷地から、悲しげな嘆きの声が聞こえてきたそうな。翌朝、息子が外へ出てみると、珍しい櫛《くし》が落ちておった。彼は、それを拾い上げ、家の中に持ち帰ったという。次の晩、またもや嘆き声が聞こえたが、今回は、何者かが家の中に入ろうとしておるかのように、家中の扉や窓が、がたがたと鳴り続けておった。そこで息子は、これはバンシーだと気づいて、暖炉の火鋏《ひばさみ》で櫛を摘まみ上げ、それを窓から差し出してみた。すると、見えない手が櫛を摑んだ。火鋏は捩じられ、原形を留めないまでに潰されておった。もし息子が素手で櫛を窓から突き出しておったら、腕は捥《も》ぎ取られておったことでありましょうな。バンシーは、それほど恐ろしい力を持っておりますのじゃ」

フィデルマは目を伏せて、笑いを何とか押し隠した。アボーン司祭が古い風習や迷信に深く染まった人物であることは、確かなようだ。

「私ども、エルナーンの件に戻りましょう」と彼女は、穏やかに司祭を促した。「このブラーというエルナーンの義妹は、このような嘆きの声を聞いている。それも、三晩も続けて、とおっしゃるのですか？」

「三度目に嘆きの声を聞いたその夜の明け方、エルナーンの死体が発見されたのですわ」

「妻のブリンニャも、この嘆き声を聞いたのでしょうか？」

「儂は、粉挽きのグラスと話しただけですが、グラスは、自分も聞いたと、はっきり言っとりましたよ」

「すると、エルナーンの妻のブリンニャとも、まだ話していらっしゃらないのですね？」

「ブリンニャは、想像がおつきでしょうが、あれからずっと打ちひしがれておって、儂と話ができるほど立ち直ってはおらぬのです」

「もっともです。遺体を発見したのは、誰でした？」

「ブラーですわ。山羊たちの乳を搾ろうと早起きをして、家を出ようとした時に、エルナーンを見つけたのですわ。死後数時間は経っとりました。ブラーの考えでは……」

フィデルマは、片手を上げた。

「ブラーの考えは、彼女に会った時に、聞くことにします。今のお話では、ブラーは司祭殿の所へやって来たということでしたね？」

「その通りですわ。儂は、すぐさま、エルナーンの遺体の許に駆けつけました。ブラーのほうは、ブリンニャを慰めようと、家の中へ入っていきましたよ」

「ご遺体は、今、どちらに？」

「礼拝堂ですわ。今夜、埋葬する予定ですのでな」

「司祭殿から伺ったご遺体の傷を、私に検分させていただけませんか？」

アボーン司祭は、困惑したように身じろぎをした。

「そのようなこと、必要なのですかな？　それに、修道女でいらっしゃることですし……」

「私は、ドーリィーでもあります。非業の死という形で亡くなった人々の遺体にも、慣れております」

初老の司祭は、肩をすくめた。

「バンシーによってあの世に連れてゆかれた者の死体をご覧になるのは、そうしばしばあることではありますまいが」と、彼は呟いた。

「最近、この辺りに、狼たちはよく出没しているのでしょうか？」

何気ない口調での質問ではあったが、アボーン司祭はすぐにフィデルマが何を意図しているのかに気づき、苦い顔になった。

「この死を、狼の襲撃によるものと、片付けることはできませんぞ、修道女殿」と、彼は答えた。「儂は、人間を襲おうとまで追い詰められた狼が死者の体に残す歯形を、ようく知っとります。だいたい、一匹狼は、筋骨隆々たる頑丈な体格の大人など、滅多に襲いませんわい。もし、この死を理性的に解釈するおつもりなら、ご一考なさるがよろしいですな」

「私は、真実を見つけたいのです。ただ、それだけです」とフィデルマは、冷静に司祭に告げた。「さあ、ご遺体を調べてみましょう」

初老の司祭は、エルナーンを美男の若者だったと描写していたが、その通りだった。いかにも筋肉質の、逞《たくま》しい男だった。彼の肉体を損なっているのは、ただ一つ。顎の下にぎざぎざの切り口を見せている傷だけだった。フィデルマは身を屈めて遺体をじっくりと見つめたが、すぐに動物の牙が嚙みついた痕など首筋に一つも残されていないと、見て取った。傷は、咽喉を横切って、筋肉を引きちぎっていた。鮮やかな切断面ではないが、いずれも、何か鋭い刃物による傷である。

フィデルマは、検分を終えて、立ち上がった。

「いかがですかな?」と初老の司祭は、彼女の所見を求めた。

「エルナーンは、確かに、襲われて死亡したのです。でも、襲撃者は、〝彼方なる国〟の者ではありません」と、フィデルマは静かに彼に告げた。

フィデルマは、小さな礼拝堂からの道を辿っていたが、その途中の陽だまりの中で足を止め、辺りを俯瞰《ふかん》した。人家が何軒か、見える。さらにその先は、広やかな川原となっており、その中を、明るい日差しを浴びてきらめきながら、川がゆったりと流れていた。川沿いには、鍛冶屋の仕事場や穀物倉庫といった建物も見える。だが、この集落の中心部は、川沿いではなく、農地が広がる地域に在った。人影は、ほとんど見当たらない。この時刻だと、おそらく皆、畑に出ているのであろう。ただ、鍛冶屋だけは、がっしりとした脚をした農耕馬を連れた男と、何事か、夢中になって話し込んでいた。

鍛冶屋たちのほかにフィデルマが見かけた人影は、村の広場の向こう端に建つ倉庫の角からふっと姿を現した二人連れだけであった。一人は、亜麻色の髪の若い女性だった。ほっそりとした、美しい女性である。連れのほうは、面長《おもなが》の若者だった。情熱的な性格のように見受けられる。

フィデルマの鋭い目は、二人とも幸せではなさそうだと、即座に見て取っていた。若者は、嘆願といってもよさそうな態度で片手を伸ばし、その手を女性の腕にかけた。女性は、苛立たしそうにそれを振り払い、さっと彼に背を向けると、礼拝堂のほうへと、足早にやって来始めた。若者は、彼女の背を一、二分、見つめていた。だが、フィデルマの視線に気づいたらしい。彼もまた、突然歩きだし、その先の建物の角を曲がって、姿を消してしまった。

「面白いこと」と、フィデルマは呟いた。「あの二人、誰なのでしょう？　女性のほうは、こちらへやって来るみたいですね」

彼女のすぐ後ろに立っていたアボーン司祭が、囁《ささや》いてくれた。「あれが、ブリンニャですわ。エルナーンの女房の」

「彼女が煩《うるさ》がっていた若者のほうは？」

「あれは、テイグです。あの男は……そのう、詩人でして」

フィデルマは、司祭の声に、好ましくないという響きを聞き取った。彼女は、それを面白いと思ったらしい。その下唇が、わずかに突き出された。

「まあ。うってつけの名前」

〝テイグ〟という単語は、ゲール語（古代アイルランド語）で、〝詩人〟を意味するのだ。

アボーン司祭は、挨拶をしようと、すでにブリンニャという女性のほうへ向かっていた。

「気分はいかがかな、我が子よ」

「お察しのような気分です」とブリンニャは、司祭に短く答えた。彼女の顔が、まるで仮面のように無表情であることに、フィデルマは気づいた。顎は食いしばられ、唇は薄い一線となっている。感情を必死に抑えているようだ。その時、彼女の榛《はしばみ》のような目が、フィデルマ修道女の姿をさっと捉えた。彼女の頬が、挑むかのように、つっと突き出された。「あたし、エルナーンの遺体をもう一度見たくて、やって来たのです。ブラーは、埋葬式の時、クイーン⑶〔哀悼歌〕を歌うと、言ってくれています」

「そうだろう、我が子よ、そうだろうとも」と初老の司祭は、優しく、それに応じた。そして、自分が礼に欠けていたことに、はっと気づいた。「こちらは、キャシェルからお出で下さったフィデルマ修道女殿じゃ。ここにお出でになったのは……」

「この方がどなたか、知ってます」とブリンニャは、冷やかな声で答えた。「この国の王様のお妹様で、しかもドーリィーでいらっしゃることも」

「フィデルマ修道女殿は、お前の亭主の死についてお調べになるために、こちらにお越しになったのじゃ」

ブリンニャの頬が、今、かすかに赤らんだのではなかろうか？

「そう聞いてます。村では、情報はすぐに伝わりますから」

「この度《たび》の悲しい出来事、心からお悔やみ申し上げますわ、ブリンニャ」とフィデルマは、静かに哀悼の意をブリンニャに述べた。「お済みになりましたら」とフィデルマは、礼拝堂のほうを指して、頷《うなず》いてみせた。「あなたに、二、三、お訊ねしたいことがあるのです」

「わかりました」

「私は、司祭様のお宅におります」

さして待たせることなく、ブリンニャは司祭館の戸口へやって来た。

フィデルマは、ブリンニャに坐るようにと勧めておいて、司祭に向きなおった。

「司祭殿は、礼拝堂にご用がおありになると、おっしゃっておいでしたね？」と彼女は、司祭にはっきりと示唆を与えた。

「いいや。儂は……」だが彼は、フィデルマの目に気づき、素早く頷いた。「そうでしたわ。もし儂にご用がおありの時は、礼拝堂におりますよ」

彼が立ち去ると、フィデルマは、魅力的な若いブリンニャに向かいあって腰を下ろした。

「お辛いこととは思いますが、実は、あなたのご主人がお亡くなりになった状況には、不審な点があるのです。法の求めに従って、私はあなたに、いくつか質問をしなければなりません」

ブリンニャは、挑みかかるように、顎をぐっと上げた。

「みんなは、エルナーンはバンシーによって〝彼方なる国〟へ連れ去られたのだ、と言ってます」

フィデルマは、考えこみながら、相手をじっと見つめた。

「あなたは、皆の意見に、全く信をおいていないようですね？」

「あたしは、死の使者の泣き声など、聞いてませんので。エルナーンは、殺されたのです。でも、超自然の霊の訪れのせいではありません」

「私が聞いたところによりますと、一緒に暮らしておいでの妹さんは、三晩続けて嘆きの声によって目を覚ましたとか。この嘆き声を耳にした人は、ご近所に、もう一人お出でだそうですね？」

「今言った通り、あたしはそれを聞いていないし、目を覚ましてもいません。もし嘆くような声が聞こえたとしたら、それは狼の吠え声です。多分、夫は、狼に嚙み殺されたのでしょう。そうに違いありません」

フィデルマは、彼女をしばし見つめてから、口を開いた。「もし、確実にそうであるのなら、つまり、狼に殺されたということが確かなら、このような調査は必要ありません。私に、エルナーンについて、話して下さい。彼は、美男の農夫であり、誰からも愛されていた、と私は聞かされました。そうだったのですか？」

「その通りです」

「一人も敵はいなかった、とも聞きましたが」

ブリンニャは、頷いた。しかし、あまりにも即座な反応では、とフィデルマには思えた。

「その点、確かですか？」と、フィデルマは念を押した。

「修道女様は、エルナーンは人の手にかかって死んだのかもしれないという疑惑を、あたしに抱かせようとしておいでなんですか？」

「私は、いかなる疑惑も、あなたに吹き込もうとしてはおりません」とフィデルマは、きっぱりと、彼女の言葉をさえぎった。「あなたに、事実をお教えしましょう。ご亭主の死は、狼によるものではありません。狼が人を殺したにしても、決してあのような傷口にはなりません。ところで、あなたは言われましたね、エルナーンには、あなたの知る限り、敵は一人もいなかったと。よく思い出して下さい。じっくり考えてみて。答える前に、十分に熟考して下さい」

ブリンニャの顔が、強張った仮面と化した。

「エルナーンに、敵などいませんでした」と彼女は、言い切った。

フィデルマの勘は、ブリンニャが嘘をついていると、彼女に告げた。

フィデルマは、突然、「ご亭主を愛しておいででしたか？」と、質問を放った。

ブリンニャの面《おもて》が、さっと赤く染まった。

「ええ、心から、愛していましたとも！」と、激しい返事が、ぴしりと返ってきた。

「お二人の間に、何も問題はなかったのですか？　何か問題を抱えており、それをあなたに隠そうとしている、とあなたが感じるようなことを、エルナーンが口にしたことはありませんでしたか？」

ブリンニャは、疑わしげに、顔をしかめた。

「二人の間に、何も問題はなかった。あたしはエルナーンを心から愛していた――あたしは、そう言いましたよ。あたしの言葉に、偽りは微塵《みじん》もありません。修道女様は、あたしを疑っておられるのですか――夫を殺したと？」

ブリンニャの激しい声が、鋭く尖った。

フィデルマは、にこやかに彼女に微笑みかけた。

「落ち着いて下さいな。私は、この件について、いろんな人たちに質問することを求められておりましてね。これが、私の任務なのです。そして、私が追い求めているのは、事実です。人を追及するために質問しているのでは、ありませんよ」

ブリンニャは、口をきゅっと引き結んだ。目は、まだ挑戦的にフィデルマを凝視し続けていた。

フィデルマは、わずかな間《ま》をおいて、ふたたび口を開いた。「では、エルナーンは、何の悩みも抱えてはいなかった。自分たちの仲はきわめて良かった、と言うのですね？」

「すでに、そう申し上げました」

「エルナーンが死んだ夜、どういうことが起こったのか、聞かせて下さい」

ブリンニャは、肩をすくめた。

「あたしたちは、いつも通り、ベッドに向かいました。あたしが目を覚ましたのは、明け方でした。家の外で泣き叫んでいるブラーの声が、聞こえました。あたしを起こしたのは、きっと、ブラーのこの声だったのだと思います。あたしは、外へ駆けだしました。エルナーンを抱くように抱えたブラーが、戸口に蹲《うずくま》っていました。その後のことは、あまり覚えてません。ブラーは、アボーン司祭様の所へ駆けていきました。司祭様は、この村の薬師《くすし》でもあるのです。司祭様が、すぐにやって来られたことは、知ってます。でも、もう手遅れだった。ほかのことは、全てぼんやりしています」

「よく、わかりました。でも、あなたがたが寝間《ねま》に引っ込んだ時点に、話を戻しましょう。あたしたちはベッドに向かった、と言っていましたね。二人で、同時に、そうしたのですか？」

「もちろん」

「すると、あなたが覚えている限りでは、お二人で一緒にベッドに入り、一緒に眠りにおちたのですね?」

「そうだと、すでに申し上げましたよ」

「エルナーンが、夜中に、あるいは明け方近くに起きだした時、目を覚まさなかったのですか?」

「あたし、よっぽど疲れてたんでしょうね。だって、思い出してみると、夕食の後、すごく眠くなったんですから。ベッドまで辿りついた時には、もう眠りかけてましたっけ。ここのところ、二人とも、畑仕事に精を出し過ぎてました。だから、疲労困憊って有様だったんです」

「その夜、あるいは、その前の二晩、あなたは何の物音も聞いてはいなかった、ということなのですね?」

そう言いながら、フィデルマはしばし考えこんだ。

「昨夜は、よく眠れましたか?」

ブリンニャは、嘲るように、それに答えた。

「どう思っておいでなのです? 亭主が、昨日殺されたんですよ。昨夜、あたしがぐっすり眠ったとでも、お思いですか?」

「よく、わかります」とフィデルマは、彼女の言葉を認めた。「アボーン司祭様に、睡眠薬を調合していただかれたら?」

ブリンニャは、ふんと、鼻を鳴らした。

「睡眠薬が必要でも、司祭様をわざわざお煩《わずら》わせはしません。妹とあたしは、薬草でもって、自分たちの薬を調合することを覚えながら、育ったんです」

「そうでしたか。今、お具合は――体のお具合は、いかが？」

「当然、良くはありません。吐き気も頭痛も、ひどいんです」

フィデルマは、微笑みながら、立ち上がった。

「私はあなたを引き留めすぎたようですね」

ブリンニャも、彼女につられて、立ち上がった。

「妹さんのブラーには、どこへ行けば会えるかしら？」

「多分、粉挽きのグラスの所へ行っていると思います」

「それは、好都合。グラスにも、会わねばなりませんのでね」

ブリンニャは、戸口で足を止め、眉をひそめた。

「グラスが、夜中の嘆き声を聞いたと言ってること、修道女様もお聞きになってますか？」

「ええ、そのことは、耳にしています」

ブリンニャは、すぐに緩めはしたものの、一瞬、下唇を前歯でぎゅっと嚙みしめた。

「あたしは、夜の嘆き声など、聞いてません。でも……」

フィデルマは、待った。そして促した。「でも……？」

「だいたい、バンシーの嘆き声なんて、本当にあるんですか？　ブラーはバンシーの嘆き声を聞いたと言ってました……。この辺の人たちも、信じてます……あたし……、何を信じていいのか、わからなくなりました。バンシーを信じている人、大勢いるんです」

フィデルマは、片手を差し伸べて、ブリンニャの腕の上に、そっとそれを置いた。

「たとえ〝丘の女性〟の泣き声なるものが本当にあるにしても、バンシーの役割は、〝死の前触れ〟というだけです。一つの魂が〝彼方の国〟へ向かおうとしていることを嘆き悲しむというのが、バンシーの務めなのです。バンシーは、〝死の使い〟ではあっても、〝死を生じさせる代行者〟ではないと、伝承は物語っておりますよ。それを信じるかどうかは、あなたが判断すべきことです。私自身の考えを申しますと、バンシーを始めとする、私がこれまでに遭遇したあらゆる超自然の精霊や亡霊は、全て、私たち自身が胸に秘めている恐れの表れでした。私たち自身の恐れの具象化でした。私たちが、もはや自分の夢の領域に閉じ込めることができなくなった、私たち自身の恐れの反映でした」

「それでも……」

「よく、お聞きなさい、ブリンニャ」とフィデルマは、相手の言葉を押し止めた。「あなたのご亭主を殺したのは、バンシーでも、野山を徘徊している野獣でもありませんでした。人間の手が、エルナーンを殺したのです。でも、今日の内に、殺人者は、私の面前に立つことになりましょう」

フィデルマは、アボーン司祭に教えられて、グラスの粉挽き小屋へ通じる小川沿いの道を、下り始めた。うねうねと曲がりながら、牧草地や畑の間を縫って流れ、やがては大河ショウルに注ぐ細流《せせらぎ》だ。ちょうど、丘に彩りを添える小さな樺《かば》の木立にさしかかった時、フィデルマは、男の歌声に気づいた。誰かが、張りのある声で、嫋々《じょうじょう》と、詩を吟じていたのだ。

〝喜びは　何処《いずこ》や
己《おの》が振舞いで　苦しめてしまうとは
あの人を　我が宝を〟

フィデルマは、小川の畔《ほとり》の岩に腰を下ろしている若者に近寄った。彼女の足許で、小枝が鳴った。若者は、その音に、くるっと振り向いたが、何か疾《やま》しいことをしているところを見つかったかのように、顔を赤らめていた。

「こんにちは、テイグ」彼が誰であるかを見て取って、フィデルマはそう声をかけた。

彼は顔をしかめたが、頰の赤みは、さらに濃くなった。

「俺のこと、ご存じなんで？」

歴然としているではないか。わざわざ答えるまでもない。

「私は、修道女のフィデ……」

「ああ、フィデルマ様だ」若者は、フィデルマが言いかけた言葉を引き継いだ。「フィデルマ修道女様がお見えになったという情報、村中に広がっとりますよ」

「そのようですね。エルナーンとは、どの程度の付き合いでした？」フィデルマは、前置き抜きに、彼に問いかけた。

若者は、苦い顔になった。

「ああ、あいつのこと、知ってましたよ」と、挑むような口調の返事が返ってきた。

「それでは、私の質問の答えになっていませんよ。私は、〝どの程度の〟と、お訊ねしたのです。この村では、全員が顔見知りなのだということは、すでに承知しておりますから」

テイグは、大して気にする様子もなく、軽く肩をすくめた。

「俺たち、俺が〈詩人の学問所〉(4)に行くまで、一緒に育ってきたんです。もっとも、この学問所は、〝癩《らい》者フィンナン〟の修道院ができたもんで、今じゃ、他所《よそ》に移されちまいましたけどね」

「〝フィンナンの丘〟と呼ばれている土地ですね。私も、そこに在った古い学舎を知っていますわ。この村へは、いつ帰ってきたのです？」

「一年ほど前です」

「そして、むろん、エルナーンとの友情が復活したのですね？」

「エルナーンの友達だったって、俺、言っちゃいませんよ。ただ、子供時代を一緒に過ごしたってだけです。ほかの同じ年頃の連中と同じようにね」

「つまり、あなたはエルナーンを好きではなかった、ということですね？」とフィデルマは、すかさず問いかけた。

「知っとるとか、一緒に育ったってだけで、そうした人たちをみんな好きにならなきゃなんないってこと、ないでしょ？」

「それは、そうですね。それにしても、なぜ、エルナーンを好きになれなかったのです？」

若者は、苦々しげな顔になった。

「傲慢な奴だったんです。自分のほうが偉いんだって、考えてた。そのう……」

「詩人より？」と、フィデルマは彼の言葉を補った。

テイグは、ちらっとフィデルマを見上げ、すぐに目を伏せた。どうやら、その通り、ということらしい。

「エルナーンは、農夫なんです。そして、強さと容貌こそが全て、と考える奴だった。俺のことを、弱虫で、あいつの豚小屋の掃除さえろくにできない役立たずだ、なんて抜かしやがった。奴がどんなに高慢ちきだったか、誰だって知ってましたよ」

「でも、私は、エルナーンは誰からも好かれていた男で、彼を敵視する者など、一人もいなかったと、いろんな人たちから聞かされましたけど」

「だったら、間違ったことを聞かされておられたってことです」

「ブリンニャも、そう言っておりましたよ」

「ブリンニャも？」テイグは、さっと顔を上げた。抑えきれない感情の昂《たかぶ》りに、ふたたび、若者の頬が赤く染まった。

フィデルマは、衝動的に、もう一歩、踏み込んだ。

「ブリンニャを、とても深く、愛しておいでなのね？」

今度は、不機嫌な表情が、彼の面に広がった。

「ブリンニャが、本当にそんなこと、言ったのですか？　ええ、ブリンニャも、俺たちと一緒に育った世代です」

「ただの幼馴染《おさななじみ》、というだけですか？」

「何を言おうとしておいでなんです」

「言おうとして？　私は、質問をしているのです。それほどエルナーンを嫌っていたのでしたら、ブリンニャがエルナーンと結婚したことは、きっと我慢ならなかったでしょうね」

「どうせ、村の誰かから聞き出されるんでしょうから、否定はしませんよ」とテイグは、不機嫌な顔で、それを認めた。「可哀そうなブリンニャ。あの人は、エルナーンと別れる勇気がなかったんです。あいつは、ブリンニャを支配してたんだ」

「ブリンニャはエルナーンを愛してはいなかった、と言うのですね？」

「どうして愛することができます？　あいつは、獣だったんだ」

「もし、夫婦でいることが耐えられないのでしたら、法律は、離婚や別居の九つの理由を認めていますよ。どういう理由であれば離婚や別居が可能かを、明確に示してくれています」

「ブリンニャには、その勇気がなかったんです。そのことは、はっきり言えます、エルナーンは、強くて、人を威圧してしまう男だったんです。だから、奴がバンシーに、あるいは修道女様は狼だと考えてなさるのかもしれませんけど、とにかく、そうした恐ろしい者どもに連れ去られたのは、いわば自業自得。つまり、〈詩的正義〉ってことです。奴より、もっと強力な夜の獣があいつを襲い、その咽喉を引き裂いてくれたんです。これぞ、〈詩的正義〉なんです」

若者は、昂然と、大演説を終えた。

「〈詩的正義〉?」とフィデルマは、考えこみながら若者を見つめた。

「一昨夜、あなたは、どこにいました? エルナーンが深夜に殺された、あの夜のことです」

「家にいました。ぐっすり眠ってました」

「あなたのお宅は、どちらです?」

「あの丘の上です」と彼は手を上げて、そちらを指し示した。

「誰か、ご一緒でしたか?」

若者は、憤然として、激しく答えた。

「もちろん、誰もいませんよ!」

「それは残念」と、フィデルマはそっと呟いた。

「どういう意味です?」テイグは戸惑って、目を瞬《しばたた》いた。

「私は、本当は、エルナーンが咽喉を引き裂かれ殺された時、あなたは彼の家にはいなかった、と確認したかったのです。ところが今、あなたは容疑者と見做されるに足る、十分な理由を持っておいでだと、あなたの口から聞かされてしまいましたわ」

突然、テイグの顔から、さっと血の気が引いた。

「俺、エルナーンの咽喉は切り裂かれていたって聞いたんです」と彼は、激することなく、静かにフィデルマに告げた。「それで、これは狼の仕業だなって、考えてました。バンシーのせいだと言ってる迷信深い連中も、大勢いますけど」

「エルナーンがどのような死に方をしたかを、誰から聞きました?」

「みんなが言ってることですよ。今、〝殺された時〟って言われましたね? どうして、殺人だって確信してなさるんです?」

フィデルマは、それには答えなかった。

「とにかく、俺じゃありませんよ。もう寝てましたからね、ぐっすりと」

「もし、それが正しいのでしたら、あなたは、また別の容疑者を、私に指差してくれましたわ」とフィデルマは、考えこみながら、若者に答えた。「ブリンニャです」

テイグは、はっと息を呑んだ。

「ブリンニャは、絶対に、そんな……あの人に、そんなことなどできるはずない。エルナーンと離婚する勇気さえなかったんだから。ブリンニャは、優しすぎるんだ。あいつを打ちのめすことなんて、ブリンニャにはできませんよ」

「人間は、思いがけない反応を見せることもあります。ブリンニャでも、あなたでもないとしたら、誰からも敵など絶対いないと思われていたエルナーンに憎しみを抱いていた人間、ほかに誰がいるでしょう？」

テイグは、わからない、お手上げだ、というように、両手を上に差し伸べた。

「後で、もう一度、あなたに会いたいと思います、テイグ」と告げると、フィデルマは彼に背を向け、額に皺を寄せ、あれこれと思いをめぐらせつつ、目的地に向かってふたたび足を進め始めた。

フィデルマがグラスの粉挽き小屋にやって来た時には、ブラーはすでに立ち去っていた。粉挽きのグラスは、丸顔の、愛想のいい中年男だった。その顔に、灰色がかった青い目が、きらきら輝いている。彼の名前は、おそらく、これに由来しているのだろう。〝グラス〟は、ゲール語で、〝灰色がかった青〟を意味する単語なのだから。ずんぐりした体格だ。衿開きの広いシャツの上に、革のエプロンを締めている。彼が粉袋を荷車に積み込もうとすると、筋肉は逞しい盛り上がりを見せた。

「酷《ひど》い事件ですなあ、修道女様。全く惨《むご》い話ですわ」フィデルマが挨拶の声をかけ、自分の名を告げると、彼はそう応じた。

「エルナーンの家の近くに住んでおいでなのですね？」

粉挽きのグラスは向きなおり、手を伸ばして、エルナーンの家を指し示してくれた。地面は、彼らが立っている所から、下に向かう傾斜となっていた。何枚かの畑や草地が広がる斜面で、やがては楡《にれ》の木に縁取られてゆったりと流れる大河ショウルの岸辺へと達していた。

「あの木立の中の建物、あれがエルナーンの住まいですわ。お互い、十分ほどで行き来ができる近さですよ」

「エルナーンの友人だったのですか？」

「儂は、小さなエルナーンが大人になっていくのを、ずっと見てきました。あいつの両親と、友達だったんですわ。だが、二人とも、ラーハン（現在のレンスター地方）のクランドマールが軍艦でもってショウル河を遡《さかのぼ》り、略奪をほしいままにした時に、殺されてしまった。家族の中で、エルナーンだけが生き残ったもんで、あいつが農場をそっくり受け継いで、これまで、なかなか見事に経営してきたんですがなあ。エルナーンの女房は、儂の姪っ子ですわ」そして、満足そうに、にこりと笑顔となった。「当然、ブラーも、です」

「ところで、エルナーンの評判は、どうだったのでしょう？」

「あいつを憎んでおった者なんて、一人もいませんでしたよ」とグラスは即座に答えた。

「エルナーンとブリンニャは、うまくいっていましたか？」

「この上なく円満な仲でしたな」

「ブラーも、一緒に暮らしていたとか？」

「あの子は、儂と一緒に暮らしても良かったんですがね、ただあの姉妹は、そりゃあ仲が良くて、いつも一緒でしたからな。一つしか年が違わないもんで、まるで双子みたいな娘たちでしたわ。ブリンニャが妹と一緒に暮らしたがったんでさ。エルナーンも、別にそれを気にしとりませんでした。ブラーは、畑仕事も手伝っとりましたからな。でも、なぜ、そんなことをお訊ねになるんで？」

フィデルマは、それには答えずに、さらに質問を続けた。

「次に、バンシーの話を聞かせて下さい」

グラスは、ちらっと笑みを浮かべた。

「ああ、忘れようにも忘れられん声でしたわい」

「最初にそれを耳にしたのは、いつでした？」

「最初って、聞いたのは、一度っきりですぜ。二度と聞きたくない声でしたわ」

フィデルマは、眉根を寄せた。

「それを耳にしたのは、一晩だけだったのですか？」

「昨日《きのう》の夜更けに、聞いたんでさ」

「その前には？　早朝に、エルナーンは死んで発見されましたが、その夜より前には？」

「いいや。あの夜だけですよ。一度で、十分。まるで、地獄で責苦にあっとる魂の叫びみたいでしたわ」

「それを聞いて、どうされました？」

「どうする？　どうもしませんでしたよ」

「好奇心を起こさなかったのですか？」

「バンシーについて、そんな好奇心を起こすなんて、自分の不滅の魂を危険に曝《さら》すってことですぞ」とグラスは、厳粛な顔になった。

「エルナーンが死んだと知ったのは、いつでした？」

「アボーン司祭様が、知らせに来て下さったんですわ。そして、夜中に何か聞かなかったかとも、お訊ねでしたわ」

「アボーン司祭様に、そのことを話されたのですね？」

「もちろん」

「あの夜、一回だけだったのですね？」

グラスは、頷いた。

「ただ、好奇心からお訊ねするのですが、エルナーンが一家の唯一の生き残りだったのであれば、農場はブリンニャが相続するのでしょうね？」

「何といっても、ブリンニャは、ただ一人の相続人ですからな」とグラスは、フィデルマの推量に同意を示した。だが突然、フィデルマの肩越しにエルナーンの農場のほうへ向けていた目を、ぱっと輝かせた。フィデルマも、振り向いた。その目が捉えたのは、女性の姿だった。咄《とっ》嗟《さ》にフィデルマは、こちらのほうへ登ってくる人物をブリンニャだと思った。しかしすぐに、それがブリンニャによく似た娘であることに気づいた。

「ブラーですか？」

グラスは頷いた。

「では、ブラーのほうへ、私も下りてゆくとしましょう。ブラーに訊ねたいことが、二、三、ありますので」

半ばまで下りてゆくと、腰をかけるに手頃な石がいくつか転がっている所へ、やって来た。ちょうどそこで、登ってきたブラーと出会うことになった。フィデルマは、彼女に挨拶の声をかけた。

「あたし、伯父の家に引き返そうとしてたんです」とブラーは、それに答えた。「ブリンニャに言われたんです。修道女様があたしを探しに伯父の家に行かれたって。キャシェルから見えたドーリィー様ですよね？」

「ええ。そうです。二、三、あなたに訊ねたいことがあるのです。実は、私は、あなたの義理のお兄さんの死を取り巻く状況について、納得できないところがあるのです」

魅力的なブリンニャを少し若くしたような容姿のブラーは、不満そうに口を尖らせた。

「どんな死にだって、何か納得できないとこは、あるんじゃないんですか？　ましてや超自然のものが関わっているんなら、わかろうとしたって、無理です」

「私どもが今取り上げている問題には超自然の要素が関わっていると、本当に信じているのですか？」ブラーは、驚いた顔になった。

「だって、ほかに考えようがないでしょ？」

「それこそ、私がつきつめたいと思っている点なのです。あなたは、三晩も続けてバンシーの嘆きを聞いたそうですね？」

「ええ、そうです」

「あなたは、三晩とも、その泣き声によって目を覚ました。それで、三晩とも、起きだして、調べてみることはしなかったのですか？」

「調べてみる？」と娘は、辛辣《しんらつ》な笑い声を上げた。

「あたし、そういう時にはどうすべきか、聞いて知ってました。だから、風習通り、寝返りを打って、頭を枕に埋めました。その嘆き声が聞こえないようにって」

「大きな嘆き声でしたか？」

「とても恐ろしい声でした」

「それなのに、お姉さんも、そのご亭主も、目を覚まさなかったのですか？」

「超自然の出来事なんですよ。もしかしたら、特別な人たちにしか聞こえないんじゃないですか？　伯父も、あの声を聞いたって、言ってますよ」

「ただし、一晩だけだったそうですね」

「一度で、十分でしょ？」

「わかりました。お姉さんとエルナーンの夫婦仲は、円満でしたか？」

フィデルマは、ブラーの面をすっとかすめた翳《かげ》りに気づいた。

「もちろん」でも、その言葉には、確かに躊躇《ちゅうちょ》がうかがえた。フィデルマは、苛立たしげに、鼻を鳴らした。

「どうやら、今の返事、正確ではないようですね」と、彼女はブラーに答えた。「二人は、幸せではなかったのでは？」

ブラーは唇をきゅっと結んだ。一瞬、フィデルマの推量を否定しようとしたらしい。だが、彼女は頷いた。

「ブリンニャは、二人の仲を何とかしようと、一生懸命、努力してました。姉は、そういう人なんです。あたしは、エルナーンと離婚したらいいのに、と思ってました。でもブリンニャは、そうはしたがらなかったんです」

「誰もが、ブリンニャとエルナーンは愛し合っていた、幸せな夫婦だった、と言っていましたけど」

「村の人たちに、そう見せかけてたんです」と、ブラーは肩をすくめた。「でも、このこと、エルナーンの死と、何か関係あるんですか？　エルナーンは、バンシーに、死の国に連れ去られたんですよ」

フィデルマは、かすかな笑みを、頬に浮かべた。

「本当に、そう信じているのですか？」

「だって、あたし、聞いたんですもの……」

「あなたは、ブリンニャを庇《かば》おうとしているのですね？」とフィデルマは、ぴしりと、それをさえぎった。

ブラーは、忙《せわ》しなく目を瞬《また》き、さっと顔を赤らめた。

フィデルマは、「テイグのことを話して下さい」と、ふたたびブラーを促した。その鋭い声は、若い娘に、何と答えようかと考える暇《いとま》を与えなかった。

「実は……」とブラーは、話そうとし始めたものの、彼女の声は、すぐに途切れてしまった。

「二人の仲がうまくゆかなくなったのは、テイグが村に帰ってきてからかしら？」

ブラーは、項垂《うなだ》れたまま、「テイグとブリンニャは、森の中で、こっそり会っていたんだと思います」と、もう諦めたかのように、フィデルマに答えた。

「そのことについて、あなたには、もう少し考えていることがあるのでは？」とフィデルマは、静かにブラーに問いかけた。「あなたは、テイグとブリンニャが、エルナーンの殺害を目論《もくろ》んだと、推測しているのでは？」

「違います！」とブラーは、顔を真っ赤に染めて、否定した。「そんなことする理由、ないじゃないですか？　もし耐えられなくなったら、ブリンニャは離婚すればいいんだから」

「いかにも、その通りです。でも、この農場は、なかなか魅力的な財産です。エルナーンと離婚すれば、ブリンニャはこの家産を失うことになります」

ブラーは、嘲るように鼻を鳴らした。

「修道女様は、あたしだって知ってる相続の法律、ようく知っておいでになるでしょうに。土地は、つまりこの農場は、男性の相続人がいる場合、女相続人が受け継ぐこと、できないんですよ」

「でも、エルナーンの場合、男性相続人はおりません。したがって、農場は、バンフォマーバ〔女性相続人〕に渡ります」

ブラーは、突然、深い溜め息をもらした。諦めの吐息だった。

「あたし、疑ってたんです、何か、そんなことが起こったんじゃないかって」

「そこで、ブリンニャに疑いがかかるのをごまかそうと、バンシーの物語を作り上げたのですか？」

ブラーは、即座に頷いた。

「あたし、ブリンニャを愛してたんです」

「どうして、狼に襲われたのではという推測を、強く主張しなかったのです？　そのほうが、やりやすかったでしょうに」

「誰だって、エルナーンの咽喉の傷は狼が噛んだものではないと、すぐに気づくはずです。ブリンニャは、たちまち疑惑の的になって……」

「疑惑は、今も、ブリンニャに向けられていますよ」

「でも、修道女様からだけです。アボーン司祭様はバンシーの仕業だという見方に、満足しておいでです。それに、村の人たちはみんな、昔からの考え方に、疑いなんて向けませんもの」

フィデルマは、〝昔からの考え方〟ですか」と考えこみながら、その言葉を繰り返した。

若い娘は、心配げに、フィデルマを見つめた。

「修道女様は、ブリンニャとテイグを逮捕なさるおつもりなんですか？」

「今夜は、エルナーンの埋葬式が執り行われます。今の話はその後で、ということにしましょう」

「修道女様の二人への疑いには、ちょっと腑に落ちないことがあるんじゃありませんか？」

フィデルマは、うっすらと、笑みを浮かべた。

「まあ、それは後ほど」とフィデルマは、ブラーを抑えて、「私は、お姉さんと二人だけで、ちょっと話をしたいと思っています」と、続けた。

ブラーは、農場のほうへ視線を向けながら、頷いた。

「あたし、伯父の粉挽き小屋に、ちょっと忘れ物をしてしまいました。ブリンニャなら、農場の住まいのほうにいますよ」

ブラーは、フィデルマを残して、粉挽き小屋のほうへと、丘を登っていった。フィデルマのほうは、農場の住まいへ向かう道を、また辿り始めた。近寄っていくと、ブリンニャの声が聞こえてきた。苛立ちを募らせた声だった。

「そんなこと、嘘よ。どうして、こんなにあたしに付きまとうの?」

フィデルマは、家屋の角で足を止めて、中を覗いてみた。テイグがブリンニャと向き合って立っていた。ブリンニャは、ひどく取り乱しているようだ。

「あのドーリィー、もう疑い始めてる」と、彼は言っていた。

「疑われるようなこと、何もないわ」

「エルナーンは、殺されたんだ。人間の手で、殺されたんだ。そのことは、はっきりしている。ブラーがバンシーの話をでっちあげて、あんたを庇おうとしてることも、明らかだ。俺の目をごまかすことはできないよ。あのドーリィーの目も、ごまかしきれないぞ。俺、あんたがエルナーンを嫌ってたこと、知ってるんだ。あんたが本当に愛してるのは俺だってことも、知ってる。でも、殺すことはなかったんじゃないのか? 俺たち、一先ず駆け落ちして、それから離婚すればよかったんだもの」

ブリンニャは、すっかり戸惑ったように、ただただ、頭を横に振っていた。

「何を言ってるの？　訳がわからない。どうして、そんなこと言えるの、あたしが……」

「わかってるんだ。俺までごまかそうとしないでくれ。俺には、わかってるんだ、あんたがどんなふうに感じていたか。今、大事なのは、あのドーリィーが証拠を見つけ出す前に、この村から逃げ出さなきゃなんないってことだ。俺は、あんたを許せるよ。だって、小さな頃からずっと、あんたが好きだったんだもの。さあ、馬に乗って、今すぐ出ていこう。ブラーには、後で、俺たちの居場所を知らせればいい。きっと、あのドーリィー、あんたを疑って、今にもここにやって来るぞ」

かすかな微笑みを浮かべて、フィデルマは、建物の陰から姿を現した。

「あなたが思っていたよりも早く、やって来ましたわ、テイグ」と彼女は、穏やかに、彼に話しかけた。

若者は、くるっと振り向いた。その手は、腰に帯びたナイフに伸ばされていた。

「これ以上、状況を悪化させるのは、お止めなさい」と、フィデルマの厳《きび》しい声が飛んだ。

テイグは、一瞬、躊躇《ためら》ったが、ナイフにかけた手を下ろし、諦めたように肩を丸めた。

ブリンニャは、呆気《あっけ》にとられ、二人に目を向けたまま、立ちつくしていた。

「どういうこと？　あたしには、訳がわからない」

フィデルマは、悲しみに満ちた目を、ブリンニャに、次いでテイグに向けた。

「私たち、エルナーンの死を取り巻く不審を、解明できるかもしれませんよ」

ブリンニャは、急に目を見張った。

「テイグは、ずっとあたしを愛していたって、言い張るんです。〝フィンナンの丘〟から村へ帰ってきて以来、あたしを待ち伏せては、まるで病気の犬みたいに付きまとって、あたしを困らせるんです。あたしは、あんたを愛してはいないって、言ってるのに。そのために……そんなこと、あり得ないわ……でも、テイグが……テイグが、あの人を殺した……そうなんですか?」

テイグは、ブリンニャをじっと見つめた。苦痛に歪んだ顔だった。

「どうして、そんなふうに俺を拒むんだ、ブリンニャ。エルナーン殺しの罪を俺に着せようなんて、しないでくれ。あんたが、俺を愛してはいないって振りをしてたことは、俺、よく知ってるさ。あんたからの伝言、ちゃんと受け取ってるから。俺、真相は、よくわかってる。だからこそ、駆け落ちしようって言ったんじゃないか」

彼の声は、今や、子供の泣き声のように上擦《うわず》っていた。

ブリンニャは、さっとフィデルマを振り向いた。

「テイグが一体何を言ってるのか、あたし、全然、わからない。どうか、止めさせて。とても、聞いていられないわ」

フィデルマは、テイグへ視線を移した。

「今、ブリンニャからの伝言を受け取ったと、言っていましたね？　紙に書かれた伝言でしたか？」

彼は、頭を横に振った。

「ある人が、口で伝えてくれた伝言でした。でも、確かな人から伝えられたんです。それなのに、今、ブリンニャは俺を拒もうとしている。それどころか、俺が犯人だって、俺を責めて……」

フィデルマは、片手を上げて、彼を黙らせた。

「テイグ、誰がその伝言をあなたに聞かせたのか、わかったと思います」フィデルマの声は、静かだった。

エルナーンの埋葬は、すでに執り行われた。今、フィデルマは、礼拝堂に隣り合った、アボーン司祭の住まいで、暖炉をはさみ、彼と向かいあって坐っていた。二人は、マルド・ワインを、ゆっくりと味わっていた。

「悲しい物語でしたわい」と、アボーン司祭が溜め息をついた。「生まれた時からずっと、成長してゆく様を見守ってきた子が、たかが貪欲《どんよく》と羨望《せんぼう》ゆえに人の命を奪う人間になってしまったのを目にせねばならぬとは、何と悲しいことよ」

「でも、貪欲と羨望は、殺人の二大動機ですわ、司祭殿」

「ところで、どういうことから、ブラーを疑うようになられたのですかな？」

「もしブラーが、バンシーの嘆き声を、一度、耳にした、と言ったのでしたら、彼女の伯父のグラスも、一度、バンシーの嘆きを聞いたと言っていることでもありますから、もっと信憑性《しんぴょうせい》があったでしょうね。でも、自分もその声を聞いたと言っている人たちから聞き取りをしてみますと、いずれも、それを耳にしたのは、グラスと同じように、エルナーンが深更に殺害された、あの日だけだったのです。つまり、ブラーは、義兄のエルナーンを殺害してから、バンシーの嘆き声を、思いついたのでした」

「では、あの嘆き声を上げたのは、ブラーだったと？」

「ブラーは良い声をしていました。それのみか、クイーンを知っていた、と聞いて、あれはブラーだったのだと、確信したのです。私も、クイーンを聞いたことがあります。クイーンの不気味で激しい歌声からバンシーの嘆きの声までは、ほんの一歩です」

「しかし、あの時ブラーは、人々の姉への疑惑を逸らすために仕組んだのだと、言い張っとりましたな。なぜ、ブラーの言うことを、すんなり信じようとなさらなかったのです？」

「私は、すでに不審を抱いておりました。なぜなら、ブリンニャに、あの夜の睡眠状態を聞いてみて、彼女は夜更けにエルナーンが起きだしたことにさえ気づかずに眠っていた、と知ったからです。彼女はぐっすり眠りこんでいた。起きだしてきた時には、朦朧《もうろう》とした状態だった。それに、吐き気と頭痛が甚《はなは》だしかった、とのことでした。ブリンニャは、前に言っていました。

彼女たち姉妹は薬草治療に詳しく、睡眠薬も調合できるのだと。ブラーは、姉が目を覚まさないようにと、彼女に強い睡眠薬を呑ませていたのです。そして、やっと三日目の夜、機会がやって来ました。ブラーは、この好機を捉え、エルナーンを殺害したのです。

ブラーの意図は、初めからずっと、姉に罪を着せることでした。でも、事は慎重に運ばねばなりません。彼女は、かなり前から計画を練り始めていました。ブラーは、テイグが姉に夢中であることを知りました。そこで、先ず彼女は、ブリンニャとエルナーンはうまくいっていないと、テイグに偽りの情報を吹き込んだのです。さらに彼女は、姉が本当に愛しているのはテイグなのだ。でも、彼女は、そのことを人に言えないでいる、とも告げました。テイグがこの話を誰かにしゃべってくれるようにと、期待しての工作です。こうして、ブリンニャには殺人を犯す動機があるのだと、人に考えさせるための種子《たね》が、蒔かれたのです」

アボーン司祭は、悲しげに首を振った。

「修道女殿は、捩じれきった心を秘めた人間を、描き出しておられる」

「誰かを罪人に仕立て上げるには、鋭い頭脳と捩じれた心が、必要です。ブラーは、間違いなく、その両方を備えておりました」

「しかし、儂には、どうにも合点がいかぬ。なぜ……なぜ……、ブラーはこのようなことをしたのであろう?」

「遙かなる昔から、この世に存在してきた動機からです。私ども、貪欲と羨望について、先ほど触れたではありませんか？」

「その動機が、どういうふうに？」

「ブラーは、エルナーンには男性相続人がいないことを、もちろん知っています。したがって、彼が亡くなれば、バンフォマーバの法によって、農場はブリンニャが相続することになります。そして、ブラーは、ブリンニャのバンフォマーバです。もしブリンニャが夫殺しの犯人として有罪判決を受ければ、彼女は亡夫の財産を相続する権利を失い、エルナーンの農場一切は、ブリンニャの唯一の相続人ブラーが相続することになります。彼女は、一躍、富裕なる婦人となる訳です」

フィデルマは、空になった杯をテーブルに置いて、立ち上がった。

「月が昇りましたわ。月明かりを供として、キャシェルへ帰ることにしましょう」

「夜が明けるまで、お待ちになっては？　夜は、危険に満ちみちとりますぞ」

「そのようなことは、私どもが作り上げた幻想ですわ。夜は、万物が生気に満ちる刻《とき》です。夜とは、我々の思考の生みの親なのです。私の恩師、ブレホンのモラン様は、〝真夜中には、我我の知力が天空の星々と共に思考の頂点へと差し昇り、万物が冴え冴えとその姿を顕《あらわ》す〟と、おっしゃっておいでです。夜は、瞑想に耽るに適した静謐の刻なのです」

二人は、司祭館の戸口で足を止めた。

フィデルマの愛馬も、すでに牽《ひ》いてきてあった。まさに彼女が鞍にひらりと身を躍らせようとしたその時、奇妙で不気味な嘆きの声が反響しつつ渓谷に鳴り響き、夜空に甲高く、鋭く、響き渡った。そして、突如、途切れた。だが、またもや高い嘆きの声が谷を満たしたが今度は、静かに夜陰の中へ消えていった。まるで、死者を導き去るバンシーの嘆きの哀歌であるかのように。

アボーン司祭は、急いで胸に十字を切った。

「バンシーじゃ」と、彼は囁いた。

フィデルマは、微笑んだ。

「何事であれ、人にはそれぞれ、自分の解釈がありますわ。私には、あの声、牝を求める一匹狼の侘《わび》しい鳴き声としか、聞こえませんけど。でも、それぞれの行為には、それぞれの結果が伴う、ということには、私も同感です。ブラーは、自分の犯行を印象づけようとしてバンシーを呼び出した揚句、自分の企《たくら》みが暴露される、という結果が続いたのでした。今の声は、バンシーの別れの挨拶だったのかも」

フィデルマは、さっと馬上に身を落ち着けると、片手を上げて司祭に挨拶を送り、月光に皓《こう》皓《こう》と照らされた道を、キャシェルへ向かって駒を進め始めた。

消えた鷲

The Lost Eagle

「フィデルマ修道女殿、こちらが執事《ディーコン》のレピドゥス殿であります。ローマより当地にお越しになられまして、修道女殿にお会いしたいとお望みです」

フィデルマ自身も、アウグスティヌス[1]により開設されたこの修道院に逗留《とうりゅう》している異国からの客人にすぎないのに、一体、どういうことだろう？ 修道院の図書室《スクリプトリウム》に坐っていたフィデルマは、自分の前に見知らぬ訪問者が案内されてきたことに驚いて、さっと面《おもて》を上げた。アウグスティヌス大司教は、こちらに来られる前は、ローマの聖アンドリュース小修道院の院長であった。その彼に、ローマ教皇はカントウェア（ケント）へのキリスト教伝道をお命じになった。アウグスティヌスは海を渡られ、カントウェア王の援助の下、この地でローマによるブリテン島布教の第一歩を、踏み出されたのであった。大司教のご逝去は、今からわずか六十年ほど前のことである。だがこの地は、その後瞬《また》く間にカントウェア王国の中心をなす町（カンタベリー）へと成長し、今やジュート人[2]たちのキリスト教信仰の核となっていた。フィデルマは、テオドーレ大司教[3]との話し合いをまとめ上げるという公用を抱えており、そのために、自分の親しき友であり、今はこの大聖堂の大司教テオドーレの秘書官となっているエイダルフ修道士[4]を、ここで待ち受けているところだった。

案内の修道士は、執事の来訪を告げると、扉を閉じて図書室から出ていった。フィデルマは、彼女が坐っているデスクのほうへと進み寄ってくる執事をどう迎えるべきか、いささかあやふやな態度で、立ち上がった。

プラトニウス・レピドゥスは、頭の天辺から足の先まで、フィデルマの知る〝ローマ貴族〟そのものだった。その法衣にもかかわらず、彼は高慢を身にまとっていた。巡礼としてローマを訪れたことがある彼女は、彼の貴族としての地位は、彼の地《か》では、誰もがすぐにそれと知るほどの高位であるのだと、知っていた。長身で、黒褐色の髪と、浅黒い顔色をした男だった。彼の挨拶と微笑は、申し分なく心地よいものであった。

「尊者《ヴエネラブル》[5]ゲラシウス司教[6]殿から伺いました。修道女殿は、ローマにご滞在中に、尊者殿に並々ならぬご助力をなされたそうですな。修道女殿がこのカンタベリーにご逗留中だと聞き及び、是非ともお目にかかりたいという思いに駆られて、こちらをお訪ねしたのです」

〈ローマの司教〉猊下《げいか》のお住まいのラテラーノ宮殿[7]で、難問を抱えて難渋しておられた教皇庁の高官の姿を、フィデルマは懐かしく思い出した。彼女はすぐさま、執事の言葉に応えた。

「尊者ゲラシウス様は、ご壮健でいらっしゃいますか？」

「お元気ですとも。私が修道女殿にお目にかかりに行くことをお知りでしたら、きっと、温かな、個人的な祝福のお言葉を、私にお託しになったことでしょう。先ほどの書記僧が教えてくれましたが、エイダルフ修道士殿とご一緒にこちらにお見えになっておられるそうですな。尊者殿は、エイダルフ修道士殿のことにも、楽しそうに言及しておられましたよ。だが、お二人とも、程なくサックスムンド・ハム(8)へと出立《しゅったつ》なさるのだとも、伺いましたが」

「お聞きになられた通りです、レピドゥス執事殿」とフィデルマは、生真面目《きまじめ》な面持ちで、それに応えた。

「腰を下ろして、少しばかり、お話しいたしませんかな、フィデルマ殿？」と言いながら、レピドゥスは進んで腰を下ろし、フィデルマにもそうするようにと、片手で誘《いざな》った。「どうも不躾《ぶしつけ》でありましょうが、私は修道女殿の知遇をお受けしたいという、自分勝手な願いを抱いておりましてな。実は、修道女殿のご助力を、是非とも頂戴したいのです」

フィデルマは、面に好奇心を浮かべて腰を下ろした。

「私の力の及ぶことでしたら、ご助力いたします、執事殿」

「修道女殿は、この国の歴史を、よくご存じでしょうかな？」

「このジュート人の王国の歴史でしょうか？　ごくわずかではありますが、存じております。ジュート人は、ほんの二世紀足らず前に、このブリテン島へやって来て、先住民のケルト系人種、ブリトン人を追い払った、ということぐらいです」

執事は、素早く首を横に振った。

「私が言っておりますのは、ジュート人がここへやって来て、先住のブリトン人を放逐《ほうちく》する以前の、この地の歴史、つまり、ここがローマの属州としてブリタニアと呼ばれていた時代の歴史のことです。その頃、ここには、我々ローマの軍団が駐屯し、数世紀にわたってこの地を支配していた、その時代のことですが？」

フィデルマは、彼の声にかすかに誇らしげな響きを聞き取って、それを面白がりながら、頷《うなず》いてみせた。

「その歴史も、少しは存じております」と、彼女は静かに答えた。

「この地のローマ陸軍を構成していた軍隊の一つが、第九ヒスパニア軍団でした。精鋭《エリート》軍団です。お聞きになられたことは？」

「もし私の記憶が正しければ、その精鋭軍団は、ブリトン人たちの王国の一つを率いるボウディッカ女王(9)の軍勢によって撃破されたのではありませんでしたかしら？」彼女の微笑には、仄《ほの》かに皮肉な色が加わっているようだ。「約六千人の歩兵と、ほぼ同数の援軍も、待ち伏せていた彼女の軍勢に討たれて壊滅したとか。この会戦についても、お国の歴史家タキトゥス(10)のご著書で、読んでおります」

「ブリトン人たちは、運が良かったのです」と、執事レピドゥスは、突然苛立ちを見せて、素っ気なくそれに応じた。この出来事は、遙か昔に、優に六世紀も前に、起こったことであるのに、彼の誇りは、今なお古代ローマ帝国への愛国心に、色濃く彩られているらしい。

「あるいは、女王ボウディッカのほうが、より優れた指揮者であったのかも」とフィデルマは、そっと呟いた。「私の記憶によると、軍団は散り散りに分断され、軍団を指揮していたペティリウス・ケリアリスは、わずかな騎馬戦士と共に、辛うじて自分の砦へと逃げ込んだとか。数千人の配下の内、無事生還できたのは、彼ら五百人だけだったそうですね」

一瞬、レピドゥスは苛立ちを見せたが、すぐに肩をすくめた。

「修道女殿は、確かにタキトゥスをお読みになっておられるようですな。ゲラシウス司教殿は、修道女殿の学識に、最大限の賛辞を呈しておられましたよ。しかし、軍団は自分たちの聖なる旗印である〝鷲〟の像を無事持ち帰り、それによって戦意を取り戻したようですな。実際、軍団は解体されてはいません。それどころか、指揮官であったとされるケリアリスは、その後、手腕を認められて、その属州の総督にまで栄進しておりますからな。修道女殿は、古代ローマの軍団にとって、こうした軍団の紋章である像がいかなるものであったか、ご存じでしょうな？」

「古代ローマの各軍団には、それぞれその軍団を象徴する紋章の像が授けられておりました。これらの彫像は、当時いとも神聖なる存在と考えられていた皇帝が手ずから授けておられましたので、軍団の象徴の像も、聖なる祝福を受けたものとして、尊《たつと》ばれておりました。ですから、軍団旗の頂《いただき》を飾る〝鷲〟の像が敵の手に渡るということは、その軍団、第九ヒスパニア軍団にとっては解体されねばならないほどの不名誉でした」とフィデルマは、答えた。

「全く、その通りです」と、執事は満足げに頷いた。「従って、ケリアリスは〝鷲〟を無事持ち帰ったのでしょうな。第九軍団は、解体されることなく、歴代の皇帝に忠勤を尽くしているのですから。タキトゥスによると、彼らは、ブリガンテスと称する獰猛《どうもう》なるブリトン人の連合部族が蟠踞《ばんきょ》していた、このブリテン島の北部を平定し……」

執事の声が、昂《たかぶ》ってきた。軍国的な気風が嫌いなフィデルマは、自分が眉をひそめていることに気づいた。

「そうしたことは全て、遙かなる過去の歴史ですわ、レピドゥス執事殿」と彼女は、鋭く彼をさえぎった。「執事殿が、どうしてそれを回想しておいでになるのか、それについてどのような助言を私にお求めなのか、よくわからないのですが」

執事は、急いで謝罪の素振りを見せた。

「すぐに、それに触れることにしましょう。修道女殿は、この第九ヒスパニア軍団がブリトン人との交戦中に消え失せてしまったという話があることを、ご存じですか？[11]」

「いえ、存じません。私は、ただ、タキトゥス、それにスウェトニウスを若干読んだだけですので。でも、二人とも、そのことには触れておりませんでしたわ」

「この事件が起こったのは、二人の史家の没後六、七十年も後のことでしたから、彼らはそれを記録することはできなかったのです。その時の第九ヒスパニア（イスパニア）軍団の指揮官は、ケリアリスではなく、実は私の先祖のプラトニウス・レピドゥスだったのです。つまり、軍団が行方不明になった時、それを指揮していたのは、我が先祖だったのです」

フィデルマは、どうして執事レピドゥスが古代史に関心を持っているのか、やっとわかってきた。しかし、どうして彼は、この問題を話題にしようとしているのだろう？

「では、執事殿のご先祖は、六、七千人もの戦士と共に消えておしまいになったのですか？」

「そうなのです。我が先祖、軍団長プラトニウス・レピドゥスと、第九ヒスパニア軍団の〝鷲〟の聖像も、彼らと共に消え失せたのです。この件は、さまざまに取り沙汰されてきました――軍団は、敗北によって自らの栄誉を汚《けが》したために、解体させられたとか。あるいは、パルティア王国[12]との決戦で全滅したとも。また別の風説によれば、軍団は神聖なる〝鷲〟の旗印を始め一切の記録を失ったため、あらゆる史書から抹殺されてしまったのだ、などと。軍団は、カレドニア[13]の順《まつろ》わぬ人々の侵攻からローマ支配下のブリテン諸国を守ろうとしてハドリアヌス帝が築いた長城（〝ハドリアヌスの防壁〟）を越えて、さらに北方へと進撃していったのだと主張する人々も、若干おります。そうです、あらゆる文献がすでに消滅してしまった今では、実際には何が起こったのか、知る術《すべ》もありませんでした……」

「全て、遠い過去の出来事です」とフィデルマは、辛抱強く、自分の意見を繰り返した。「私に、どのようなことをお求めなのでしょう？」

「確かに、五百年以上も前のことです」と、レピドゥス執事も、一応それに同意したが、その後、何か思いに耽っているのか、沈黙してしまった。だが、ふっと目覚めたかのように、身震いをした。「我が先祖や〝鷲〟や軍団の運命は、今や我が家門の内だけの関心事となってしまっております。

だが、我が一門の誇りが、我々を駆り立てるのです、この謎を解くべきだと」

「このように長い歳月が流れてしまったのに、ですか？」フィデルマの声は、つい懐疑的な響きをおびてしまうようだ。

執事レピドゥスは、愛想よく微笑んだ。

「実をいいますと、私は今、第九ヒスパニア軍団の歴史を書いておりましてな。その中で、彼らの運命は本当はどのようなものであったかについても論述し、かつ我が家に着せられた汚名をも雪《すす》ぎたいものと、考えておるのです」

「そういうことでしたか」フィデルマも、その説明に納得した。「それにしても、私にどのようなご助力ができましょう。私は、軍団が消え失せたというこの地方の、このブリガンテの国の人間ではありませんわ。しかも、その後のこの地方は、百年以上も、アングル人に占拠されていたのです。ですから、この地の先住民であるブリトン人たちの伝統は、すでにアングル人の文化や伝統に取って代わられておりますよ」

「しかし、修道女殿は、謎の解明に長《た》けておいでの方です」と、レピドゥス執事は諦めなかった。「ゲラシウス尊者殿は、あなたがいかにしてラテラーノ宮殿で起こった殺人事件を解決されたか、私に話して下さいましたぞ」

「私に、何をお求めなのです？」

レピドゥスは、まるで秘密の話をするかのように、周りを見まわしてから、ぐっと身を乗り出した。

「ローマでは、レピドゥスの名はよく知られております。我が家は、高貴な血に繋がる家系なのです。私どもは、偉大なるユリウス・カエサルの副官であり、マルクス・アントニウスやカエサル・オクタウィアヌスと共に三頭政治を行った三執政の一人の、マルクス・アエミリウス・レピドゥスの子孫なのです」ここで執事レピドゥスは、口を噤《つぐ》んだ。自分の一族の古代ローマ時代の歴史など、フィデルマには何の意味も持たないだろうと、気がついたらしい。

彼は、話を先へ進めた。

「数カ月前のことです。一人の商人が、私どものローマの別荘へやって来ました。この地とフランク王国の間を行き来する交易商人でした」

「この地とフランク王国との間で、交易を？　では、その商人は、なぜローマにまで行ったのでしょう？」

レピドゥス執事が、無意識に、片手で法衣の胸を押さえた。

「その商人は、古びたヴェラム（羊や仔牛の皮で作る皮紙）の文書の断片を入手して、これは私の家族を探しにローマまで出掛ける値打ちがある文献だと、考えたのです。その古文書の中に、ある名前が記されていたからでした。彼は、これを私の父に売りつけました」

「もちろん、〝レピドゥス〟というお名前だったのですね」とフィデルマは、揶揄《やゆ》と聞こえないようにと気をつけながら、彼に微笑を向けた。

「いかにも、それには、軍団長プラトニウス・レピドゥスという名前が記されていたのです」と、彼は重々しく、彼女に答えた。「第九ヒスパニア軍団が消息不明となった時、それを指揮していた我が一門の先祖の名です」と彼は、いかにも劇的に、間《ま》をおいた。「商人は、このヴェラムの文書を、かなりの値段で、父に売りつけました」

「これを売りつけるため、わざわざローマへと海を渡って出掛けていったのですから、高値の取り引きを予期していたのでしょうね」と、フィデルマは呟いた。

「そのヴェラムの文書は、私と私の家族にとっては、いたって価値あるものです」とレピドゥス執事は、それを認めた。

「その文書を、今、ここで拝見できますか？」と、フィデルマは彼に求めた。疑惑の影が執事の顔をかすめたのを見て、彼女は付け加えた。「このことをお話しになりながら、執事殿は片手を法衣の内側へ差し込まれましたので、そう推測したのです。そのヴェラムを、今そこにお持ちなのですね？」

執事は、滑らかに鞣《なめ》した仔牛の皮を、引き出した。

「元の文書は、今、ローマの私の邸の文献室にしまってあります。だが私は、古いヴェラムに書かれていた文言《もんごん》を、正確に筆写しました」

フィデルマは、片手をすっと伸ばした。

「拝見したところ、その複製を拵《こしら》えるのに、やはりヴェラムを使用されたようですね」

「元の文書を、できる限り正確に模した写しを作ろうと思いましてな。文章は、五百年以上前に書かれた元の文章と、全く同じです」

フィデルマは、机の上にヴェラムの写しを広げると、それをじっと見つめた。そして、執事に訊ねた。「何一つ変えることなく、正確に写されたのですね?」

「断言できますよ。文章は、原文そのままです。よろしかったら、翻訳してさし上げましょうかな?」と執事は、熱心に申し出た。

「私のラテン語の知識で、十分だと思います。五百年以上の歳月に阻まれてはおりますが、文法も語彙も、私に十分理解できるものであるようです」

彼女は、古文書を読み始めた。

《……レピドゥス軍団長閣下は、ご失意のあまり、自らご自分の剣の上に身を投げ出そうとなされたが、無数の傷とご疲労が、それを妨げたのでありました。軍団長閣下は、意識を失われました。しかし意識を取り戻された時に、このような痛ましいことがふたたび起こってはなりませぬ。私は、閣下の両の手首を縛らせていただきました。そうした上で、私どもは、夜の帳《とばり》が辺りを閉ざすまで、道沿いの溝の中に身を潜《ひそ》めました。敵兵どもが、辺りで酒に酔いしれ、騒ぎまわっておりました。彼らが戦勝祝いで浮かれているのも、無理はありませぬ。〝鷲〟が鮮やかに輝く軍団旗の下、ヒスパニアから進撃してきた赫々《かくかく》たる第九ヒスパニア軍団を潰滅《かいめつ》させたのでありますから。

この六千の戦士から成る名高き軍団で生き残ったのは、重傷を負われた軍団長閣下と軍団の〝鷲〟のみでありました。軍団の六千の戦士の最後の一人となられたレピドゥス閣下は、敵軍の最終的な猛攻撃を前に、倒れ伏す無数の戦死者や瀕死の重傷者たちに囲まれつつ、片手にグラディウス、片手に〝鷲〟を握りしめ、ついにはご自身も同じようにお斃《たお》れになるその瞬間まで、すっくと立っておられました。そのお姿を、歴史は、そのページの上にしっかり刻みつけるべきであります。私は、出納簿《すいとうぼ》をお預かりする、しがない会計士にすぎませぬが、その私の目にも、今なお、そのお姿は焼きついております。

閣下は、意識を失われても、なおも〝鷲〟を固く握りしめておいででした。私がそのお手から、〝鷲〟の像を引き離そうとしましても、指を緩めることができませんでした。それで私は、〝鷲〟を握りしめたままの閣下を、やっとのことで溝の中に引き込みました。血塗られた戦場は、すぐそばです。でも、軍神マルスがお見守り下さったのでありましょう、私どもは、敵兵たちの目を免れることができました。

どうして生き延びることができたのか。それは、もう、神々の御心によってと言うほかありませぬ。しかし閣下は、傷のせいで、発熱してしまわれました。私は、溝に横たわる閣下を引っぱったり引きずったりして、できるだけ殺戮《さつりく》の戦野から遠ざかろうと、必死でした。そして、やっと身を隠すことのできそうな雑木林まで来ました。私どもは、さらに一日、そこに潜んでおりましたが、軍団長閣下のご容態は、悲しいかな、ただただ悪化の一途を辿るのみでした。夜明けを迎えた頃、ご容態がふっと静まりました。もはやご最期が目前であるとお悟りになられたのでしょう、レピドゥス閣下は私の片手をきつく握られました。私が誰であるかも、お認めになりました。

閣下は、「キンゲトリクス」と、私の名をお呼びになりました。「どういう次第で、お前はここにおるのじゃ?」

私は、「軍事物資運搬用の荷馬車の列に従《つ》いて行進して参りましたが、カレドニア軍の襲撃を受けた時、方角もわからぬまま、闇雲に逃げ出したのです。そして運命の神のお導きで、ふと気がつくと、指揮官でいらっしゃる閣下と二、三人の戦士がたが〝鷲〟を守って最後の抗戦をしておいでになる壮烈なる場面に、行き着いたのです。そして、皆様がお斃れになり、カレドニア兵たちも立ち去った後、私は、〝鷲〟の意味に無知であった奴らがそれに目を向けることもなく立ち去ってしまったことに、気づいたのです。そこで私は、聖なる〝鷲〟を何とか救い出そうと、戦場に見捨てられておられる閣下のご遺体へと近づいたのです。ところが閣下は、何と、息も絶え絶えではありましたが、まだお命を取り留めておいででした！」と、私はお答えしました。

レピドゥス閣下は、まだ私の手を固く握られたまま、仰せになられました。「キンゲトリクスよ、お前は、この〝鷲〟の意味を存じておるな。儂《わし》は、聖なる〝鷲〟を守って、死力を尽くした。だが今は、これをお前に託す。〝鷲〟を携えてローマへ行け。そして、これを皇帝陛下のお手にお渡しせよ――皇帝陛下が今一度、〝多くの命が散りはしても、第九ヒスパニア軍団は、未《いま》だ死なず〟と宣告なさるであろうその日のために。〝レピドゥスは、自らの名誉を汚すことなく、その熱き血潮を鷲に捧げた〟と、声高く宣言なさるであろうその日のために」と》

フィデルマは、そこで言葉を切り、ヴェラムに注いでいた視線を上げた。

「本当に、この古文書は、執事殿が第九ヒスパニア軍団の歴史をご執筆なさる上で、必要としておいでの資料なのでしょうか？」と、フィデルマは訊ねてみた。「それに、執事殿は、どのような目的のために、この地をお訪ねになっておられるのでしょう？」

「どうぞ、先をお読み下さい」

《レピドゥス軍団長閣下は、それ以上、この世の命を長らえることなく、息絶えられました。

そこで私は、持ち運びやすいように、折れた旗竿から〝鷲〟の像を取り外し、布で包み、日没を待ちました。そして私は、戦勝に浮かれているカレドニア人どもからできるだけ距離をとりながら、夜陰の中を進み始めました。しかし、南下する道は、彼らに塞がれておりました。そこで、先ず西へ向かい、〝馬を飼う人々の国〟エピディー（ウェールズ）を通り抜けることにしました。

私の話は長く、しかもわかりにくいことでありましょう。いつか、その暇《いとま》ができましたら、もっと読みやすく書き直すことにいたします。しかし、今のところは、このままで。でも一つだけ、ここでお断りをはさませていただかねばなりませぬ。私は、レピドゥス軍団長殿とのお約束を——神々よ、その御魂を嘉《よみ》し給え——果たすことができなかったのです。私は、自分の生まれ故郷、ダルヴェルヌムの町へ帰り着くのに、数年を要したのです。だが、神々は、私に微笑みかけて下さった。〝鷲〟の像を、ここまで運んでくることは、できたのです。しかし、その頃、この地方はきわめて不穏なる状況にありました。その上、すでに歳月が私の上に影を落としておりました。もはや私には、〝鷲〟をローマまで届ける力がなかった。

しかし、この地の総督ヴェルスに委ねることはできません。彼は、これを、自分の功績としてしまうに決まっています。このようなことを信頼して委ねる訳にはゆかぬ男です。そこで私は、この手記を添えて、〝鷲〟を自分の小さな住まいの中に隠しておくことにしました。私のささやかな家は〝第八の塔〟のすぐ近くで、この地のキリスト教徒たちが建立して彼らの指導者の一人である〝ゴールの聖マルティン[14]〟に捧げた小さな建物の北東の角に面しております。私は、第九ヒスパニア軍団の名誉の象徴を、我が家の床下暖房装置《ハイポコースト》に隠しました。私の息子が成人となれば、私の指示のもと、私の未遂に終わったローマへの旅路を引き継いでくれるはず。その日まで、〝鷲〟はそこに眠っておりましょう……》

ヴェラムは、そこで切れていた。フィデルマは、執事レピドゥスを、かすかに細めた目で見上げた。

「この古文書、拝見しました。それで、私に何をお望みなのですか？」

レピドゥス執事は、面に、にこやかな笑みを浮かべた。

「この文書の中には、この男がどこからやって来たのか、また〝鷲〟の像はどこに隠されたのか、それを告げてくれる何らかの手掛かりが潜んでいるに違いない。それを、修道女殿なら見つけ出して下さるのではないか、と期待しておるのです。もし私が〝鷲〟の像や、できればそのほかの資料をローマに持ち帰ることができれば、また、この再発見についての信頼できる証人を見つけることができれば、私は執筆中の歴史を、確信を持って書き進めることができます。私の家族、我がレピドゥス一門は、ローマでふたたび昂然と頭を上げ、過去を恥じることなく、いかなる高位、顕職をも、望むことができます。ああ、私も、司教や枢機卿の地位さえ、望むがまま。一般社会においてであれ、宗教界においてであれ、いかなる望みをも……」

レピドゥスは、いささか極まり悪げに、口を噤んだ。

「しかし、史家としての私の関心は、ひたすら真実を見出すことです。おそらく、この男、キンゲトリクスが書き記したことは、偽りかもしれません。多分、そういうことかも。だが、もし我々に、彼の住んでいた家を発見することができれば、そして、〝鷲〟の隠匿場所が本当に彼の家であったなら、大いなる歴史の謎が、それによって解明されるのです！」

フィデルマは、椅子の背に身を凭《もた》せかけ、相手をじっと見つめた。

「この古文書を調べてそこから手掛かりを見出そうとなさるのでしたら、私よりもっとそれにふさわしいブリトン人が大勢いらっしゃいますでしょう？」

レピドゥスは、肩をすくめた。

「ブリトン人？ 奴らは、今では、サクソン諸王国が補強した国境の堅牢な壁を乗り越えてやって来ることはありませんよ。サクソン人の国に、あえて踏み込む勇気は、彼らにはもうないのです。そもそも彼らは、ローマに対して、未だかって長期にわたって敢然と戦いを挑み続けることなど、しておりませんぞ。ローマ軍がこの島に駐屯し統治していた時代だけではない。もっと時代がさがって、近年になっても、彼らの王たちはキリスト教の大本山であるローマの統率を拒否し、教皇ご自身の使節であり、そのご命令を奉じてブリテン島への布教者となられたアウグスティヌス大司教の前に、頭《こうべ》を垂れることを拒んではいましたが、⑮それ以上の勇気はないのです。彼らは、ただ、自分たちの偶像崇拝や、異端者ペラギウスや、自分たちの首領にかじりついておる因習固陋《ころう》の民にすぎません」

フィデルマは、面白げに、眉をつっと上げた。

「私ども〝エールの民〟も、〝ヒッポのアウグスティヌス〟(16)がおとりになった宗教観より、ペラギウスの神学によるキリスト教を、信仰しておりますよ。そのために、私どもは、ローマのご本山のお咎《とが》めを受けておりますわ」

レピドゥス執事は感じよく微笑みを返した。

「しかし我々は、常にあなたがた〝エールの民〟と論議を交わし合っておりますよ。ところがブリトン人というのは、やけに誇り高い民族でしてな、自分たちの信条を、刃《やいば》の先でもって、試そうとするのです」

フィデルマは、〝ローマのように〟と、口を滑らせかけて、危うくその言葉を呑み込んだ。

「私は、ブリトン人の歴史や言葉を少しは知っておりますが、専門家ではありません」と言って、彼女はふたたびヴェラムの古文書に目を落とし、かすかに笑みを浮かべた。「でも、この文書には、いろいろと手掛かりが見られることは、確かですね」

レピドゥス執事は、熱っぽく身を乗り出した。

「この男キンゲトリクスがどこの人間であるかも?」

フィデルマは、古文書を人差し指で軽く叩いてみせた。

「それは、簡単ですわ。ここに、彼は明確にその場所を書き記しておりますもの」

執事は、眉をひそめた。

「確かに、書き記していますよ。しかし、ただ、〝ダルヴェルヌム〟と書いているだけです。これ、一体、どこなのです？　私は、何人もの人に訊ねましたが、それが何処《いずこ》か、わかる人間は一人もいなかったのです」

フィデルマは、くすっと笑った。

「この古文書に綴られている事件が起こったのとほぼ同時代に、地理学者プトレミーが記録している地名ですわ」

「それ、どういう意味なのです？」

「ブリトン人たちの言葉で、〝ドゥロ〟は〝砦〟、〝ヴェルナ〟は〝榛《はん》の木の沼沢地〟を意味します。したがって、〝ダルヴェルヌム〟は、〝榛の木生《お》う沼沢地の畔《ほとり》の砦〟を意味する言葉です」

レピドゥスは、戸惑った。

「語学的なご説明としては、お見事です、フィデルマ修道女殿。しかし、その場所を、どうやって見つければよいのです？」

フィデルマは、彼をじっと見つめた。

「ローマ人たちは、その地を、〝ダルヴェルヌム・カンティアコルム〟、すなわち、〝榛の木生う沼沢地の畔のカンティアキ（ケントの人）の砦〟と、呼んでおりました」

「私には、まだ、皆目見当がつきませんが」

「今、あなたは、まさにその地においでなのですよ。どうしてそうなるかと言いますと、ローマ人の〝榛の木生う沼沢地の畔のケント人の砦〟、すなわち〝ダルヴェルヌム・カンティアコルム〟という呼称を、この地の古い先住民ジュート人たちは、〝カントウェアのブルグ（町）〟、すなわち、〝カントウェア・ブルグ（ケント人の町）〟と呼んでいたのですもの」

レピドゥス執事の顔は、驚嘆の表情へと、一変した。

「では、〝鷺〟の像は、ここに、まさにこの町に、隠されているかもしれないと、おっしゃるのですか？」

「これまで私がお話ししてきましたのは、〝この古文書で言及されている地とは、まさにこの町である〟ということですわ」とフィデルマは、ごく落ち着いた声で、それに応じた。

「でも、信じられない！　私の先祖から〝鷺〟の像を受け取ったこの男、このキンゲトリクスなる人物は、それをこの町まで運んできたとおっしゃっておいでなのですか？　ほかにも何か、私にお聞かせ下さることはありませんか？」

レピドゥス執事は、すっかり興奮していた。

フィデルマは、考えこみながら、唇をすぼめた。

「執事殿がそうお訊ねですので、もう一点、お聞かせしましょう。キンゲトリクスという名前は、これまたカンティアキに関係しています。ユリウス・カエサルのブリテン島侵攻について関心ある研究者なら、キンゲトリクスという名に、心当たりがあるはずです。でも、軍団のしがないマテマティクス（会計士）の名前としては、奇妙ですわ――これは、〝英雄たちの王〟という意味なのですから。沿岸に陣を張っていたカエサルの軍団を襲撃した四人のケントの王の一人が、この名前でした」とフィデルマは、はっきりと彼に告げた。

執事レピドゥスは、溜め息をついて、椅子の背に寄りかかった。一瞬の興奮が消えて、彼は急に気落ちしたようだ。レピドゥスは、しばし考えこんでいたが、やがてお手上げといった態《てい》で両手を上げ、それをぱたりと落とした。

「では、我々がしなければならないことは、このキンゲトリクスなる男の家を探し出すことだけですね。だが、五百年も経っているのです。これは、どうにも不可能です」

フィデルマは、さっと笑みを面に浮かべつつ、頭を横に振った。

「このヴェラムの文書は、少しは手掛かりを呈してくれていますわ。そうではありません？」

執事は、目を見張って、彼女を見つめた。

「手掛かりですと？　この男の家を見つけ出す、どのような手掛かりが記されていると言われるのです？　ローマ軍は、ブリトン人をそのまま後に残して、さっさと引き上げていってしまった。そこへジュート人がやって来て、ここに定着しようとした。そのため、〝カントウェアのブルグ〟は、著しく変貌し、元のブリトン人たちの建物のほとんどは老朽化し崩壊してしまいました。タナトスの島から台頭したジュート人が、ブリトン人の王たちに激しく挑みかかり、やがてケント王国を建国したからです。しかし、その後継者エイスクが自らをケント王国の王と宣言するまでには、優に一世代（三十年）もかかっています。ですから、その間《かん》に、町はほとんど瓦礫《がれき》と化してしまったという訳です」

「こちらにいらしてからの短い期間に、この地の歴史をずいぶんよくお調べになりましたわね、レピドゥス執事殿」とフィデルマは、低く呟きながら立ち上がった。その顔を、やや悪戯《いたずら》っぽい表情が、ちらっとかすめたようだ。彼女は、背後の本棚のほうへ、振り向いた。「ここの司書殿は、この町の古地図を何枚か保管していらっしゃいます。運が良うございましたわ。実は、つい今朝ほど、私はそれを調べたところでした」

「しかし、それらの地図で、私の先祖の時代まで遡《さかのぼ》ることはできませんよ。我々の役には立ってくれませんね」

　フィデルマは、その中の一枚を、自分の前のテーブルに広げた。

「その古文書は、彼の家は、〝第八の塔〟のそばだと述べています。さらに、家は、キリスト教徒たちが、自分たちの信仰の導き手の一人、〝ゴールの聖マルティン〟に奉献しようとして建立した建物の北東の角に面している、とも記されています」

　レピドゥス執事は、戸惑いを見せた。

「それが、我々の役に立ちますか？　こんなにも歳月が流れてしまっているのですよ」

「ローマ人は、この町の古い外壁に沿って、十箇所に塔を築きました。これらは、崩れ落ちてしまいましたが、今でも、その痕跡は見つかりましょう。ジュート人たちは、ブリトン人やローマ人たちが建てた建造物を使用することを好まず、自分たち自身の建物を建造しました。それに、〝トゥールの聖マルティン〟という名でより広く知られておられる〝ゴールの聖マルティン〟に捧げられた聖堂は、今日も残っています。人々は、今も、こちらに詣でておりますよ」

執事の顔に、嬉しげな笑みが広がった。

「絶対、これは奇跡です！　尊者ゲラシウス殿のあなたへの賛辞も、まだ物足りない褒め言葉ですぞ、フィデルマ修道女殿。あなたは、ほんの数分で、行く手を閉ざす霧を吹き飛ばし、私に指し示して……」

フィデルマは、片手を上げて、彼の言葉を抑えた。

「執事殿は、もし私どもが正確にその場所を見つければ、〝鷲〟の像は見つかると、本当に信じておいでなのですか？」

「修道女殿が論証して下さったではありませんか、この文書を記した男は、〝鷲〟が隠されている町のみでなく、その家屋の場所についても、我々が辿ってゆけるだけの手掛かりを伝えてくれていると？」

フィデルマの口角が一瞬、ふっと下がった。彼女は、ゆっくりと立ち上がった。

「では、このヴェラムの文書の書き手が私どもを誘ってくれる場所が、本当に我々の探している場所なのかどうか、確かめに行きましょう」

レピドゥス執事は、まるで勝利の笑みといった微笑を浮かべて、手を打ち鳴らした。

「そうですとも！　そう来なくては！　さて、どこから始めます？」

フィデルマは、ほっそりとした人差し指で、地図を軽く叩いてみせた。

「先ず、この町の地図が何を教えてくれるかを、読み取ってみましょう。町の東には、ストゥール川が流れています。執事殿はこうした古い地名に関心をお持ちのようですので、ブリトン人たちが使っていたこの川の名前も、お知りになりたいかもしれませんね。これは、〝力強い川〟という意味です。ご覧の通り、この一塊《かたまり》の家々は、川の西側の堤や、それに沿った湿地の辺りに建ち並んでいます。町を囲む長壁は、ローマ人たちが築いたものです。ローマ人が退去した後は、アングル人やサクソン諸族の襲撃に備えて、ブリトン人が補強しています」

レピドゥス執事は、地図を覗きこんだ。興奮が戻ってきたようだ。

「わかりました。長壁に沿って、十基の塔がありますな。いずれにも、番号が振ってある」

その通りだった。塔には、Ⅰ、Ⅱ、Ⅲ……と、ローマ数字が振ってあった。その中のⅧという数字のついた塔を、フィデルマは人差し指で軽く叩いた。

「そして、この西には、聖マルティンの教会と、それを取り囲むように数軒の家屋が建っています。この中のどれが、北西の角なのでしょう？」

「北東ですよ」と執事は、即座に彼女の言葉を正した。

「そうでした」とフィデルマは、動じることなく、それを認めた。「言い間違えました」

「何と！」と執事が、地図を示しながら、大声を上げた。「これです。これが、〝教会の北東の角〟に面した家屋ですよ。地図には、何か別荘というように、記載されていますな」

「そうですね。でも、このように何世紀も経っています。まだ、残っているでしょうか？」

「きっと、そこに建っていますとも」と、執事は昂った声で、それに答えた。「少なくとも、建物の基礎は、きっと残っていると思いますね」

「そして、それが、私どもの役に立ってくれるかしら？」とフィデルマは、さらに問いかけた。その声は、あたかも、問答を通して生徒を導く教師を思わせた。穏やかに相手を導くような質問であった。

「むろん、役立ってくれますよ」と、執事は言い切った。「キンゲトリクスは、〝鷲〟をハイポコーストの隙間に隠した、と記しております。もしそうであるのなら、たとえ建物は崩壊していようと、地下のハイポコーストの中に隠されたものは、それが何であれ、きっと残っていますとも。ご存じですかな、ハイポコーストとは……」

「各部屋を熱した空気で温める装置です」とフィデルマが、彼をさえぎった。「あなたがたローマ人は、この装置を自分たちが発明したのだと主張しておいでですが、必ずしも、完全にご自分たちで発案なさったのではないようですよ。私は、この発明の原型に近いものを、ローマ以外の古代人の家の中に、何例も見ておりますわ。床を何本もの柱で持ち上げ、その下に炉の火で熱した空気をパイプで送り込む、という仕掛けです」

フィデルマのこの発言に、彼の顔には、愛国的な感情との葛藤が映し出された。だが彼は、何とか微笑を浮かべることに成功した。

「このハイポコーストが誰によって、あるいは如何《どう》いうことで発案されたかを、修道女殿と言い争うことは、止めておきましょう。もっとも、これは、ラテン語ではありますがね」

「〝ヒポカウストン〟というギリシャ語から生まれたラテン語ですわ」とフィデルマは、穏やかに彼の言葉を訂正した。「私どもは皆、さまざまなことをほかの民族から借り合っています。また、そうあるべきではありません？　でも、今取り掛かっている問題に、立ち戻りましょう。先ず、この数軒の建物が建っている場所へ出掛け、その中のどれかに、今なお何か残っていはしないかを、調べてみるのです。ここを探索してみれば、次にどうすべきかが、見えてくるでしょう」

フィデルマは、この町にやって来てまだ一週間であったが、ごく小さな町であるので、この修道院の周辺は、すでに見てまわっていた。悲しいことに、ゲルマン系のジュート人の王ヘンギストとその子エイクス王、それに彼らの同盟者であるアングル人やサクソン人たちによって、先住のケルト系ブリトン人がこの町から追い払われてからのこの二百年の間に、ブリトン人たちの痕跡は老朽化し、荒廃してしまっていた。ジュート人は、それらを引き継ぐより、古い長壁の外に、自分たちで新たに木造の武骨な家屋を建てることを好んだのだ。むろん、ブリトン人の廃屋の跡に、数軒の家屋を建てることもあった。しかし、この町に新たな活気が本格的に漲《みなぎ》り始めたのは、ほんの最近のことだった。アウグスティヌスとその後継者たちがやって来てからのことだったのである。荒廃した古い建物は、改築されたり補修されたりし始めた。とは言っても、それは、一軒一軒の個別の工事であった。

町の長壁を護るために、それに沿って十基の塔が築かれていたのだが、今ではその長壁も、部分的に崩れていた。塔のほうは、さらにひどく崩壊していた。だがフィデルマは、迷うことなく、塔へと足を向けた。

「あれが、〝第八の塔〟です」とフィデルマは、今は地上一階までしか残っていない四角形の塔を指差してみせた。

「どうして、そうとおわかりなのです、ただ地図をご覧になっただけで?」と、レピドゥス執事が知りたがった。

フィデルマは、やや煩《わずら》わしそうに頭を振った。

「扉の上の横木に、番号が振ってあるではありませんか」

彼女は、Ⅷという数字がはっきり見て取れるその箇所を指差しておいて、すぐに辺りに散乱している石材や煉瓦《れんが》の欠片《かけら》に視線をめぐらせた。突然、その目が大きく見張られた。

「あの穀物倉庫と、その傍《かたわ》らの石造りの納屋は、古文書に記されている場所に建っているみたいです。ほれ、〝トゥールの聖マルティン〟に捧げられた聖堂のすぐそばです。でも、不思議だこと。聖堂のすぐそばに、家屋はありません。あの穀物倉庫と納屋しかありませんわ」

フィデルマの視線を追ったレピドゥス執事も、彼女に頷いた。

「でも、あれですよ。神が私どもに微笑み給うたのです」

フィデルマは、すでに、その二つの建造物へ向かって歩き始めていた。

「二つの可能性がありますね」とフィデルマは、考えこみながら呟いた。「一つは、穀物倉庫はキングゲトリクスの別荘の跡地に建てられたという可能性。そうであれば、ハイポコーストは、あの下にあることになります。もう一つは、穀物倉庫の隣りのあの石造りの納屋は、元の別荘の一部だというもので、そうであれば、ハイポコーストも、こちらの地下かもしれない訳です」

フィデルマは、一瞬躊躇《ためら》ってから、執事にきっぱりと告げた。「私ども、石造りの納屋のほうを、先ず調べてみましょう。見るからに、納屋のほうが、穀物倉庫より古そうですから」

二人がまだその場から動きだす前に、サクソンの労働者風の服を着た、ずんぐりとした男が、穀物倉庫の陰から出てきた。

「よいお日和で、旦那様。ご機嫌よろしゅう、尼僧様。ここで、何か、お探しで?」

彼の顔に浮かぶ微笑は、フィデルマの目には、馴れ馴れしすぎた。彼は、獲物を値踏みしている狐を思わせた。彼は平俗ラテン語をしゃべっていたが、ジュート訛りが強くて、彼女には聞き取りにくかった。彼に、自分たちの目的を告げたのは、執事レピドゥスのほうだった。もっとも、〝鷲〟の重要性をぐっと低く下げての説明であった。その上、もし自分たちが探している場所が何処かを示してくれることができるのなら、銀貨を一枚与えようとも、男に申し出た。

「これは、儂の穀物倉庫でしてな。自分で建てたんでさ」と、男は答えた。「儂は、ウルフレッドという者で」

「これを自分で建てたのでしたら、床下にいろんな穴やトンネルのような物があったかどうか、気づきませんでしたか？」と、フィデルマは訊ねてみた。

男は、顎をこすりながら、考えこんだ。

「建物の基礎造りのために、瓦礫なんぞで埋め立てねばならんかった穴が、ありましたなあ。いく箇所か、そんな穴がありましたわい」

執事は、がっくりと、落胆の表情を見せた。

「では、ハイポコーストは、埋められてしまったのか？」

ウルフレッドは、肩をすくめた。「もし興味があんなさるんなら、儂が埋め立てた穴のところへ、ご案内しましょうかな？　この小さな石造りの納屋の下には、そうした穴が、いくつもありましたぜ。儂は、ここにランターンを持っとりますから、今すぐだって、ご案内できまさあ」

二人は、男の後について戸口をくぐろうとした。その時、フィデルマはふっと気がついた。戸口の鴨居《かもい》を支える脇柱の上に、引っかいたかのように、何か、書かれている。彼女は、レピドゥス執事に呼び掛け、黙って指差して、彼の注意をそこに向けさせた。何かで引っかいてつけた印であった。IXという数字のようだ。その前にも、何か書かれているようだが、判読できない。

「〝九〟ですな」と、執事はさっと興奮して、彼女に囁《ささや》いた。「〝第九ヒスパニア軍団〟でしょうかな?」

フィデルマは、それには答えなかった。

納屋の中は、ひんやりとしていて、汚かった。床は、埃や泥で厚く覆われている。

ウルフレッドが、彼のよく磨いた角《つの》ランターンを、高く掲げた。その明かりで、四メートル四方ほどの部屋が、暗がりに浮かび上がった。納屋の中には、何一つ物が置かれていなかった。ただ、床の一角に一箇所、穴が開いていた。

「あそこから、床下を覗いてみなさりゃ、床下の穴がいくつか、見えますぜ」とウルフレッドが、自分のほうから説明を買って出てくれた。

フィデルマは、部屋を横切って、穴の縁に跪《ひざまず》いた。廃墟特有の匂いが、むっと鼻をつく。

彼女は、ランターンを借りて、下を覗きこんだ。床の下に、七センチほどの隙間がある。小さな煉瓦の杭が、一メートルほどの間隔で何列か並んで枡《ます》形を造り、裏から床板を支えていた。

「ハイポコーストですわ」と言いながら、フィデルマは身を起こし、ウルフレッドにランターンを返した。「さて、今度は、どうします?」

レピドゥス執事は、すぐには答えなかった。彼はそれに答える代わりに、恐る恐る、問いかけた。

「もしかしたら、痕跡が何か、残っては……」

フィデルマは、床をさっと見まわした。そして、何かを認めて、眉を寄せた。靴の爪先で、そこをこすってみた。上に積もっている泥の下から現れたのは、小さなモザイクの破片だった。この様式の床はローマで見たことがある。彼女はウルフレッドに、枝箒《えだぼうき》はないか、と求めた。その辺りの床から、厚く積もった泥を掃き出すのに、半時間かかった。そこに現れたのは、元老院の議員風のトーガをまとった男の姿だった。片手を上げ、人差し指を伸ばしている。フィデルマは、眉をひそめた。何かに衝《つ》き動かされたかのように、彼女はその指が示す方向を目で追った。壁に、引っかいてつけたような印が、刻まれている。今度の印は、疑いようもなかった。はっきりと、ローマ数字のⅨが、石壁に引っかいたような線で記されていた。その下には、下方へ向けた矢印も、刻まれていた。

「私ども、ハイポコーストには、ここから潜り込むことにしましょう」とフィデルマは、彼に告げた。「もちろん、ウルフレッドの許可を得られるなら、ですけど」

ジュート人ウルフレッドは、レピドゥス執事がもう一枚銀貨を握らせると、すぐさま許可してくれた。

壁に穴を穿《うが》つ仕事は、レピドゥスが引き受けてくれた。小柄な人間がハイポコーストに潜り込めるだけの穴を開けるのに、さらに半時間かかっただろう。下に潜り込む役には、フィデルマが進んで名乗りを上げた。だが、これから、狭い暗黒空間を無理やり前進しなければならないのだ。俯《うつぶ》せになって這ってゆかねばなるまい。いくら志願した役割とは言え、フィデルマは渋い顔になった。湿気がひどい。湿気どころか、壁の下部は水に浸《つ》かっている。空気は、黴臭《かびくさ》い。それは彼女に、かつて経験した地下墓地《セメトリー》を思い出させた。真っ暗だから、濡れた煉瓦の壁を手探りしながら進まなければならない。

「ランターンを下ろして下さい」と彼女は、上へ呼び掛けた。

身を乗り出して、角ランターンを下ろしてくれたのは、レピドゥスだった。角ランターンの不透明な明かりが、闇を照らし出した。

フィデルマは、ふうっと吐息をついた。

ランターンの光のお蔭で、彼女は周りの煉瓦の壁を眺めることができた。そして、ほとんど即座に、煉瓦に引っかいたような線を見て取った。〝第九ヒスパニア〟と印されていた。彼女はランターンを下に置き、先ず煉瓦を一つ、引っぱってみた。意外にも、緩かった。少し揺すると、煉瓦はすぐに抜けた。ほかのもっと細長く薄手の煉瓦も、同様にすんなりと引き出せた。割に簡単に、大きな穴を開けることができた。暗い穴の奥を覗きこんでみると、ランターンの光を受けて、何かがきらっと光った。彼女は、手を差し込んでみた。金属だ。ひんやりとして、湿っていた。

手を伸ばして、その輪郭を探ってみるまでもなく、フィデルマには、わかっていた。それが青銅の〝鷲〟であると。

「どうなさったのです?」と、彼女の気配を察知したレピドゥス執事が、上のほうから呼び掛けてきた。

「ちょっと待って」とフィデルマは、鋭く命じた。

彼女は、さらに壁龕《へきがん》状の穴の中をまさぐってみた。水が、滴り落ちてくる。湿っぽく、真っ暗だ。確かに、中は、防水完備ではないようだ。

まさぐっている彼女の指に、ふたたび何かが触れた。滲《し》み出してくる地下水のせいで、これまた濡れていた。彼女は、それを引き出した。ヴェラムの一部だった。覚束ないこのランターンの明かりでは、何と記されているのか、とても判読できない。そこで彼女は、俯せのまま振り向いて、ヴェラムを上へと差し出した。軸が欠けているので、長さは一メートル足らずだった。彼女は、レピドゥス執事の喘《あえ》ぎ声や興奮振りは無視して、無言でそれを彼に手渡した。次いで、ウルフレッドにランターンを返し、体を起こして立ち上がり、苦労しながら、納屋の一階へとよじ登り始めた。

フィデルマは、一、二分後に、床下の重苦しい闇の中での自分の悪戦苦闘の成果を、ゆっくり目にすることができた。ウルフレッドが、ランターンを高く掲げてくれた。レピドゥス執事は、青銅の〝鷲〟を握りしめて、小躍りせんばかりに舞い上がっていた。

「〝鷲〟だ! 〝鷲〟だぞ!」と彼は、歓喜の叫びを上げていた。

黒ずんだ青銅の〝鷲〟は、オリーブの枝に囲まれており、両脚の爪は、この輪飾り《リース》をしっかりと摑んでいるようだ。リースの下には巻物が下がっている。それには、〝SPQR〟と刻まれていた。レピドゥス執事は、この文字を人差し指で軽く叩いてみせた。「これは、ローマの全ての軍団の絶対的な権威を示すものです。〝ローマの元老院並びにローマ市民〟からのお墨付き、ということです」

「これが発見されたのは、ウルフレッドの所有地の中であったということを、お忘れになりませんように」とフィデルマは、納屋の所有者であるジュート人がこの場にいることをすっかり失念しているらしいレピドゥスに、注意を与えた。

「むろん、ウルフレッドとは、きちんと話をつけます。多分、三枚目の銀貨で、話はつくと思いますよ。こうした古代の遺物など、彼には何の役にも立ちませんからね。そうではないかな、ウルフレッド？」

　この問いかけに、納屋の所有者のジュート人は、頷いた。

「このお偉い旦那様は、儂のお手助けに気前よく報いて下さるだろうと、儂は信じとりますわ」と、レピドゥスの問いかけに、彼は答えた。

「私の先祖の〝鷲〟が、このご仁の、このような〝気前よさ〟へと、私を導かれたのでしょうな」とレピドゥスは、にんまりと笑った。

「〝鷲〟の像と一緒に見つかったヴェラムのほうは、どういう内容でした？」と、フィデルマは訊ねてみた。

執事は、ヴェラムを彼女に手渡した。

フィデルマは、それをそっと繰り広げ、注意深くその筆跡を眺めた上で、文書の内容に目を通した。

「少なくとも、短い文書ですわ」と、レピドゥスは笑った。

「いかにも」と、彼女はそれに同意した。「ただ、短く、《私、ダルヴェルヌムの会計士であるカンティアキのキンゲトリクスは、第九ヒスパニア軍団の〝鷲〟を、安全に保管すべく、ここに隠匿する。我が息子は、子孫を残すことなく身罷《みまか》った。それ故、将来、もし若き手がこれを発見するならば、それがいかなる人物であるか、知る術もないが、その者に、私は懇願する。どうか、この〝鷲〟をローマへ持参し、皇帝の御手にお渡しし、軍団長プラトニウス・レピドゥスは〝鷲〟を死守したと、報告してもらいたい。そして、軍団長閣下は、神聖なる軍団旗の下、ふたたび第九ヒスパニア軍団が結成されるよう、これを皇帝陛下にお届けしてくれと、息絶えられる間際《まぎわ》に、この私、キンゲトリクスに懇望《こんもう》なされたということも、陛下にお伝え下され。この私、キンゲトリクスには、閣下の今際《いまわ》の際《きわ》のご遺言を果たす力が、もはやない。私は、ここに記した手記によって、第九ヒスパニア軍団とその指揮官、プラトニウス・レピドゥス殿の名誉と栄光が立証されることを、切に願っている。神々よ、指揮官プラトニウス・レピドゥス殿の御霊に、永久《とわ》の安息を与え給え》

フィデルマは、深い吐息をついた。

「もう、これ以上、ここで論じることは、なさそうですね。あなたは、お望みの物を手にお入れになった。さあ、修道院へ戻りませんか?」

レピドゥス執事は、称賛の笑みを、彼女に向けた。

「フィデルマ修道女殿、お蔭様で私は、求めていた物を手にすることができました。この発見にいたった過程の全てについては、修道女殿が証人になって下さっておいでだ。したがって、誰一人、それらに疑惑を抱くことはできませんわい。私は、これからテオドーレ大司教猊下にお目にかかって、どういうことが起こったかを、お話し申し上げてきます。そして私のこの陳述は、全てフィデルマ修道女殿が証言して下さるということも、ご報告しておきます」

フィデルマは、顔をしかめた。

「私は、今は、早く沐浴をしたいということしか、考えられませんわ。あのハイポコーストの穴を這いまわったのですもの。後ほど、大司教様の御前で、お目にかかります」

テオドーレ大司教は、自分の執務室で、大司教の座に坐り、笑みを浮かべて、彼女を待ち受けていた。

「〝キャシェルのフィデルマ〟よ、レピドゥス執事が口を極めて、その方《ほう》を称賛しておったぞ」

フィデルマがエイダルフ修道士と並んで大司教執務室へ入っていった時には、レピドゥス執事は、すでに部屋の片側に立っていた。彼は、いかにも嬉しげに、頷きかけてきた。

「どうやら、執事レピドゥスとその一門のために、古文書の謎を解いて、際立った助力をしてやったようじゃな？」

「そのようなことは、いたしておりません、猊下」とフィデルマは、静かに答えた。

「いやいや、フィデルマ修道女殿、それは過剰なるご謙遜ですぞ」とレピドゥス執事が、言葉をはさんだ。「修道女殿は、私の先祖と六千人のローマの戦士たちに、すなわち第九ヒスパニア軍団に、何が起こったのか、その真実を見出して下さったではありませんか」

「真実ですと？」突然、彼女は嘲笑《ちょうしょう》的な視線を、彼に向けた。鋭い声だった。「レピドゥス執事殿は、ご自分とご一門の名誉を高めようがために、不正を、虚偽を、ごまかしを、企《たくら》まれた、というのが真実です。執事殿は、歴史を捏造《ねつぞう》なさった。ご自分のローマにおける社会的地位を高めたかったからです。高い地位に就けば、さらに果てしなく野望をふくらませることができましょうから」

「儂には、どういうことか、さっぱりわからぬ」と、大司教テオドーレは、顔をしかめた。

「私のご説明をお聞き下されば、すぐにご理解いただけましょう」と、フィデルマはそれに答えた。「レピドゥス執事殿は、〝鷲〟の像の模造品を作り、これは彼の先祖が軍団長であったとされる時期にブリタニアにおいて消え失せてしまった、あの第九ヒスパニア軍団の徽章《きしょう》の

〝鷲〟の像である、と主張されました。さらに執事殿は、二種の古文書も、ヴェラムを用いて、作られました。その中には、軍団に何が起こったのか、そして、どのように探せば〝鷲〟を発見できるか、ということが述べられておりました」

「ばかばかしい！」とレピドゥス執事が、鋭くさえぎった。「ここで、べんべんと侮辱に耐えている気は、ありませんぞ」

「待て！」レピドゥスが出てゆこうと背を向けた時、テオドーレ大司教が、静かに命じた。「儂が良しと言うまで、出てゆくことはならぬ」

「それに、執事殿には、真実をお聞きになるまで、ここにお留まりいただかねばなりませぬ」と、フィデルマも付け加えた。「執事殿は、私を、この程度のことで欺《あざむ》けるような愚か者だと、お考えになったのですか？　あなたの手の込んだ欺瞞《ぎまん》は、ご自分の主張に信憑性《しんぴょうせい》を与える目的で、私の評判を利用なさるためでした。執事殿は、ヴェラムの古文書を携えて当地へお出でになり、この中に潜んでいる手掛かりを読み取ってほしいと、私に助力をお求めになりました。その古文書には、どんなに鈍い人間にもわかりそうな手掛かりが、いくつも仕込まれておりました。私を、この町のある家屋へ、そしてその家の古いハイポコーストへと導くための手掛かりです。このハイポコーストの中で、私に、もう一枚の古文書と〝鷲〟の像を発見させようという企みだったのです」

「これは、私への侮辱だ。ローマへの侮辱だ」と、レピドゥスは喚きたてた。

だが、テオドーレ大司教が、片手を上げた。

「何がローマへの侮辱であるかは、儂が判断する。フィデルマ修道女、この糾弾《きゅうだん》に太刀打ちできるだけの証拠は、あるのかな？」

フィデルマは、頷いた。

「先ず最初に、私はレピドゥス執事殿に、二つの古文書をお出しいただきたいと思います。第一の古文書は、五百年前に書かれたものだと……」

「私は、そのようなことは、言っておりませんぞ」とレピドゥスは、ここぞとばかりに鋭くさえぎった。「これは、ローマの我が邸の文献室に保管してある原文からの写しだと、私は言いましたぞ」

「ええ、そうおっしゃいました。そして私は、原文から何一つ変えていないのか、原文そのままの写しであるのかと、はっきりお訊ねしました。そうでしたね？」

レピドゥスは、渋々頷いた。

「執事殿は、〝言語は、何世紀もの間には、変化する〟ということを、考慮にお入れになりませんでした。私の母国アイルランドは、今使われている言語のほかに、文書の中で用いられてきた言語も、持っております。我々は、この言語を、文芸の神オグマに因《ちな》んでオガム[17]と呼ばれている字母表（アルファベット）でもって文書化し、記録して参りました。この古い言語は、バーラ・フェーニャと呼ばれておりますが、今では、わが国の写書の専門家の間でさえ、これを理解できる者は、そう多くはおりません。私は、タキトゥスやカエサルなどを読みましたが、当然その際に、古代ラテン語文献を見ております。執事殿が提示なさったこの文献は、五百年前の文書だそうですが、平俗《ヴァルガー》ラテン語、あるいは一般《ポピュラー》ラテン語と呼ばれる、今日用いられているラテン語で書かれております。

次に、私はこの文書を書いたと推定されるキンゲトリクスなる人物の名前が奇妙だと、気づきました。彼は、軍団に雇われていたマテマティクス、つまり会計士です。それなのに、王者の名を名乗っております。ローマ人たちは、このように身分低き者がこう名乗っているとしたら、不思議に思ったはずです。キンゲトリクスというのは、カエサルを読んだことのある者には、馴染み深い名前です。この文書を記した〝キンゲトリクス〟は、ケントの人間（〝カンティー〟）です。ところが彼は、自分は〝カンティアキ〟だと称しています。これは、ローマ人の言い方です。彼が、自分の生まれた町〝ダルヴェルノ〟を、プトレミーと同じように、つまりローマ風に、〝ダルヴェルヌム〟と記しているのと同様です。彼が、もし本当にケントの人間であるなら、〝ダルヴェルノ〟と記すでしょうに。私は、この二つの例を、奇妙だと思いました。でもこれは、捏造の決定的な証拠とは言えません。キンゲトリクスは、ラテン語を用いて書き遺しているのですから」

「そうとも、私は今、まさにその点を指摘しようとしておったのだ」とレピドゥス執事が、口をはさんだ。「全ては、自分がいかに賢明であるかを誇示しようとしておるこの女性《にょしょう》の愚かしい推測にすぎぬ」

「この大修道院の図書室にはこの町の古地図が何枚かあることを執事殿にお教えしようと考えて、私がそれを取りに行こうと本棚へ向かおうとしました時、私は興味を引かれました」と彼女は、静かに先を続けた。「執事殿が、即座に、それらの地図では自分の先祖の時代までは遡れない、とおっしゃったのです。前もって、こうしたことをすでに調べておかれたのでなければ、どうしてそのような反応をお見せになることができましょう。執事殿は、この町の歴史まで、十分にご承知のようですわね。私が、ここにジュート人がやって来て以来、多くの建物が崩壊してしまったが、と憂慮しますと、執事殿は、建造物がたとえ崩壊してしまっていても、建物の基礎は残っているかもと、素早く指摘なさいました。そして、この古文書には、〝鷲〟はハイポコーストの中に隠したと記されている。つまり建物の基礎の中にということだと、強調されました。実際……その通りでした……まるで、そのことを、前もってご存じだったかのように。かつての別荘は、遙か昔に姿を消しており、今ではその跡地に、穀物倉庫が建てられていました。でも、別荘のほんの一部、ほんの一部屋が残っており、石造りの納屋になっておりました。その地下には、ハイポコーストも存在していました。何とも不思議なことですわ」

「それも、推察にすぎぬぞ」と、大司教は批判した。

「いかにも、その通りでございます。実は、私は、この町へ参りましてから、何人かのこの地の人々と、接触いたしました。穀物倉庫の所有者は、彼の資産の地下を探索したいという私どもの求めに、何の懸念も見せませんでした。私どもがそこで発見した物にも、全く驚きを見せませんでした。このような場合、普通なら所有者は、その所有権か、少なくともかなりの代価を要求するでしょうに、このウルフレッドなる男は、〝鷲〟と一通の古文書と引き換えに執事殿が渡された数枚の銀貨で、すっかり満足しておりました。とても、典型的な商人がとる態度ではありませぬ」

「典型的な反応ではなかったとしても、それをもって悪事の証拠とはできぬぞ」と大司教は、彼女を窘《たしな》めた。

「その通りだと思います。でも、〝鷲〟の像と第二の古文書が隠されていた壁龕を見出しました時、私はひどく驚かされました。中がじっとりしていたのです。〝湿っぽい〟どころではありません。ほとんど、水が湛《たた》えられている状態でした。壁龕の中を探ろうとした私の手は、まるで水の底をまさぐっている状態でした」

「それが、何かを証《あか》している、と言うのかな？」

「あのような状態の中でも、金属なら、もっと長くでも残っているかもしれません。ひどく錆びついていることでしょうけど。でも、青銅は青銅。黄金ではありませんから、あの湿度では、劣化しておりましょうね。もう一つの隠匿物、ヴェラムの古文書のほうは、とても一世紀はもちません。何世紀もなど、到底無理です」フィデルマは、執事へ向きなおった。「あなたは、それほど賢くはなかったようですね、レピドゥス執事殿」

執事の自信も、ついに揺らいできた。

エイダルフ修道士が、にっこりと笑みを浮かべて、テオドーレ大司教に進言した。

「大司教猊下、この町には、腕のいい鍛冶師が何人もおります。もしレピドゥス執事殿がその大事な〝鷲〟の像を一時間お貸し下さるなら、そうした鍛冶師が、この青銅像が五百年前に鋳造された物か、それとも近年の鋳物《いもの》であるのかを、必ず見極めてくれましょう」

「良い思いつきじゃな」と大司教は、この提案に賛意を示した。

だがフィデルマは、静かに微笑みながら、意見をはさんだ。

「レピドゥス執事殿は、私どもをそのように騒がせたくはないと、お考えだと思いますわ。大変な時間の浪費であり、気の重い仕事ですもの。きっと、執事殿もそのことを配慮なさって、真実を認めるほうが良いと、考え直して下さるのではないでしょうか。執事殿がどのような真意を胸に秘めておいでなのかは、修道院の図書室で私に第一の古文書をお見せになったその時から、私にははっきりわかっておりました。これは捏造だという真相は、古文書を拝見した瞬間に、行間から跳び出してまいりました」

大司教は、目を見張った。エイダルフ修道士のほうは、明るい笑顔をフィデルマに向けた。

「つまり、ラテン語が現代のものだと看破なさった瞬間、それが五世紀も前の古文書ではないと、おわかりになったのですね？」

フィデルマは、首を横に振った。

「キンゲトリクスは、自分の住まいがどこであるかを記しております。その箇所を読んだ時に、これは偽物だと、確信いたしました。痛い親指が目立つように、真相が鮮やかに現れたのです」

テオドーレ大司教は、頭を振った。

「しかし、その方たちは、その記述通りの場所に建つローマ式建物の地下で、ハイポコーストを見つけたではないか。また、旧市街を防御する長壁沿いには、記述通りに、〝第八〟と番号のついた塔の廃墟もあったではないか？　ほかの塔にも、ローマ数字で番号がつけられていたのだったな？」

「それに、キリスト教徒たちが〝ゴールの聖マルティン〟に――私どもは、むしろ〝トゥールの聖マルティン〟とお呼びしております聖者ですが――彼らがこの聖者に奉献した教会も、ありました。キンゲトリクスの家の位置も記述通り、確かにこの教会の北東の角に面しておりました」と、フィデルマは認めた。

「それで？　そのどこが問題なのです？　このブリタニアには、第九ヒスパニア軍団が消え失せたとされる時点より百年も前から、キリスト教徒もキリスト教僧院も、存在していましたよ」と、エイグルフも、彼女を問い質《ただ》した。

「いかにも、その通りですわ。〝トゥールの聖マルティン〟は、ブリテン島だけでなく、私の母国の〈アイルランド五王国〉（アイルランド全土）においても、キリスト教界に多大な影響をお与えになった方です。でも、聖マルティンがお生まれになったのは、第九ヒスパニア軍団が消失したとキンゲトリクスが述べている時代から、さらに一世紀も経ってからです。レピドゥス執事殿は、ある程度は調査なさっておいででした。でも、十分ではなかったのです。執事殿が私をどこへ連れ出そうとしておいでなのかを見てみようと、私はずっとご一緒してみました。大司教猊下、私の母国語の諺《ことわざ》に、〝証人がいると、嘘はさらに真《まこと》らしくなる〟というのがございます。執事殿は、私をご自分の嘘、ご自分の捏造の証人にしようと目論《もくろ》まれたのです。でも、いかに怜悧な頭脳の持ち主でも、常に賢明であるとは、限らないようですね」

昏《くら》い月　昇る夜

Dark Moon Rising

「私は、消えてしまった商品の弁償を請求いたしますために、この法廷に出頭いたしした者であります」

ダール・イニシュ（〝オークの木茂る島〟）のブレホン〔古代アイルランドの法律家、裁判官〕による法廷の裁判官席に着座しているフィデルマの前に、満月のような顔をした男が立って、訴え始めた。彼のあまりにも深い悲嘆ぶりは、何やら滑稽《こっけい》でさえあった。その天使のような善良そうな容貌に、このような、苦悩の表情は何やら似つかわしくない。大きく見張った縋《すが》りつくような青い瞳は、どういうことになっているのやら訳がわからないといった不安に彩られていた。下唇をわずかに突き出しているところなど、大人からの助言を求めている子供を思わせる。

だが即座に、並んで立っているもう一人の男が、「アビーの訴えには、何ら根拠がありませんぞ」と、彼の発言をさえぎった。

修道女フィデルマが針金のように痩せているこの男から受けた第一印象は、決して感じよいものとは言えなかった。甲高い、軋《きし》るような声も耳障りだし、高価そうな衣服も、むしろ見せびらかすように華美だった。装飾品も、多すぎる。こうした豪華な装いは、その容姿に、およそ似合っていなかった。だが、この男の名前のほうは、この小狡《こずる》そうな表情に、よく似合っているようだ。フィデルマはこれに気づいて、思わず頰に笑みを浮かべてしまった。〝オルカーン〟という名は、ゲール語（古代アイルランド語）で〝狼〟を意味する単語なのである。彼の風貌は、まさに腐肉を漁《あさ》る掃除屋《スカヴエンジヤー》を思わせるではないか。

フィデルマは、今、大河アワン・ヴォールの流れに浮かぶ島、ダール・イニシュに建つ、モルナによって創設された修道院に滞在していた。アワン・ヴォール川の河口は、周囲をイチイの森で囲まれた小さな町になっていた。町の名は、ヨーハイル（〝イチイの森〟）。小さいながらも活気ある物資集散地であり、フィデルマも、これまでに幾度《いくたび》か通りかかったことのある町だ。モルナの修道院は、この河口の町からさして遠くない所に建っていた。実はフィデルマは、この修道院の院長でもあり、この地方のブレホンでもあるアコブラーンから、翌日に予定されている裁判において、自分に代わってブレホンとして審議し、裁判官として判決を下して欲しいとの依頼を受けて、昨日、この修道院に到着していたのだ。アコブラーン院長が急に高熱を出して臥《ふ》せってしまい、出廷できなくなったからである。フィデルマは、修道女であるばかりでなく、正規のドーリィー〔弁護士〕でもあるのだ。それも、場合によっては裁判官を務めることもできるという、アンルー〔上位弁護士〕でもあった。

　フィデルマは、損害の弁償を請求しようとする側と、それは認められないと主張している側の二人のヨーハイル商人を前にして、彼らに対する先入観をできるだけ抑えようと努めながら、裁判官席に着座していた。

「私の商品は、消失してしまったのであります。私は、この損害賠償を、オルカーンに要求いたします」と、アビーは頑なに繰り返しているのだった。

「私は、それを拒否しますぞ」とオルカーンは、激しくそれに応じた。

「あなたがたの訴えの趣旨は、すでに法廷書記官から報告を受けています」とフィデルマは、ぴしりと二人に告げた。「ですが、詳細までは、まだ把握しておりません。そこで、告訴人アビー、先ず、あなたから始めましょう。ヨーハイルの商人ですね？」

　丸顔の商人は、がくんと首を折るように頷《うなず》いて、肯定してみせた。

「その通りでございます、学識豊かなる法官様」阿《おもね》るような呼びかけであった。この男、はっきり事実を知っているのだろうに。だが彼女は、「私はドーリィーです。でも、あなたがたの事案を取り扱う資格は持っております」と、さらりと告げるに留めて、先を続けた。「詳細を聞かせてもらいましょう」

「学識この上もなく深くていらっしゃるドーリィー様、私奴《め》は、ブリトン人やサクソン人やフランク人たちの国々を訪《おとな》っては、商《あきな》いをしとります。そのための外海交易船を数隻《せき》、持っとりまして、主として皮革製品だの、鼬《いたち》や栗鼠《りす》の毛皮などを積んで出港し、代わりに小麦や葡萄《ぶどう》酒を積んでアイルランドに帰ってくるのです。私の大型交易船は、輸入した積み荷を、先ずこのモアン王国のヨーハイルの港まで運び、そこでオルカーン所有の河川用平底貨物船、つまり貨物用川船に積み替え、リス・ヴォール（現在のリスモア）の町まで、アワン・ヴォール川を遡《さかのぼ》って運んでもらっとりました」

「リス・ヴォールの町で、商品を売り捌《さば》いていたのですね？」

フィデルマは、カータックによって、三十年前に設立されたリス・ヴォールの修道院のことは、よく知っていた。この修道院は、アイルランド五王国（アイルランド全土）から聖職者たちが集まってくるようになっており、今やモアン王国のキリスト教信仰の重要な拠点の一つへと発展しているのだ。

「はあ、積み荷の一部は、修道院にお売りしとります」と、告訴人は頷いた。「でも、葡萄酒の大部分は、その辺りのご領主である〝オーガナハトのグレンダムナッハ〟様にも、お売りしとりました」

「わかりました。お続けなさい」

「ところが、博識なドーリィー様、このところ二回にもわたってオルカーンは、あんたの船荷は消失してしまったと告げてきたのです。しかも、私の損害を弁償しようとはせんのです。私は、二度にわたる積み荷、つまり川船二艘《そう》分の積み荷を失っても交易を続けてゆけるほど、裕福ではありません。積み荷は、オルカーンの川船で、つまり河川用の平底貨物船で運送されている間に、失われたのです。この男には、私に弁償する責任がございます」

フィデルマは、眉根を寄せながら、痩せて筋張ったオルカーンの顔へと、視線を向けた。

「どのような形で、積み荷は失せたのです？」と彼女は、彼に説明を求めた。だが男は、フィデルマの訊ねを振り払うかのように、手を打ち振った。

「私の川船は、二度とも、上流のリス・ヴォールへ向けて出港して、それっきり消えちまったんですわ」と、オルカーンは答えた。「船をまるまる無くしたんですから、私のほうが、アビーより遙かに甚大な損害を受けとるんですぞ」

フィデルマは驚いて、思わず彼の顔を見つめた。だが、オルカーンは、いたって真剣にそう言い張っているようだ。

「消えてしまった？」と彼女は、彼の言葉を繰り返した。「二艘の貨物運搬用の川船は、一体どのような状況の中で消えたのです？」

「私は、アビーの商品を、私の川船に——つまり、私は、この川沿いに荷物を運送するという商売をしとりまして、そのための平底貨物船を、何艘か持っとるんですが、これは、エフールと呼ばれるタイプの川船でして……」

「その種の船のことは、知っています」とフィデルマは、彼の言葉を苛立たしげにさえぎった。

「もちろん、ご存じでしょうとも」と、オルカーンは頷いた。「私は、そうした持ち船にアビーの荷を積み込ませました。そして、その夜、一艘の川船に三人、水夫を乗り込ませて、上流へと出航させたんでさ。ところが、リス・ヴォールに向かったはずの川船は、目的地に着かなかったのですわ。こんなことが、二度も起こりました。二度とも、私の川船が無くなっちまったんです。損害賠償を受ける人間がおるとしたら、それはこの私ですわ」

アビーが、ほとんど泣き声で、それに割り込んできた。

「それは、違います。グレンダムナッハのご領主様は、私が契約通りに品物を届けることができなかったことをお咎《とが》めになって、今後の私との商取引を打ち切ってしまわれました。私は、潤沢な資金を持った大商人じゃありません、学識深きドーリィー様。だのに、この数週間で、二度も船荷を失ったのです。これは、盗っ人たちの仕業に違いありませぬ。私は、商品の弁償を、川船の運送業者オルカーン相手に、申し立てます」

「アビーの商品を積んだまま消失してしまった川船の水夫たちは、どうしているのです？　彼らは、何と言っています？」

頰のこけた商人オルカーンは、肩をすくめてみせた。

「あの連中も、消えちまっとります」

さすがのフィデルマも、今度は驚きを隠しきれなかった。

「合計二艘の貨物船だけではなく、六人の水夫まで消えたのですか？　どうして、このことを、これまで申し立てなかったのです?」

フィデルマの厳《きび》しい口調の問いに、オルカーンは足をぎごちなく踏み替えた。

「私は今、アビーの訴訟に異議を申し立てて、自分の受けた河川用貨物船の消失という損害について、弁償を求めようとしとるとこです。ですから、その折に述べるつもりで……」

「その男たちは、死亡しているかもしれないのです」とフィデルマは、鋭くそれをさえぎった。「その六人の水夫の家族の面倒は、適切に見ているのでしょうね?」

オルカーンは、不満げに顔をしかめた。

「私は、ただの商人ですぜ。慈善家じゃ……」

「法律は、はっきりと明示しておりますよ」とフィデルマは、ぴしりと叱りつけた。「雇用者は、自分が雇用する者の生活を、とりわけ彼らの就業中の負傷や医療費等を、責任を持ってまかなわねばならぬと。この法令のことは、よく承知しておりましょうね。法典『アキルの書』[1]に明確に述べられている法律です。どうやら、あなたは、自分の水夫たちの行方より、自分の持ち船の消失のほうに関心があるようですが」

オルカーンは、フィデルマを、苦々しい顔で見つめた。

「運送用の川船を二艘も失って商売ができなくなった私に、どうやったら水夫らの家族にそんな支払いができるとおっしゃるんで?」

フィデルマは、ふたたびアビーに質問を向けた。「船荷が消失したのは、いつのことです?」

「最近の消失は、二週間前でした。その前の貨物船が消え失せたのは、それよりさらに四週間前のことでした」

「そのことを、どうして今まで届け出なかったのです?」

「届けましたとも。港の監督官に、報告したんです。すると、このダール・イニシュで開かれる次回の定期裁判でブレホン様に訴えるがよいと、言われましたんで」

フィデルマは、苛立ちを覚えた。

「ずいぶん、時間が経ってしまいましたね。港の監督官は、もっと早くに調査を行うべきでした。この件で、あなたに弁償が認められるべきか、反論を申し立てているオルカーンのほうに認められるべきかをこのように法廷で判定する前に、調査が行われているべきでした。ブレホンのイム・ガータ〔窃盗罪担当裁判官〕へ、私のほうから相談してみます。あなたがたは、詳細をこの法廷の書記官に申し述べておきなさい。やがて、私の判決を受けるようにとの召喚状が届きましょうから、その時、ふたたび出廷してもらうことになります」

アビーは頷くと、一刻も早く法廷から遠ざかりたいかのように、そそくさと出口に向かった。オルカーンのほうは、明らかに不満らしく、フィデルマを睨みつけた。しかし、一瞬躊躇《ためら》ったものの、結局もう一人の商人の後を追って、法廷から立ち去った。書記官も、フィデルマの身振りの指示を理解して、二人の商人に従《つ》いて法廷から退出した。

その日の午後、フィデルマはヨーハイルの埠頭を散策し、外海航路の大型交易船の群れが船荷を下ろしたり積み込んだりしている様を眺めつつ、河川用平底貨物船の消失という事件について、思いをめぐらせていた。

ふと気がつくと、行く手を塞ぐように、男が立っていた。見覚えのある男のようだが……。フィデルマは足を止め、目を凝らした。だが、その顔にすぐに楽しそうな微笑が浮かんだ。目の前に立っているのは、背が低く、ずんぐりとした体格をした初老の男であった。白くなりかけた灰色の髪は短く刈り込まれており、肌は日に焼け潮風に鞣《なめ》されて、まるで団栗《どんぐり》のような褐色に染め上げられている。どこから見ても、老練な船乗りそのものだ。

「ロス？　まあ、ロスなのね！」

フィデルマは、この男を、兄のコルグー王が治めるモアン王国の沿岸を航行する大型船の船長として、かなり前から知っていた。

「フィデルマ様」と初老の船乗りは、片手を額に当てる敬礼をしながら、にやりと笑いかけた。彼は、親しい仲ではあっても、フィデルマがモアン国王の妹御であることを決して忘れることなく、常に敬意を持って彼女に接していた。

「ここで、何をしておいでなの？」とフィデルマは船長に問いかけたものの、すぐにくすっと笑ってしまった。波止場で船乗りに出会って、何をしているのかという質問は愚問であろう。

彼女は、近くのブルーデン〔居酒屋兼旅籠〕を身振りで示しながら、「あそこで咽喉《のど》の渇きを癒しながら、思い出話でもしましょうか、ロス？　そうして……」と言いさして、ふと思いついた。「私が今抱えている問題に、また手を貸してもらえないかしら？」

「喜んで、フィデルマ様」と彼は、即座に承知した。「儂《わし》は、フィデルマ様が手助けを必要となさる時には、いつだろうとお役に立ちますぞ」

フィデルマは、居酒屋に入ってテーブルに着くと、甘い蜂蜜酒の水差し《ジャグ》を前にしながら、アビーとオルカーンという二人の商人を知っているかと、ロスに訊いてみた。

ロスは、オルカーンという名を耳にするや、即座に顔をしかめた。

「オルカーン？　強欲な野郎ですわ。儂は、奴の商品を積んで沿岸の港を航行してやったことがありますが、あいつ、料金の支払いとなるや、いつだってごまかそうとしよりました。だから、奴の荷物は、もう引き受けんことにしたんでさ。あの男、儂だけじゃなく、方々で信用を落として、最近じゃすっかり商売をしくじっとりますよ。数年前までは、外洋を航行する自分の大型交易船を二隻持っとったのですが、今じゃ、川を運航する小型の貨物船を数艘所有しとるだけですわ。あいつと、どんな関わりをお持ちなんで？」

フィデルマは、事情を説明した上で、「アビーについても、何か知っておいでかしら？」と、質問を続けた。

「アビーに関してなら、悪い評判は耳にしていませんな。三隻の大型交易船を所有しておって、主としてフランク王国の港に寄って、交易していた男でさあ。ところが、最近、不運に見舞われたようですわ。持ち船の一隻が嵐に遭遇して沈没したとか、聞きました。アビーは、皮革製品を積んでフランク王国に行き、代わりに葡萄酒などを仕入れてモアン王国に帰ってくる。そして、その商品を川船に積み替えて、川沿いの町で売り捌く、という商売をしとったんですよ。ところが今は、オルカーンの川船を雇って商品を積み込んだのに、その商品が消失したとして、船主のオルカーンに弁償を求める訴訟を起こしている、という訳ですな。だが、したたかなオルカーン相手じゃ、アビーのためにオルカーンに弁償金を払わせてやりなさるって仕事は、なかなか難しそうですな。儂なら、そんなことに指一本貸してやりませんわい。それよりか、盗っ人たちに金を払って、そいつらが盗んだ船荷をさっさと引き取っちまいまさあ。オルカーンにかかずらっとるより、そのほうがずっとましですぜ」

「私は、今は賠償問題より、行方知れずになっている水夫たちのことが、気になっているの」

ロスは頷きながら、溜め息をついた。

「オルカーンが自分の水夫たちに良い待遇を与えてなかったことは、知っとります。でも、今フィデルマ様が案じてなさるのは、待遇じゃなく、水夫らの安否そのものなのですな。そう言や、最近腕のいい水夫が何人か姿を消しとるって噂を、儂も耳にしとりました。もっとも、そいつらがオルカーンに雇われとった水夫なのかどうかは、知りませんが。思い返してみると、このところ、この川でオルカーンの川船をあまり見かけませんなあ」

フィデルマは、興味をそそられた。

「オルカーンの船を、ご存じなの？」

ロスは、にやりと頷いた。

「ちっぽけな川船にも、名前はありますし、船印《マーク》もつけられとりますよ、フィデルマ様。オルカーンの川船の舳先《へさき》には、どれにも、狼の頭の図案が焼き印で押されとります。こうしておけば、どの船が誰の船であるかが、一目でわかりますからな。その川船って、どこで消えちまったんです？」

フィデルマは、自分が知っている情報を、ロスに話して聞かせた。

「ヨーハイルの港とリス・ヴォールの町の間で、ですと？」とロスは、考えこんだ。「となると、三十キロ、いや、それ以上の距離の間で消えたってことですな。川沿いに調べるとなりゃ、かなり手間がかかりますな」

フィデルマは、考えこんだ。

「私、何かが頭に引っかかっているの。オルカーンが言ったことで、それを聞いた時、ふっと頭を過《よぎ》ったのに、すぐに消えてしまいました。今、それを思い出そうとしているのですけど、どうしても思い出せないのよ」と、彼女は白状した。だが、その直後、彼女は指をパチンと鳴らした。「ああ、思い出したわ。一艘の平底貨物船が消えたのは夜だったと、オルカーンが言っていたのです。彼らは、夜中に川旅をしていたのかしら？」

ロスは、笑いながら頭を横に振った。

「何も、おかしいことありませんよ。エフールと我々が呼んどる小型の川船にとっては、昼間より夜のほうがずっと安全で、より速く運航できますからな。このような川では、昼間だと、川旅に慣れていない乗客が乗ることもあって、そうした連中が船から落ちるという事故が、よく起こるんでさあ。だから、そんな事故で船足を落としたくなくて、夜間運航を好む船長も大勢おりますよ」

「わかりましたわ」フィデルマは、ちょっとがっかりしてしまった。

だが、ロスは、顎をこすっていた。今度は、ロスのほうが、何かに引っかかったらしい。彼は、フィデルマに問いかけた。

「最近の川船消失は二週間前。その前に起こった最初の消失事件は、さらに四週間前だった、とオルカーンは言っている……そうおっしゃいましたな？」

「ええ、そう言いましたわ。それが何か？」

ロスは、唇をきゅっとすぼめた。

「いや、大したことじゃないんで。偶然なんでしょうな。だが、両方とも新月の夜だったという点に、ちょっと引っかかりましてな」

「よくわからないわ。今、河川用貨物船の船長たちは夜間の就航を好む、と言っていたのではありませんか？」

「ただし、新月をはさんだ三日間は別ですわ。この時期は、つまり新月とその前後の三日間は、暗すぎるもんで、彼らは夜の就航を避けるのが普通なんでさ」

「まだ、私には、訳がわからないわ」

「いくら船乗りだろうと、月明かりは必要でしてな。船長たちは、夜の船旅を好みはするが、ごく月が暗いこの時期は、嫌がって避けるんでさ。この三日間を、儂ら船乗りは、〝昏《くら》い月夜〟と呼んどります。この三日間、月の光はごく弱くて、ほとんど明かりの役には立ってくれない。そのことを、頭においといて下され」

「ええ、わかりましたわ。月は、〝夜を支配する〟とか、〝昏い月の時期には、満月の夜には決して起こることのない事態が生じる〟とか、よく言われていますものね。秘められていたことが、〝昏い月の夜には顕《あらわ》れる〟とも」

ロスは、その通りと、頷《うなず》いた。

「月は、船乗りが信奉する〝力〟なんですわ。〝夜の女王〟なんでさ。しかも、厳しい支配者でもありましてな。だから、月は、我々の古くからの言葉で、いろんな名前で呼ばれとるんです。ずばり〝月〟という呼び方をする船乗りは、おりませんよ。船乗りは、恐れ憚《はばか》って〝夜の女王〟とか、〝輝かしいお方〟とか、持ってまわった言い方をするんですわ」

フィデルマは、ロスに視線を向けたまま、何か考えこんでいたが、ふっと彼の言葉をさえぎった。

「ロス、私をこの川の上流へと乗せていってくれそうな船乗りを知りません？　ここからリス・ヴォールまでの川筋を調べてみたいの」

ロスは、にやりとフィデルマに笑顔を見せた。

「もし、船で上流へ行ってみたいと考えてなさるんでしたら、儂にお任せあれ。儂は、この川沿いの土地で生まれたんでさ。それに、ここからほど近いとこには、自分の小舟も舫《もや》ってますんでな」

「でも、今日は、後数時間で日が暮れてしまいそうね。私が考えている川旅には、明るい昼間の光が必要なの。もし、明日の夜明けにも、まだ私に手を貸して下さるおつもりがおありだったら、そのお申し出、お受けしたいわ」

「明日の夜明け頃ですな、フィデルマ様」とロスは、よござんすとばかりに頷いてみせた。

「ダール・イニシュの船着き場に、儂の小舟で伺いますわい」

「ありがたいわ」と彼女はロスに答えて、立ち上がった。「今日は、いい機会ですから、行方不明になっている水夫の女房たちを何人か、これから訪ねてみます。オルカーンが残された家族たちをどのように放置しているのか、検分しておきたいの。法廷の書記官は、水夫たちの名前を記したリストを渡してくれました。それによると、水夫たちの家族のほとんどは、ヨーハイルの近辺に住んでいるようですから」

最初に行方不明になった三人の水夫は、アーク、ドンナカーン、ロークラー。二艘目の川船の水夫は、フィンカーン、ラドケン、ダールであった。だが、書記官が用意してくれた人名簿に載っているこの六人のうち、アークとドンナカーンの家族は、隣人たちの話によると、すでにヨーハイルの町から立ち去っているとのことであった。亭主たちの消息が不明だという知らせが届くや、女房たちは子供らを連れて、すぐにこの地を離れたらしい。おそらく、それぞれの縁者の許に身を寄せることにしたのだろう。

三人目の水夫ロークラーの女房は、まだヨーハイルで暮らしていた。みすぼらしい住まいの戸口に赤ん坊を抱いて現れたのは、顎の張った女だった。彼女は、猜疑《さいぎ》の目でフィデルマを睨みつけながらも、フィデルマの質問には答えてくれた。

「はあ、亭主はオルカーンの川船の舵取《かじと》りでしたけどね、六週間前に、船荷をリス・ヴォールまで運ぶって仕事を言いつかって出掛けていって、それっきり戻ってきていないんですよ」

フィデルマは、家の周りで数人の子供たちが遊んでいることに気づいた。

「大家族のようですね？」

水夫の女房は、頷いた。

「ご亭主がいなくなって、暮らしは大変でしょう？　オルカーンは、残された家族の生活を、少しは援助してくれているのかしら？」

水夫の女房は、不機嫌な笑みを顔に浮かべた。

「あの狼が？　あの守銭奴が？　あいつ、出さないで済むもんなら、鐚《びた》一文、出しゃしませんよ」

フィデルマは、溜め息をついた。雇用主は、自分が雇用している者が就業中に負傷した場合、その医療費や生活費を補償しなければならない。オルカーンには、当然、消息不明の水夫の家族たちに援助の手を差し伸べる義務があるのだ。この女房は、どうやら自分の権利を知らないらしい。

「子供たちを養っていくために、あなたの縁者がたが援助してくれているのかしら？」

女房は、ふたたび笑いだした。

「子供たちを養ってくれてるのは、アビーですよ、尼僧様。あのお人に、神のお恵みがありますように」

フィデルマは、つっと眉を上げた。

「アビーが？」厳密に言えば、確かに船荷はアビーの所有物である。しかし、運送中に傷害を受けた雇い人の家族を支援する法的義務を課せられるのは、直接の雇い主であるオルカーンなのだ。裁判官は、行方不明も、傷害の一種と認めているのだから。

「あのお人は、ほんとに心の広い方でねえ」と、女房は繰り返した。「亭主が運んどったのが自分の荷物だってんで、そうして下さるんですよ」

「アビーは、行方不明になったほかの水夫たちの家族にも、援助の手を差し伸べているのかしら？」

「そう、聞いとりますよ。とにかく、今は、あたしを助けてくれてますし、亭主が無事に戻ってくるまで援助を続けてくれるって、はっきり約束してくれてるんです」
「ご亭主とそのお仲間たちに何が起こったのか、何か思い当たることはありませんか？」
「てんで、思いつきませんねえ、尼僧様。じゃあ、これで。やんなきゃなんない仕事がありますんでね」水夫の女房は、さっさと家の中に引っ込んで、扉を閉めてしまった。

フィデルマは、考えこんだ。だが、ほかの家族も訪れてみなければ。書記官の資料によると、残り三人の水夫の内の一人は、つい最近結婚したばかりだったという。新婚の女房の名は、サルクだそうだ。彼女が今も住んでいるのは、船着き場近くの小さな家だった。先ほど訪れた水夫の家よりは、きちんと片付いている。ちょうどフィデルマが入り口扉の前に立った時、家の中から人声が聞こえてきた。男と女の話し声だ。何と言っているのかまでは聞き取れないが、諍《いさか》いが始まったところらしい。しかし、フィデルマが扉を強く叩くと、二人の声は、はたと途切れた。フィデルマは、もう一度扉を叩いた。囁《ささや》き声が、次いで裏口の扉がそっと開く音が聞こえた。フィデルマはふと思いついて、素早く建物の角に近寄り、建物側面沿いに延びている細い路地の奥を覗いてみた。半ば裸のまま、残りの衣服は鷲掴みにして、慌てて逃げてゆく男の姿が、フィデルマの視線の先をちらっと過って、消え失せた。

その時、フィデルマの背後で、扉が開く音がした。

振り返ってみると、彼女を睨みつけるようにして立っていたのは魅力的な、だが不機嫌な顔をした、若い女だった。大きな肩掛け《ケープ》で体を包《くる》んでいるが、どうやらその下には、何もまとってはいないようだ。髪は寝乱れており、唇を不愛想に尖らせている。一応、まともな暮らしをしているらしいが、彼女には性的に野放図な面があるのかもしれない。フィデルマを見つめている彼女の視線は、かなり刺々しかった。

「サルクですね？　あなたのご亭主は、数週間前に商人オルカーン所有の貨物用川船の水夫として雇われた。だが、そのまま消息不明になってしまった、と聞きましたが？」

「そんなこと、尼僧様には関係ないでしょ」と若い女は、不機嫌な顔のまま、フィデルマを咎めた。

「私は、ブレホン法廷のドーリィーです。私の質問は、公的なものです」

それを聞いても、サルクの無愛想な態度は、いっこう変わらなかった。

「もし、そういうお人なら、今の質問の答え、知ってなさるでしょうが？」

フィデルマは、苛立ちを抑えた。

「ご亭主が行方不明になってから今日まで、あなたの生活は、雇い主のオルカーンが見てくれているのでしょうね？」

若い女は、顎をつっと突き出した。

「生活費は心配しないでいいって請け合ってくれてるのは、アビーですよ」

「アビーが？　オルカーンではなく？」

「オルカーン？　あいつは、嫌らしい助平爺よ！」と彼女は一言の下に切り捨てた。「あいつ、暮らしの面倒見てやろうって言ったのよ、もしあたしが……」と言いさして、サルクはきゅっと口を閉ざした。

フィデルマは、別に驚きはしなかった。

「では、ご亭主の身に何が起こったのか、全く知らないのですね？」

「もちろん、知りゃしませんよ。どうして、あたしが知ってるってんです？」

「私は、あなたのご亭主や、やはり消息不明になっているお仲間の水夫たちの身に何が起こったのかを、調査しているのです」

「もし何かわかったら、教えてもらおうかな。あたしだって、興味あるから。ああ、寒くなっちゃった。こんなとこに、立ちん坊だもの。もう、これでいいでしょ？」

夫が仲間と共に消えてしまっても、サルクにとっては、もうどうでもいいことなのだろうか……現在も、また将来も、今の容姿を保っている限り。

書記官が用意してくれた名簿には後二人の名前が残っていたが、その内の一家族も、フィデルマがすでに確認した二人の水夫の家族同様に、ヨーハイルから姿を消していた。多分、縁者を頼って、この地から立ち去ったのであろう。残る一人の水夫の家族は、幅の広い大きな顔をした女房と数人の子供たちだった。女房は、フィデルマを前にして不安そうであった。でも、女房も子供たちも、貧困状態に置かれているようには見えない。フィデルマは、この一家の生活に援助の手を差し伸べていたのは、吝嗇《りんしょく》なオルカーンではなく、アビーであることを、この女房から確認することができた。しかし、ほかの女房たちの場合と同様、行方不明になっている水夫たちについても、彼らが最後にオルカーンに命じられた運送の旅についても、新しい情報は何一つ、得られなかった。

翌朝、夜の明け初める頃、フィデルマは、自分の小舟でやって来たロスと落ち合い、ヨーハイルの港から上流へと向かう探索の川旅に取り掛かった。〝アワン・ヴォール〟とは、ゲール語で、〝大きな川〟を意味する。この深く黒々とした流れに、まさにふさわしい命名である。河口水域を出ると、小舟は大河の本流に乗り入れることになる。この川の周辺は、古く異教信仰の時代から、〝聖なる木生《お》う地〟と呼ばれてきた地域で、川辺から斜面となって広がり、その頂《いただき》には、川を上下する船や小舟の運航を庇護するかのように、小さな砦が築かれていた。この辺りでも、まだ川幅はゆったりとしていた。むしろ、船の行き来は、これまでよりも賑やかであるようだ。川沿いのこんもりと茂った森は、一連の丘陵の裾野へまで広がっていた。フィデルマたちは、森に縁取られながら、ほとんど真っ直ぐに流れるアワン・ヴォール川を、遡り続けた。

ところどころで、小さな支流が流れ込んで、本流をさらに水流豊かな大河へと育《はぐく》んでいる。

しかし、フィデルマの疑惑をかき立てるような発見は、何一つなかった。

小さな農場が時折姿を現すが、ダール・イニシュを出てからここに至るまで、町と呼べるような集落は、一つも姿を見せない。

ロスは、櫂《かい》を漕ぐ手をしばし休めて、フィデルマに問いかけた。

「何か興味をそそられるような物、見つかりましたかな、フィデルマ様？」

彼女は、首を横に振った。

「万事異状なし、のようね」

「一体、何を見つけようとしておいでなんで？」

フィデルマは、肩をすくめた。

「私にも、わかっていないの。多分、〝変だな〟と思える何かなのでしょうけど」

ロスは、溜め息をもらした。

「そろそろ、一休みなさいませんかな？　お天道《てんと》様は、もう真上にさしかかっとりますぜ」

フィデルマは、いささか上の空といった様子で、ロスに頷いた。

「アワン・ヴォールは、長大な大河ですぞ、フィデルマ様」ロスは、ユーモアの感覚を持った男だった。「まさか、アワン・ヴォールの全流域を調べようっておつもりじゃないでしょうな？　アワン・ヴォールの水源は、ムスクレイガ・ルアクラ大族長国の高山の上のほうですぜ。

ここからじゃ、そりゃあ長い旅になりますわい」

「ご心配なく、ロス。私はオルカーンの川船に何かが起こったのであれば、それはリス・ヴォールの町より手前でだった、と考えていますから。夜明け前であったはずですもの。何者の手によって、あるいはいかなる次第で、水夫たちが行方不明になったのかを証《あか》す証拠は、今はありません。でも、大丈夫。明るい陽光の下で探索を続ければ、必ずや証拠は見つかりますわ」

「そういうことなら、次に注目すべき集落は、コッパック・クィン（〝コンの土地〟）でさ。川は、そこで突然四十五度曲がって、リス・ヴォールへと向かうんですわ。だが、消えた川船の水夫ら、夜明け前にその地点まで行くことは、できなかったんじゃないですかなぁ。あの連中に何か起こったとしたら、多分、川の曲がり角よりずっと手前だったと思いますぜ」

ロスのこうした知識は、フィデルマにとって、きわめて貴重な助言だった。

二人は小舟を川岸に着け、パンと山羊のチーズと携帯用の酒瓶に入れて持参してきた蜂蜜酒という昼食を摂った。暖かな、心地よい昼下がりだった。川堤に沿って聳《そび》えるばかりに高く茂っているオークの木立の木陰で、小鳥の囀《さえず》りに耳傾けながら安らいでいると、うとうとと微睡《まどろみ》に引き込まれそうだ。

「そろそろ、腰を上げましょうかな、フィデルマ様」と、ロスの声が聞こえた。

フィデルマは、はっと物思いから引き戻された。

「つい、考え事をしていたの」とフィデルマは、弁解した。だがすぐに、笑顔になった。「いいえ、私、居眠りしていたらしいわ。あなたの言う通りよ。私たち、怠けてはいられませんものね。川の曲がり角まで遡る手前に、オルカーンの川船が秘《ひそ》かに繋留された場所が、必ずあるはずよ」

ロスは、顎をこすりながら、考えてみた。

「儂が思いつく限り、そういう場所は一箇所しかありませんな。ブリード川が、このアワン・ヴォール川に注ぎ込む合流地点ですわ」

フィデルマは、一瞬、怪訝《けげん》そうに眉をひそめた。

「ブリード川？　ああ、もちろん、そうね。私、その川のことを、うっかり失念していました」

「その合流点は、ここから一キロ足らずですわ」

フィデルマは、興奮気味に身を乗り出した。

「私たち、ブリード川に乗り入れましょう。そこで、何かにぶつかるかもしれないわ」

ブリード川の川幅はアワン・ヴォール川ほど広くはないものの、かなり強い水流となって、本流に流れ込んでいた。ゆったりと海に向かって流れ下る大河アワン・ヴォールとの合流点で、ブリード川はいくつもの渦巻きや幾筋もの奔流となって荒々しく波立ち、ロスの小舟をあちらへこちらへと翻弄し続けた。だが、何とかそこを乗り切って、二人はブリード川の静かな本流に乗り入れることができた。小舟は、左右に広がる緑の野原の中を穏やかに進み始めた。両岸の緑地の彼方《かなた》には、小高い丘陵が連なっていた。ブリード川は、肥沃な谷間の中を流れているのだ。この辺りは、フィデルマがこれまで訪れたことがなかった土地だった。

「この辺りを、よくご存じなの、ロス?」

「ここいらは、フィール・マグ・フェイナーの領主カムスクラッド族長のご領地ですわ」

フィデルマの背に、さっと戦慄が走った。

「フィール・マグ・フェイナー族長国は、私どもオーガナハト王家に順《まつろ》おうとしない人々です。しかも、その領主カムスクラッドは、自分たちはモー・ルーの末裔だと主張しています。モー・ルーとは、イエスの十二使徒のお一人、[2]聖ペテロに刃向かった魔術師シモン・マグスの弟子なのですよ。あの禍々《まがまが》しい古代のドゥルイドであるモー・ルーを我が祖先と称している人物、そのような人間が、カムスクラッドという族長なのです」

ロスは、カムスクラッドに関するフィデルマの博識に真面目に耳を傾けてはいたが、それには、さして関心はなさそうであった。

「この件で、悪党を探し出そうとしておいでなら、わざわざカムスクラッドのとこまで出掛けていかれること、ありませんよ。ここには、カムスクラッドの名代《みようだい》として、この辺りを仕切っとる人間がおりますぜ。コンナという名の小族長ですわ」

「その名前、耳にしたことありませんわ」

「コンナは、この川辺を見下ろす岩山の上に、小さな砦を構えてますさあ。でも、そこまでは、ちょっと歩かにゃなりません。だから、次の大きな川港のほうへ、先に行っとくほうが良いんじゃないですかね」

「その川港って、ティーラッハ・アン・イアラン（〝鉄の丘〟）のことね？　その町なら、聞いたことありますわ。繁盛している町として、有名ですもの」

「はあ、その町ですわ、フィデルマ様。ティーラッハ・アン・イアランって町は、鉄鉱石から鉄を精錬し、それを商って繁栄しとる町でしてな。オルカーンも、この川港では、自分の川船に鉄を積み込んで、鉄の運送や売り買いをやっとりますよ」

「オルカーンは、今でもそういう仕事を続けているのかしら？」フィデルマはそう呟くと、しばし無言で考えこんだ。


　彼らの小舟が、うねうねと蛇行しながら流れるブリード川をさらに三キロほど遡ってきた時、川の南側に、町が見えてきた。ロスは小舟を操りながら、フィデルマに視線でもって、町へ近づいたことを伝えた。川岸沿いには、夥《おびただ》しい数の平底貨物船や小舟が繋留されていた。木造の桟橋も設けられている。ここが、この町の水上交易の中心であるらしい。

「私たち、この辺で岸に上がり、少し調査をしてみましょう」というフィデルマの指示を受けて、ロスは自分の小舟を舫う場所を見つけた。

　数時間も小舟に揺られていたフィデルマは、しっかりとした陸地に下りたっても、一、二分ほどは足許が覚束なくて、川岸にずらりと繋留されている大小の船を見渡していた。ティーラッハ・アン・イアランは、小さいながらも、確かに、活気に満ちた商業都市であった。町には、人間も溢れていた。服装から見ると、ほとんどは商人や船乗りであるようだ。桟橋付近には、鍛冶師の作業場も、軒を連ねんばかりに並んでいる。

「さてと、次は何です、フィデルマ様？」と、ロスが彼女の意向を訊ねた。「我々の聞き込み、どこから始めます？」

「先ず、船着き場の辺りを歩いてみましょうか」

フィデルマは、この小さな町の賑わいに、驚かされた。気がついてみると、町の背後の丘陵地でも、大勢の労働者たちが働いていた。鉄鉱石の採掘や選別の作業が行われているらしい。夥しい荷車がそれを積み込み、運び出している様子も、見て取れた。鍛冶師の作業場へ運ぶのだろう。鉱石は、そこで精錬された上で、さまざまな地方へと出荷されるに違いない。それを眺めながら、フィデルマは、はっと思い出した。そうだ、この町の後方に広がっている平野は、マグ・マイン（〝鉱石の野〟）と呼ばれていたのだった。

「フィデルマ様！」

ロスの緊張した囁き声に、フィデルマは振り向いた。二人は、鉄や鉄鉱石を積んだ貨物船がずらりと繋留されている川岸を散策していたのだが、その一番外れの船の前で、突然、ロスは足を止めたのだ。その船には、水夫の姿はなかった。ロスが立ちつくし、凝視しているのは、その船の舳先の前だった。

「どうかしました？」と、彼女は問いかけた。

「舳《みよし》を、ようく見て下され、フィデルマ様」

彼女は、言われた通りに、舳に目を向けた。

木造の平底貨物船の船体は、最近、タールを塗り直されたらしい。だが、ロスは、何を指摘しようとしているのだろう？　フィデルマは、咄嗟《とっさ》には気づかなかった。だがすぐに、舳の木材のかすかな凹凸《おうとつ》に目を留めた。さっと見ただけでは見逃してしまいそうなかすかなものだが、見る角度によって、日光の当たり方が変わり、凹凸の陰影が少し際立《きわだ》って見えたのだ。くぼんだ線が、何か、形を描いていた。

彼女は、興奮気味に、ロスへ向きなおった。

「これ、狼の頭ね！」

ロスは、厳《いか》めしい表情で、フィデルマに頷いてみせた。

「これは、オルカーンの平底貨物船の一つですわ。奴ら、船の特徴を懸命に消して、焼き印の跡もタールで塗り潰そうとした。だが、完全にとは、いかなかった……ということですな」

ちょうどその時、水夫が一人、通りかかった。

フィデルマは、その男に呼び掛けた。「ちょっと、お訊ねしたいのですけど」

水夫は足を止め、彼女の法衣に気づいた。

「なんか、儂にご用で、尼僧様？」

「あの貨物船の持ち主は誰か、ご存じだったら、教えていただけないでしょうか？」

「あれですかい？　あの一番端っこの船のことで？　ああ、知ってまさあ」

フィデルマはもどかしさを抑えて、水夫に微笑みかけた。

「それで、所有者は誰なのでしょう？」

「シェーガーンって名の商人でさ」

「シェーガーン、ですね？　で、どこへ行けば、その人に会えるかしら？」

「多分、向こうに見える居酒屋に居ますぜ。ちょうど、荷物を積み込んだとこだから、川下りを始める前に、あそこで〝出がけの一杯〟をやっとるはずでさ」

フィデルマは水夫に礼を言うと、ロスを従えて、教えられた居酒屋へ向かった。

居酒屋の中は、混み合っていた。ほとんどは、船乗りだった。彼女が入っていくと、何人かが振り向いたが、すぐに亭主らしい男が、彼女の所へやって来た。

「ようこそ、お越し下さいました、尼僧様。実を言うと、この酒場に、法衣をお召しの方がお見えになることなど、滅多にありませんでな。ここの客は、ほとんどは川船の水夫たちなんで。この先に、もう一軒、居酒屋があります。尼僧様には、そちらのほうがよろしいんではないかと……」

「この居酒屋に行けば、シェーガーンという商人に会えるだろうと聞いて、やって来たのです」

とフィデルマは、亭主の言葉をさえぎった。

亭主は、びっくりして目を瞬《また》きながら、隅のほうに坐っている、肥った男を指差した。男は、皿にまだ少し残っている料理からすると、羊の骨付き肉を食べていたらしい。大きな陶器の取っ手付きカップで酒も飲んでいたようだが、こちらのほうも、もうほとんど飲み干しているようだ。

フィデルマは、亭主に短く頷くと、彼に向かいあった空席に腰を下ろした。

「あなたが、シェーガーンですね？」

肉付きのいい顔をした男は、口へ運ぼうとしかけていたカップを途中で止めて、フィデルマをじっと見つめた。

「どうして尼僧様が儂の名をご存じなんで？」と彼は、彼女に問い返した。

「私は、ドーリィーです。今ここには、公的な任務で、来ております」

男は、手にしたままのカップをテーブルに叩きつけるように下ろしながら、目を閉じて、「わかっとった。わかっとりましたよ」と呻《うめ》いた。その肩が、震えていた。

フィデルマは、そうしたシェーガーンを、しばし考えこむような視線で見守っていたが、やや皮肉っぽい声で、質問に取り掛かった。

「では、あなたが知っていることを、私にも聞かせてもらえますね？」

「女房なんですな？　女房が、離婚したがっとるんでしょう？　それで、尼僧様は……」

フィデルマは、苛立たしげに手を振って、彼の言葉をさえぎった。

「あなたの女房殿のことでは、ありません。あなたの平底貨物船の件です」

男の顔を、さっと警戒の色がかすめた。

「あの船は、いつ入手しました？」

シェーガーンは、まだ警戒の色を留めて、眉をひそめたままだった。

「あれは、真《ま》っ当《とう》な形で買い取ったもんです。二週間ほど前のことでしたわ」

「誰からです？」

「どういうことですかね？　何を言おうとしてなさるんです？」

「誰からです？」とフィデルマは、質問を繰り返した。

「コンナ様の砦にいた船乗りからでさ」

「名前があるでしょう？」

「これはどういうことか聞かせてもらうまでは、もうこれ以上、質問には答えませんぜ」

二人の頑強な体格の水夫が立ち上がって、シェーガーンの席へ近寄ってきた。

「なんか、困ったことでも、旦那？」

「この二人に、何も問題ないと言っておあげなさい、シェーガーン。ただし、彼らも盗人の一味として告訴されるべき者たちであれば、話は別ですが」とフィデルマは、シェーガーンに視線を据えたまま、静かに彼に告げた。

肉付きのいい顔をした商人は、目を剝いた。

「盗人？」

「あなたの平底貨物船は、その積み荷と水夫ともども、二週間前に消息を絶っていた船です。その時には、オルカーンというヨーハイルの商人が、船主でした」

シェーガーンは、忙《せわ》しなく首を横に振りながら、身振りで二人の水夫に向こうへ行けと指示した。

「どうして、そういうことを知ってなさるんです？」

「船を購入した時、その船体に押されていた焼き印のマークを、しっかり調べましたか？」

シェーガーンは、首を横に振った。

「あの船が塗装され直してあったことは、知っとりますよ。新しくタールが塗られとりましたから。その焼き印って、どんなマークです？」

「狼の頭部のマークが、船板の舳の部分に押してありました。それは、ヨーハイルの商人オルカーンの船印です。さあ、伺いましょう。その船を、どこで手に入れたのです？」

「今言った通り、あの船は、正規の取り引きで購入したものですぜ。ある水夫から買い受けたんでさあ」

フィデルマは、眉をひそめた。

「何という名前の水夫です？」

「名前?」と彼は、首を傾げた。「このちょっと川上のコンナ様の砦に、何人か水夫が来とりまして、連中、自分たちの平底貨物船を売りたがっとったんでさ。それで、奴らに、悪くない金額を申し出たんですわ」

「名前も知らない船乗りから、平底貨物船を買い取ったというのですか?」

「私は、コンナ様を知っとりました」と、彼はフィデルマに答えた。「コンナ様は、連中を知ってなさった。私にとっちゃ、それで十分でしたわ」

フィデルマは、溜め息をついた。

「では、私ども、コンナ族長と話す必要がありそうね」とフィデルマはロスに告げておいて、ふたたび商人に厳しい態度で向きなおった。「この地から離れないようにと、忠告しておきます。あなたが自分の船だと主張しているあの貨物船は、盗品なのです。本当の所有者オルカーンは、盗まれた川船の返還を、あなたに請求することと思います」

商人は、蒼くなった。

「私は、真っ当な取り引きで、あの船を……」と、彼は抗議しかけた。

「あなたは、誰とも名前の知れない男から、その船を購入した」とフィデルマは、彼の抗弁を鋭くさえぎった。「したがって、あなたも、この悪だくみに共犯者として関わりあり、ということになります」

そう言いおいて、彼女は立ち上がり、ロスを連れて居酒屋を後にした。

「あの男には、監視をつけとくほうが良かありませんかね？」とロス船長は、フィデルマに言ってみた。

「彼が姿を晦《くら》ますことは、ありますまい。あの男は、本当のことを言っていると思いますわ。もっとも、〝真っ当な取り引き〟の過程で、真っ当でないことが絡んでいるのではと、気づいてはいただろうと、私も疑念を抱いてはいますけどね」


「今度は、どこです？」

「先ほど言っていましたように、コンナの砦です。ここから、どの位あるのかしら？」

「四キロか五キロ、といったとこですな」

コンナの砦は、ブリード川の上に突兀《とっこつ》と聳えるような姿を見せている岩山の上に構えられていた。砦の石垣の遙か下の川岸には、水夫たちが荷下ろし作業中の数艘の貨物船が繋留され、それぞれの船印がずらりと並んでいた。二人が岸に上がり、ロスが自分の小舟を舫おうとしていた時、彼らを目指してやって来ようとしている数人の武装した戦士たちの姿が急に現れた。およそ友好的とは見えない。フィデルマは彼らの顔を見て取るや、もっとも傲慢な態度をとろうと決めた。

「すぐに、コンナ殿の許へ、案内してもらいましょう」

戦士たちの隊長は足を止め、驚いて目を瞬《しばたた》いた。法衣をまとった人物から、このような態度で呼びかけられることには、全く慣れていなかったようだ。

フィデルマは、この優位な立場を、さらに進めることにした。

「何をぼんやりと立ちつくしているのです？　私は、フィデルマ。あなたがたの王コルグーの妹です。これは、コルグー王がお求めの調査です」

隊長は、不安そうに仲間をちらっと見やったものの、何も言わずに振り向いて、二人を先導し始めた。ロスは、フィデルマの一歩後ろに従いながら、自分の不安を懸命に押し隠そうとしていた。むろん、フィデルマ様は王家の身分をお持ちのお方だ。そうは言っても、とロスはやはり不安だったのだ。コンナは、モアン王国のオーガナハト朝諸王に代々敵意を持ち続けているマグ・フェイナーの大族長に臣従している男なのだから、ロスの不安ももっともであろう。

フィデルマたちの案内人は、戦士の一人を先行させて、コンナにフィデルマの来訪を先触れさせた。

族長コンナは、砦の大広間の扉の前で、二人を出迎えた。暗褐色に光る蛇のような目をした、ごく瘦身の男だった。まるで飢餓状態に近い人間のように瘦せこけ、手足は棒のように細長い。

「〝キャシェルのフィデルマ〟殿のご高名は、ご来駕遙か前から、当地にも知れ渡っておりますぞ」と、彼は歓迎の辞を述べた。軋るような耳障りな声だった。「どのように、お役に立てばよろしいのでしょうかな？」

どうも、好感を持つことができる男ではなかった。

「本当のことを聞かせて下さることこそ、一番私の役に立って下さることになります。すでに、証人シェーガーンからは、話を聞いております」

族長コンナの浅黒い顔を、今、不安の影がかすめはしなかったろうか？

「あなたは、盗品の平底貨物船を売ろうとしていた水夫に、シェーガーンを推薦しましたね？」

だが、コンナは、今や落ち着きを取り戻し、顔色を変えることなく、平然とそれに答えた。

「そのことについて、私は何も存じませんな」

「もしあなたが盗人に、盗品を売りつける相手として誰かを推薦したのでしたら、あなたも有罪とされます……族長であろうとなかろうと」

「その取り引きが行われた時、あの水夫は、たまたま当地で交易をしておったのです。私は、この水夫の人柄を保証したりした訳ではありませんぞ。ただ、シェーガーンに情報を与えてやっただけです。シェーガーンは、自分の貨物船を増やして、商売を拡張したがっておりましたのでな。だから私は、二人を引き合わせた。それだけですわ」

「その水夫のことを、聞かせて下さい」

「どういうことを、お話しすればよいのですかな？」

「その水夫の名前、どこから来た水夫だったのか、今彼はどこにいるのか、といったことを」

「名前はダール。川下の町からやって来とった水夫ですよ」

「それ以前には、彼のことは知らなかった、と言われるのですか？」

「正確にそう言ってはおりませんぞ。あの水夫がこの川沿いで商売をしていることは、知っとりました。それだけですわ」

「その水夫から、前にも、積み荷を買い取ったことがあったのでは？」

「ダールは、ただの雇われ水夫ですよ。積み荷は、運送を依頼した男の所有物です。ブリテン王国やフランク王国から商品を買い付けてアイルランドに輸入しとる交易商人ですよ」

「では、その水夫が積んできた商品を購入した際に、代金は誰に渡したのです？」

コンナは、口ごもった。だが、断固とした態度で調査に臨むフィデルマを前にしては、彼も、ごまかしきれなかった。

「私は、いつもその代理人の水夫に代金を払っとりました」と、コンナは認めた。「ダールが、自分たちが乗ってきた川船を売りたがっとったのも、船主に代わっての売買だとばかり思っとったものですから」

「ダールという名の水夫が、その後、どちらへ行ったのかは、ご存じですか？」

「多分、ヨーハイルに戻っていったのではありませんかな」

フィデルマは、溜め息をついた。

「水夫たちが、積み荷をあなたの所に持ち込み、さらには空になった川船までこの地で売り払ったのは、今回が初めてではなかった。違いますか？」

コンナの顔が、引きつった。フィデルマが抱いていた疑惑は、正しかったようだ。

「ダールが貨物船を売ったのは、二週間前だった。そうですね？」とフィデルマは、追及の手を緩めることなく、質問を続けた。「六週間前に彼らが貨物船を売り払った相手は、誰だったのです？」

「その時も、私が買い取ったのは、積み荷の商品だけですぞ。ヨーハイルの港からやって来たアークという水夫が売り手でしたわ。アークや、同じ船に乗り組んでいた仲間の二人の水夫たちは、空になった平底貨物船を、ここから少し上流に当たるフォード・オブ・カールンの町で、地元の商人に売り渡していたようですな。この前の時より、さらに四週間前のことでしたわ」

フィデルマの面《おもて》に、さっと微笑が広がった。彼女は、戸惑っているコンナに、笑顔を向けた。

「もう、これ以上、あなたを煩《わずら》わせる必要はありません。でも、ダール・イニシュで開かれる予定のブレホン法廷には、出廷していただくことになりましょう。近い内に通知が届くはずです。それまでは、これ以上あなたを騒がせることはないでしょう」

フィデルマは、さっと彼に背を向けて、小舟を舫ってある船着き場のほうへと、坂道を下り始めた。事態を十分には摑みきれないで戸惑った顔をしているロスも、彼女のすぐ後ろに従った。

「今度は、どうなさるんです、フィデルマ様」とロスは、彼女に遅れまいと急ぎながらも、そう問いかけずにはいられなかった。「少し先のフォード・オブ・カールンの町まで、遡ってみますかね？」

フィデルマは、満足そうな笑みを頰に浮かべたまま、頭を振って見せた。

「いいえ、ヨーハイルに戻りましょう。謎は解けたと思います」


その二日後、二人の商人、アビーとオルカーンは裁判官席のフィデルマの前に立っていた。

「さて、アビー、あなたは、オルカーンの河川用平底貨物船が盗まれ、そのまま消息不明になっていることによって生じた自分の船荷の損失について、損害賠償を求めているのでしたね。一カ月で二度も船荷が失せてしまった。一つは六週間前、もう一つは二週間前に消失した、ということでした。そうですね？」

「学識深くていらっしゃるドーリィー様、その通りでございます」とアビーは、おどおどしながら、フィデルマの言葉を確認した。

次いでフィデルマは、苦々しげな顔をしているオルカーンに向きなおった。

「そして、オルカーン。あなたのほうは、その訴えを否定し、弁償を拒否して、自分のほうこそ弁償を求める権利があると主張しているのですね」

「もちろん、そうですわ」とオルカーンは、ぴしりとフィデルマに答えた。「私は二艘の平底貨物船と、乗り込んどった六人の水夫たちを失ったんですぞ。それに、まだ受け取っていない船荷の運送料もありますわ。私は、これらの損失に、弁償を求めとるんです」

フィデルマは、彼に対して、ただ頷いてみせて、椅子の背に身を凭《もた》せるように深く坐り直し、それからオルカーンに向かって、おもむろに話しかけた。

「私は、この件について、いささか調査をしてみました。安心なさい、オルカーン。あなたの二艘の平底貨物船も、乗り組んでいた水夫たちも、消滅してはいませんでしたよ」

オルカーンは、驚いてフィデルマの目を見返した。

「一体、何を言っとられるんです?」

「平底貨物船は二艘とも、確かに盗難に遭《あ》っていましたし、船荷の商品もすでに売り払われていました。船荷の買い手は、〝マグ・フェイナーのコンナ〟という族長でした。空になった貨物船のほうは、コンナの領地で、水夫たちによって、地元の商人たちに売り払われていました――もちろん、ペンキを塗り直した上で」

それを聞いて、アビーは頭を振った。

「一体、誰が犯人なんです?」と彼は、すっかり困惑したようだ。「コンナという族長は、どう言っておられるんでしょうか?」

フィデルマの頰に、すっと笑みが広がった。

「二艘の貨物船の水夫たちは、自ら進んで正規の航路から逸れ、自分たちが乗り組んでいた船を、支流ブリード川へと乗り入れました。この川の上流に構えられているコンナの砦の麓《ふもと》へと、船首を向けたのです。こうして彼らは、コンナの船着き場で、彼に不法に積み荷を売り払い、空になった貨物船もその地の商人に売って、姿を晦ましてしまったのでした」

「では、水夫たちが盗人だったんでしょうか？」アビーは、愕然としたようだ。

「水夫たちは、ある人物の指示に従ったのです」と、フィデルマはアビーに答えた。「彼らは、その新しい秘かな雇い主の指図に従って、この行動に出たのでした」

アビーは、怒りに顔を朱に染めているオルカーンに、向きなおった。

「よくも、そんな酷《ひど》いことを……」とアビーは、相手を難詰し始めた。

だがフィデルマは、首を横に振って見せた。

「今、私が水夫たちの秘かな雇い主と言いましたのは、オルカーンのことではありません。彼らの秘かな雇い主とは、あなたでした。この悪だくみを仕組んだのは、あなたですね、アビー？」

肉付きのいい顔をした商人は、啞然とした様子で、フィデルマに食ってかかった。

「ドーリィー様は、私が自分で自分の商品を盗んだとおっしゃるんですか？」だが、その顔からは、血の気がすっかり引いていた。

「一回の船荷から二倍の料金を入手するとは、非常に巧妙な手立てでしたね。あなたは、嵐のために、自分の持ち船の中の一隻を失ってしまいました。その損失を埋め合わせるために、金が欲しかった。そこであなたは、リス・ヴォールの顧客と商品売却の契約を結び、次いで、オルカーンに、買い主にそれを届けてほしいと言って、先ずオルカーンの川船に自分の商品を積み込ませました。しかし、あなたは、その船荷をリス・ヴォールに届けるつもりはなかったのです。実際には、ティーラッハ・アン・イアランの町へ向かい、こっそりと族長コンナと取り引きをして、船荷を彼に売り渡そうと企《たくら》んでいました。コンナは、フィール・マグ・フェイナー大族長カムスクラッドの名代を務めている人物ですから、これは今後のことを考えると、悪い取り引きではありません。だが、この企みのためには、オルカーンの水夫たちを抱き込む必要があります。彼らに船荷をコンナに届けさせ、空になった川船と共に、姿を晦ませてもらわねばなりません。もちろん、報酬を餌にして。こうすれば、〝船荷や乗り込んでいた水夫たち諸共《もろとも》に消えてしまった川船〟が出来上がる訳です。その上で、あなたは、自分の船荷の消失による損害をオルカーンは弁償すべきだと主張して、法廷に訴え出ることができます。もし、この訴えがうまく認められると、たとえリス・ヴォールの顧客に対して契約違反の違約金を払うことになろうと、あなたはそれを上回《うわまわ》る金を手に入れることができましょう。実に手の込んだ、見事な筋書きでしたね、アビー」

「でも、それを証明なさることはできませんぞ」

「いいえ、できますとも。オルカーンの水夫たちが証言してくれますよ。彼らがあなたの餌に躊躇《ちゅうちょ》なく飛びついたのは、オルカーンが水夫たちに対して、決して寛容な雇い主ではなかったからです。オルカーンに不満を持っていた彼らは、法廷に呼び出されるとなると、このことを正直に証言するはずです。オルカーン、このことは、あなたにとっても、良い教訓でしょうね」

オルカーンは、怒りに顔を歪めたが、さすがに言い返すことはしなかった。フィデルマは、アビーに向かって、言葉を続けた。

「あなたは、乗り組んでいた水夫たちに、報酬の前金を払っていました。また、彼らに空になった川船を売却して、その代金は自分たちの間で分配したらいい、ということも、提案したのです。実は、この分配金こそ、あなたが彼らに約束した報酬だったのです。それにしても、水夫たちが行方不明になっただけでなく、残された家族の多くも、ほぼ同じ頃ヨーハイルから姿を消したという点に、私は不審を抱きました。そこで、調べてみますと、確かに、その通りでした。でも、まだ残っていた家族から、聞き取りをすることはできました。そして、家族を援助していたのは、アビー、あなただと、聞かされたのです。水夫の家族への援助は、あなたの義務ではありません。ましてや、あなたは経済的に苦境に陥っていました。そのような人物が、どうしてこのような慈善家となれるのでしょう。これが、私には理解できませんでした。実は、この援助は、水夫たちへの報酬の前金だったのですね、アビー。もう一つ、おかしなことがありました。残された女房の一人であるサルクを訪ねた時のことです。驚いたことに、そこで、行方不明となっているはずの彼女の夫ダールと思える男を見かけたのです。ダールは、あなたとほかの五人を含めた水夫仲間との連絡係であり、あなたとコンナの間を取り持つ仲介者でもあったのですね？」

アビーは、顔面蒼白となり、無言で立ちすくんだままだった。

オルカーンのほうは、まるで憤怒の化身といった形相で、アビーを睨みつけていた。フィデルマは、その彼に、向きなおった。

「オルカーン」と呼びかけた彼女の声は、厳しかった。「あなたに雇用されていた者たちが、どうして主人を裏切る計画に喜んで加担したのか、その動機をじっくり考えてみることです。〝固く握りしめた手は、固い拳《こぶし》を見舞われる〟という諺《ことわざ》がありますよ」

訳　註

化粧ポウチ

1　ブレホン＝古語でブレハヴ。古代アイルランドの〝法律家、裁判官〟で、〈ブレホン法典〉に従って裁きを行う。きわめて高度の専門学識を持ち、社会的に高く敬われていた。ブレホンの長《おさ》ともなると、大司教や小国の王と同等の地位にある者と見做された。

2　キルヴォラグ＝〔化粧ポウチ〕。語義は〝櫛《くし》入れ袋〟。

3　〈選択の年齢〉＝成人として認められ、自らの判断を許される年齢。男子は十七歳、女子は十四歳で、その資格を与えられた。

4　〝キャシェルのフィデルマ〟＝《修道女フィデルマ・シリーズ》の主人公フィデルマの正式な呼び名。フィデルマは、このシリーズの中で、七世紀アイルランド最大の王国モアンの王女であり、現王カハルの姪、数代前の王ファルバ・フランの娘、のちに王になるコルグーの妹と設定されている。したがって正式名称は、モアン王国の王家の居城のあるキャシェルを冠して、〝キャシェルのフィデルマ〟。しかし、五世紀に聖ブリジッドによってキルデアに建立された修道院に所属していた時期には、正式な呼称として〝キルデアのフィデルマ〟とも称されていた。修道院で学んだキリスト教文化の学識を持った尼僧であると共に、アイルランド古来の文化伝統の中で、恩師〝タラのモラン〟師の薫陶を受けた法律家でもある。この短編はフィデルマがキルデアの修道院に入る前の話である。

5　モアン＝現在のマンスター地方。モアン王国はアイルランド五王国中、最大の王国で、首都はキャシェル。町の後方に聳《そび》える巨大な岩山〈キャシェルの岩〉の頂上に建つキャシェル城は、モアン王の王城でもあり大司教の教会堂でもあって、古代からアイルランドの歴史と深く関わってきた。現在も、この巨大な廃墟は、町の上方に威容を見せている。フィデルマはこのキャシェル城で生まれ育った、と設定されている。

6　アナム・ハーラ＝〔魂の友《ソール・フレンド》〕。〝心の友〟と表現されるような友人関係の中でも、さらに深い友情、信頼、敬意で結ばれた、精神的支えともなる唯一の友人。《修道女フィデルマ・シリーズ》のほかの作品の中でも、よく言及される。

7　リアダーン＝フィデルマのアナム・ハーラ。短編集『修道女フィデルマの叡智《えいち》』収録の「ホロフェルネスの幕舎《ばくしゃ》」の登場人物。

8　ゴール＝古代ローマの属領。ガリア。フランス、ベルギー、オランダ南部等に広がる地域を指す古地名。

9　ドーリィー＝古代アイルランド社会では、女性も、多くの面でほぼ男性と同等の地位や権利を認められていた。女性であろうと、男性と共に最高学府で学ぶことができ、高位の公的地位に就くことさえできた。古代・中世のアイルランド文芸にも、このような、女性が高い地位に就いていることをうかがわせる描写が、よく出てくる。最高の教育を受け、ドーリィー〔法廷弁護士。時には、裁判官としても活躍することができた〕であるのみならず、アンルー〔上位弁護士・裁判官〕という、その中でもごく高い公的資格も持ち、国内外を舞台に縦横に活躍するこの《修道女フィデルマ・シリーズ》の主人公、尼僧フィデルマは、むろん作者が創造した女性ではあるが、決して空想的なスーパー・ウーマンといった荒唐無稽な存在ではなく、十分な根拠の上に描かれたヒロインなのである。

10　ダロウ＝アイルランド中央部の古い町。五五六年、聖コロムキルによって設立された修道院があることで有名。この修道院にあった装飾写本『ダロウの書』は、アイルランドの貴重な古文書で、現在はダブリンのトリニティ大学が所蔵。

11　ラズローン＝ダロウの修道院長。フィデルマ兄妹の遠縁に当たる、温厚明朗な、魅力的な人物として、しばしば《修道女フィデルマ・シリーズ》に登場する（短編集『修道女フィデルマの洞察』の中の「名馬の死」、短編集『修道女フィデルマの探求』の中の「ウルフスタンへの頌歌」等）。幼くしてモアン国王であった父ファルバ・フランを亡くしたフィデルマの後見人であり、彼女の人生の師、良き助言者として描かれている。

12　大王《ハイ・キング》＝アイルランド語で、アード・リー。〝全アイルランドの王〟、あるいは〝アイルランド五王国の王〟とも呼ばれる。紀元前からあった呼称であるが、強力な勢力を持つようになったのは、二世紀の〝百戦の王コン〟、その子である三世紀のアルト・マク・コン、アルトの子コーマク・マク・アルトの頃。実質的な大王の権力を把握したのは、十一世紀初めの英雄王ブライアン・ボルーとされる。大王は、ミースの大王都タラで、政治、軍事、法律等の会議や、文学、音楽、競技などの祭典でもあった国民集会フェシュ・タウラー（訳註15参照）を主催した。しかし、アイルランドのこの大王制度は、一一七五年、英王ヘンリー二世に屈したリアリィー・オコナーをもって、終焉《しゅうえん》を迎えた。

13　タラ＝現在のミース州にある古代アイルランドの政治・宗教の中心地。〝九人の人質取りしニアル〟により、大王《ハイ・キング》の王宮の地と定められたとされる。遺跡は、紀元前二〇〇〇年よりさらに古代に遡《さかのぼ》るといわれる。

14　オラヴ＝本来は、詩人の七段階の資格の中での最高の位であり、九年から十二年間の勉学と、二百五十篇の主要なる詩、百篇の第二種の詩を暗誦によって完全に習得した者に授けられた位。しかしフィデルマの時代には、各種の学術分野の最高学位を指すようになっていた。

15　民族の大祭典＝フェシュ・タウラー、フェシュ・タウラッハ〔タラの祭典、あるいはタラの大集会〕。三年に一度、秋に、タラの丘で開催される大集会で、アイルランド全土から、人々が集まり、一種の民族大祭典とも言うべき大集会が開かれ、さまざまな催し、市《いち》、宴《うたげ》などが繰り広げられ、人々は大いに楽しむのであるが、主な目的は、①全土に法律や布告を発布する、②さまざまな年代記や家系譜等を全国民の前で吟味し誤りがあればそれを正す、③国家的な大記録としてそれを収録する、という三つであった（ダグラス・ハイド等）ようだ。

16　アイルランド五王国＝エール五王国（原文では、ほとんど〝アイルランド五王国〟が使われているので、混乱を避けて、訳文は〝アイルランド五王国〟に統一）。エールは、アイルランドの古名の一つ。語源は、神話のデ・ダナーン神族の女神エリューー。七世紀のアイルランドは、五つの強大なる王国、すなわちモアン（現在のマンスター地方）、ラーハン（現在のレンスター地方）、ウラー（現在のアルスター地方）、コナハトの四王国と、アード・リー〔大王《ハイ・キング》〕が政《まつりごと》を行う都タラがある大王領ミー（現在のミース）の五王国に分かれていた。〝アイルランド五王国〟は、アイルランド全土を指すときによく使われる表現。またモアン、ラーハン、ウラー、コナハトの四王国は、大王を宗主にあおぎ、大王に従属するが、大王位に就くのも、主としてこの四王国の国王であった。

17 〈フェナハスの法〉＝一般には〈ブレホン法〉と呼ばれる。〈ブレホン法〉は、数世紀にわたる実践の中で洗練されながら口承で伝えられ、五世紀に成文化されたと考えられている。しかし固定したものではなく、三年に一度、大王の王都タラにおける祭典の中の大集会で検討され、必要があれば改正された。〈ブレホン法〉は、ヨーロッパの法律の中できわめて重要な文献とされ、十二世紀後半に始まった英国による統治下にあっても、十七世紀までは存続していた。しかし、十八世紀には、最終的に消滅した。現存文書には、刑法を扱う『シャンハス・モール』、民法を扱う『アキルの書』（「昏い月昇る夜」訳註1参照）があり、両者とも、『褐色牛の書』に収録されている。

18 オーガナハト王家＝〝キャシェルのオーガナハト〟は、アイルランド四王国の一つ、モアン王国の王家。フィデルマはその王女という設定になっている。

痣《あざ》

1 カマル＝古代アイルランドにおける〝富〟の単位。牧畜国のアイルランドでは、貨幣

（金、銀）ではなく、家畜や召使いを〝富〟を計る基準とし、シェードとカマルの二つの単位を用いていた。一シェードは乳牛一頭（若い牝牛二頭）の価値、一カマルは、女召使い一人、あるいは三シェード、すなわち乳牛三頭（若い牝牛六頭）の価値となる。また、土地の広さを測る単位としては、一カマルは一三・八五ヘクタールとなる。

2　リアリィー＝大王リアリィー、リアリィー・マク・ニールは、五世紀半ばの大王（四六三年没）。英雄的な王〝九人の人質取りしニアル〟の子。〈九人の賢者の会〉を招集し、主宰した。

3　聖パトリック＝三八五年頃～四五二年。アイルランドに初めてキリスト教を伝えた（異説あり）とされるアイルランドの守護聖人。ブリトン人で、少年時代に海賊に捕らえられて六年間アイルランドで奴隷となっていた。やがて脱出してブリテンへ帰り、自由を得た上で、四三五年頃にアイルランドに戻り、アード・マハを拠点としてキリスト教を伝え、多くのアイルランド人を入信させた。アード・マハは、現在のアーマー。アーマーは、聖パトリックがアイルランド最初の礼拝堂を建立して以来、この国のキリスト教信仰の中心であり、最高権威の座となってきた。『アード・マハの祝福されしパトリック』は、聖ムラクーによる彼の伝記の書名でもある。

4　クーフラン＝クーハラン、クフーリン等。アイルランド神話・英雄譚の中のもっとも名高い勇者。輝かしい神ルーと人間の娘デクティーラ（デクトーラ）の間に生まれた息子で、幼名はセイタンタ。少年時代に彼はクーランが番犬として飼っていた猛犬を殺してしまったため、その猛犬の仔が成長するまでは自分が番犬の役を務めようと申し出た。それ以来、〝クーランの番犬〟という意味のクーフランという名で呼ばれることになった。長編叙事詩『クーリィの家畜争奪譚』でも、アルスター王国のため孤軍奮闘。そのほか数々のロマンス、冒険、戦闘の物語で彩られている英雄。しかし死と破壊の女神モーリーグの愛を拒んだため、終生彼女につけ狙われ、ついにはその策におちいって悲劇的な死を迎える。

5 〝九人の人質取りしニアル〟＝ニアルは、コナハトの王子であったが、ブリテンやゴールにまで、しばしば侵攻しつつ勢力を広げていった。周辺の九王国は人質を出して、ニアルの傘下に入った。そのため〝九人の人質取りしニアル〟の名を得る。コナハトから、アイルランド中部にかけて勢力を伸ばし、オー・ニール（イー・ニアルともいう。〝ニアルより出でし人々〟の意）王家の遠祖となる。

死者の囁《ささや》き

1 〝多く与えらるる者は、多く求められん〟＝『新約聖書』の「ルカ伝」第十二章四十八節。

2　エイナック・リファー＝短編集『修道女フィデルマの洞察《どうさつ》』収録の「名馬の死」参照。

3　スクラパル＝貨幣単位の一つ。一スクラパルは、銀貨一枚、あるいは乳牛の二十四分の一頭分。つまり二十四スクラパルで、乳牛一頭、あるいは金貨一枚ということになる。

4　『ブレハ・クローリゲ』＝『被害者・弱者救済の定め』。ブレハは〝判決〟、クローリゲは〝暴力の被害者や病弱者〟の意。しかし、この法典は、裁判に関する様々な手順や定めについても、詳しく述べている。

5　ボー・アーラ＝領地は持っていないものの、牝牛をれっきとした財産と認められるだけの頭数所有している族長のことで、〝牝牛持ちの族長〟を意味する言葉である。この地位は、一種の地方代官で、小さな共同体は、大体において、こうしたボー・アーラが治めており、そのボー・アーラ自身は、通常、さらに強力な族長に臣従している。代官、地方行政官といった地位である。

バンシー

1　バンシー＝アイルランドやスコットランドの妖精。人間の死を予告する。ゲール語でバン（Bean）は〝女〟、シイ（Sidhe）は〝妖精〟を意味する。アイルランドでは、旧家の誰かが死ぬときに泣くと言われる。バンシーが幾人か一緒に泣くときは、偉い人の死を報せているとも言われる。長い髪をして、緑の服の上に灰色のマントを着ている。目は絶えず泣くので真っ赤である。スコットランド高地地方では、ベン・ニー（水辺の濯ぎ女の意）などと呼ばれ、瀕死の人の死衣を洗う。

2 〝彼方《かなた》なる国〟＝アイルランド古来の信仰では、人が死ぬと行く国。

3 クイーン＝英語では、キーン。アイルランドの古い葬送儀式に由来する哀悼歌。語源は、ゲール語の〝泣く〟を意味する単語。死者への賛辞と哀悼、残された者の悲しみ等を即興的に歌うもので、キリスト教が広まってからは、これは異教《ペイガン》時代の悪習である、死後の生こそ大事なのだから現世の死をあまりにも大仰に嘆くべきでない、などの理由で禁止された。ただし僻地では根深く存続し続け、十九世紀末までは、わずかに残っていたが、二十世紀初頭には、それも消滅した。アイルランドの劇作家シングの散文『アラン島』の中に、〝キーン〟について述べられた感銘深い一節がある（一八九八年の夏、アラン三島の一つ、イニシユマーンでのシングの体験）。

4 〈詩人の学問所〉＝七世紀のアイルランドでは、すでにキリスト教が広く信仰されており、修道院の付属学問所を中心として、新しい信仰と共に入ってきたキリスト教文化やラテン語による新しい学問も、しっかりと根付いていた。だが、古来の〈詩人の学問所〉のような教育制度が伝えたアイルランド独自の学問も、まだ明確に残っていた。

フィデルマも、キルデアの聖ブリジッドの修道院で新しい、つまりキリスト教文化の教育を受け、神学、ヘブライ語、ギリシャ語、ラテン語等の言語や文芸にも通暁しているが、その一方、アイルランド古来の文化伝統の中でも、恩師〝タラのモラン〟の薫陶を受けた〈ブレホン法〉の学者でもある。

消えた鷲

1　アウグスティヌス＝イタリア生まれの大司教。?～六〇四年頃。五九六年、教皇グレゴリウス一世の命で、三十人の布教団の長として、アングロ・サクソンの島に派遣される。彼はまずケントに上陸し、エセルバート王に厚遇され、カンタベリーでの布教を許された。彼はブリテンの司教たちの協力も得て、宣教に成功し、カンタベリーに聖堂を建立した。また、学院の設立、書籍の蒐集、エセルバート王のアングロ・サクソン法の明文化への助力など、文化面でも大きな功績を残した。

2　ジュート人＝アングロ・サクソン人の一派。ゲルマン民族の大移動の際には、もともと住んでいたユトランド半島からブリテン島へ移住した。

3 テオドーレ大司教＝テオドロス。六〇二？〜六九〇年。小アジアのタルソス生まれのギリシャ人。教皇の命で、六六九年にイギリスに渡り、カンタベリーの大司教となったため、〝カンタベリーのテオドーレ〟と呼ばれる。〈ウィトビア教会会議〉（『消えた修道士』第四章訳註4参照）で、サクソン諸王国は、ケルト（アイルランド）・カトリックではなく、ローマ・カトリック教会を信奉することになり、ローマ派のカンタベリー聖堂が、サクソンのキリスト教信仰の首位座となった。その初代の大司教。『サクソンの司教冠《ミトラ》』の中で、エイダルフは彼の秘書官に任じられたと設定されている。

4 エイダルフ修道士＝〝サックスムンド・ハムのエイダルフ〟。《修道女フィデルマ・シリーズ》の長編のほとんどに登場する若いサクソン人。アイルランド（ケルト）教会派のフィデルマとは違って、ローマ教会派に属する修道士であるが、常にフィデルマのよき助手、優れた協力者として行動し、彼女とともに謎を解明してゆく、シリーズ中のワトソン役。

5 尊者《ヴエネラブル》＝教皇庁が公認する尊称。福者《ブレッシド》に列せられる前段階になる。

6 ゲラシウス司教＝『サクソンの司教冠』に登場する司教。教皇の伝奏官《ノメンクラートル》をつとめていた。

7　ラテラーノ宮殿＝ローマ貴族プラティウス・ラテラーヌスの宮殿の跡に建てられた建物で、サン・ジョヴァンニ（聖ヨハネ）大聖堂に隣接し、十四世紀までの教皇の宮殿であった。

8　サックスムンド・ハム＝エイダルフの故郷。東アングリアのアルドウルフの王国の領地。エイダルフはこの地のゲレファ（サクソンの法を執行する行政官。代官）の息子であるために〝サックスムンド・ハムのエイダルフ〟と呼ばれる。

9　ボウディッカ＝ブーディカ、ボアディケア。現在のノーフォーク地方のイケニ族の族長であった夫の死後、領地に侵攻してきたローマ軍に対して大規模な反乱を起こした。

10　タキトゥス＝プーブリウス・コルネーリウス・タキトゥス。五五年頃～一二〇年頃。ローマの歴史家。主な著作に『ゲルマーニア』『年代記』『アグリコラ』などがある。

11　スウェトニウス＝ガイウス・スウェトニウス・トランクィッルス。七〇年頃～一四〇年頃。ローマの歴史家。主な著書に『ローマ皇帝伝』がある。

12　パルティア王国＝紀元前三世紀半ば頃に、現在のイラン東北部に興った王国。その後たびたびローマとも衝突を繰り返すが、三世紀前半に滅亡した。

13　カレドニア＝スコットランド。ローマの属州であった時代に、ローマ人が用いていた呼称。

14　〝ゴールの聖マルティン〟＝〝トゥールの聖マルティン〟。三一六年頃〜三九七年頃。ローマ帝国領パンノニア出身。トゥールの司祭となった。没後は聖人に列せられ、聖マルティンはフランスやドイツでは今でも人気のある聖人である。

15　異端者ペラギウス＝三六五？〜四一八年。四〜五世紀頃、修道士として、ローマで修道院生活の指導や著述にあたっていた神学者。イギリス人とも、アイルランド人とも言われている。〈原罪〉や〈幼児洗礼〉を否定し、〈自由意志〉を強調して、人は自分の力で救われるのであって、神の恩寵によって救われるのではないと説く。彼の主張する神学は、アウグスティヌスやヒエロニムスに〈異端〉として激しく攻撃され、四一八年のカルタゴ宗教会議で破門された。

16　〝ヒッポのアウグスティヌス〟＝三五四年〜四三〇年。北アフリカ生まれの聖人。ヒッポの司教。キリスト教の思想と信仰の集大成者。カルタゴで放縦な青年期を過ごすが、三八七（三八六？）年にキリスト教に入信。著書『告白』には、若いアウグスティヌスがいかにキリストの教えに目覚めたかが、感動的に述べられている。人間性の堕落、恩寵の優位、神の摂理の絶対性等を強調して、ペラギウスと真っ向から対立し、ついに彼をキリスト教会から排斥した。

17　オガム＝石や木に刻まれた古代アイルランドの文字。三～四世紀に発達したものと考えられている。オガムという名称は、アイルランド神話の中の雄弁と文芸の神オグマに由来するとされている。
　一本の長い縦線の左側や右側に、あるいは横線の上部や下部に、直角に短い線が一～五本刻まれる。あるいは、長い線をまたぐ形で、短い直角の線（あるいは、点）や斜線が、それぞれ一～五本刻まれる。この四種類の五本の線や点、計二十の形象が、オガム文字の基本形となる。この文字でもって王や英雄の名などを刻んだ石柱・石碑は、今日も各地に残っている。石柱、石碑の場合は、石材の角が基線として利用されている。

　古文書には、かなり長い詩や物語もオガム文字で記されていた、との言及があるという。しかし、キリスト教とともにラテン文化が伝わり、ラテン語アルファベットが導入されると、オガム文字はそれにとって代わられた。

昏《くら》い月　昇る夜

1　『アキルの書』＝『シャンハス・モール』と共に、アイルランドの古代法の重要な法典。『シャンハス・モール』は刑法、『アキルの書』は民法の文献のようであるが、前者を民法、後者を刑法の文献と述べる学者もあるようだ。この二大法典は、異なる時代に、異なる人々によって、集大成されたので、何《いず》れにも民事に関する言及も刑事犯罪に関するものも収録されているのであろう。どちらかが刑法、どちらかが民法と、こだわる必要はないのかもしれない。

『アキルの書』は、三世紀の大王コーマク・マク・アルトの意図の下に編纂《へんさん》されたとも、また七世紀の詩人ケンファエラがそれに筆を加えたとも、伝えられている。コーマクは戦傷によって片目を失って大王位を息子の〝リフィーのカブリー〟に譲った。太古のアイルランドの掟には、王や首領は五体満足なる者であるべしとの定めがあったためである。だが、若い王は難問にぶつかると、しばしば父コーマクに教えを乞うた。それに対して、コーマクが「我が息子よ、このことを心得ておくがよい……」という形式で、息子に助言を与えた。その教えが、この『アキルの書』である、とも伝えられている。

アキルは、大王都タラの近くの地名。

2　ドゥルイド＝古代ケルト社会における、一種の〈智者〉。語源は、〝全き智〟を意味する語であったといわれる。きわめて高度の知識を持ち、超自然の神秘にも通じている人とされた。アイルランドにおけるドゥルイドは、預言者、占星術師、詩人、学者、医師、王の顧問官、政の助言者、裁判官、外交官、教育者などとして活躍し、人々に篤く崇敬されていた。

しかし、キリスト教が入ってきてからは、異教、邪教のレッテルを貼られ、民話や伝説の中では〝邪悪なる妖術師〟的イメージで扱われがちであるが、本来は〈叡智の人〉

である。宗教的儀式を執り行うことはあっても、必ずしも宗教や聖職者ではないので、ドゥルイド教、ドゥルイド僧、ドゥルイド神官という表現は、偏ったイメージを印象づけてしまおう。

解説

大矢博子

　これまで《修道女フィデルマ・シリーズ》を知らなかったが、たまたまこのページを見ているあなた。もしくは、知ってはいたけど長編はどうもハードルが高くて手が出しにくいな、と感じていたあなた。

　そんなあなたがたにとって、本書を手にとられたのは大正解だ。本短編集はシリーズへの格好の入門編である。と同時に、これまでのシリーズをすべて読破したフィデルマファンにとっても、本書はスペシャルな一冊となるだろう。

　その理由は後述するとして、まずはシリーズの概略から。

　ピーター・トレメインによる人気シリーズ《修道女フィデルマ》はこれまでに長編七作、日本独自に編まれた短編集が三冊翻訳刊行されており、本書はそれに続く第四短編集となる。

　シリーズの舞台は七世紀半ばの古代アイルランド。当時のアイルランドは五つの王国に分かれていた。主人公のフィデルマはアイルランド南西部にあるモアン王国で国王の末子として六三六年に誕生した、という設定だ。

ところが生後一年で父王が他界したため、フィデルマは遠縁であるラズローン修道院長の後見の下で育てられる。この当時、男性は十七歳・女性は十四歳で〈選択の年齢〉となり、いわゆる成人として認められたが、その後も学問所で勉学に励む娘が多くいた。フィデルマもラズローンの勧めで、高名なブレホン〔法律家、裁判官〕であるモラン師の学問所で学び、ドーリイーと呼ばれる弁護士の資格と、アンルーと呼ばれる学術分野での最高位に次ぐ位を取得。その後、当時の専門職の慣例にならい、修道院に入ることになる。

——古代アイルランド？　モアン王国？　〈選択の年齢〉？　ブレホン？　ドーリィー？

うん、戸惑うよね。七世紀の古代アイルランドなんて言われても、イメージできる人は多くないだろう。日本のことだって七世紀ともなれば、歴史好きでもない限り大化の改新や壬申の乱といった言葉を思い浮かべるのがせいぜいだというのに、アイルランドって！

でも大丈夫。こと短編集については、細かな歴史的背景にはさほどこだわらなくていい。極論なのは承知でものすごくざっくり言うと、

昔々、アイルランドが幾つかの国に分かれていた頃、フィデルマというめちゃめちゃハイスペックな若き女性弁護士がおりました。彼女は修道女で、しかも王女様だったのです。

ということだけ踏まえていれば充分だ。それでもとっつきにくいという人は、衣装簞笥《だんす》の扉

を開けてナルニア国へ行くような、キングス・クロス駅の9と4分の3番線ホームからホグワーツへ行くような、そんな気分でページをめくっていただければいい。一編、二編と読むうちに、古代アイルランドの社会や風習がリアルで魅力的な歴史の断片として頭に染み込んでくるはずだ。そしてそれこそが、著者のトレメインが本シリーズで目指したことなのである。

トレメインは、当時のアイルランドがいかに文化的で先進的な法治国家であったかを本シリーズで縷々《るる》綴《つづ》っている。その魅力をミステリというエンターテインメントの中で伝えるために創造されたのが、ヒロインのフィデルマなのだ。この女性がとにかくすごい。

王女にして修道女、権威ある法学者であり弁護士であり裁判官。しかもうら若き美女。護身術にも長け、事件にあたっては小さな手がかりも見逃さず論理的に真相に到達する名探偵。弁も立つ、というか立ちまくる。常に冷静沈着、正義感と勇気もある。才色兼備・文武両道。

欠点？　恋にはちょっと奥手かも。それと、王女様だけあって田舎者や無礼な人をナチュラルに見下す部分がなきにしもあらずだが、意外と可愛いところもあって……って、なんだかラノベのヒロインみたいだが、〈完璧なのに、どこか可愛い〉という最強の女性なのである。

何より、指紋や血液の鑑定など科学捜査のない時代、論理の積み重ねで事件を解決するフィデルマはきっとミステリ好きのお気に召すはずだ。

さて、では本書がなぜビギナーにとっては格好の入門編であり、ファンにとってはスペシャルな一冊なのかと言うと――これまで翻訳された長編及び短編集ではフィデルマは二十代半ば、すでにドーリィーとアンルーの資格を持った〈完成された名探偵〉として描かれてきた。ところが本書にはまだ修道女になる前、十六歳と二十歳のフィデルマのエピソードが入っているのだ。

プロの法律家にして修道女というスタンスを確立する前なので、フィデルマ持ち前の個性がよりストレートに味わえる。その二編を踏まえて三話目以降を読んでいけば、この一冊でフィデルマの成長を味わえるようにもなっている次第。

では、一編ずつ見ていこう。

「化粧ポウチ」

Ellery Queen's Mystery Magazine 二〇一三年七月号に掲載。

モラン師の学問所に入学したばかりの、十六歳のフィデルマが登場する特別編。ティーンエイジャーのフィデルマが学生寮の四人部屋に入る、という設定だけでワクワクしてしまう。意地悪な上級生や、その上級生の顔色を見ながらもフィデルマに親切にしてくれる同室者たちなど、これぞまさに女子寮もの。

初日から上級生と衝突したフィデルマだったが（ああ、フィデルマらしい！）、翌日、自分の化粧ポウチがなくなっていることに気づく。盗んだのは同室の誰か……？　意外な真相はもちろんのこと、意地悪な上級生にフィデルマがどう対応するかや、法とは何かについて十代のフィデルマがモラン師と議論する場面も読みどころ。

「痣《あざ》」

The Brehon: Journal of the International Sister Fidelma Society 二〇〇二年九月号に掲載。モラン師の学問所で四年を過ごし、卒業のための口頭試問に挑むフィデルマ。実際に起きたという事件の話を聞き、その判決が正しかったのか否かを判断せよというものなのだが……。二十歳の学生フィデルマである。話を聞いて事件を解くわけだから、一種の安楽椅子探偵と言っていいだろう。結末は実に鮮やかにして爽快。

普通、安楽椅子探偵と言えば「たったこれだけの情報からそんな推理を?」と驚くような真相を導き出すものだが、本編では情報が足りないとばかりにぐいぐい攻めるフィデルマがいい。だがそれは、法に携わる者の矜持でもあるのだ。また、キリスト教を〈新しい信仰〉として否定的な態度をとるブレホンに対し、のちに修道女になるフィデルマが反駁する場面も印象的。

「死者の囁き」

アンソロジー *Murder Most Catholic*（二〇〇二年）のための書き下ろし。のちにこの作品を表題作とする《フィデルマ・シリーズ》第二短編集が本国で上梓された。本書の収録作は

「化粧ポウチ」以外、すべてその第二短編集に収録されているものである。

どこの誰だかわからない若い女性の死体が発見され、身元も死因も不明で、手がかりになるようなものも残されていない。だがフィデルマは、もの言わぬ死体から多くの情報をすくい上げ、女性の身分と、彼女が何者かに殺害されたことを看破する……。ここからはいつも通りの修道女フィデルマだ。関係者のもとを訪れて幾つか質問をし、戻ってきたときには真相は手の中にある、というフィデルマ短編の基本形。また、当時の男女同権の考え方を知ることもできる。

本作にはフィデルマの後見を務めてきたラズローン修道院長が登場。これまで短編「名馬の死」(『フィデルマの洞察』所収)や「ウルフスタンへの頌歌《カンティクル》」(『フィデルマの探求』所収)にも登場した、競馬好きで愛嬌たっぷりの修道院長である。フィデルマの聞き込みに同行しては「わかった!」と見当違いの推理を披露したりという和み系キャラだ。フィデルマが「しょうがないなあ」と苦笑している様子が目に浮かぶ。

「バンシー」

Ellery Queen's Mystery Magazine 二〇〇四年二月号に掲載。

バンシーとは、真夜中に死期の近い者の戸口にやってきて嘆き悲しむという妖精のこと。喉を切り裂かれて殺された男の周囲で、三日前からバンシーの声が聞かれていたと言う。はたして妖精は本当に彼の死を予告したのか？

この話で注目すべきは、伝承というものについての考え方だ。妖精などいないことを前提にフィデルマが調査しているのは、現代の読者から見れば何の不思議もないだろう。だがこれが七世紀であることを思い出されたい。日本では中世になっても病気や災害を怨霊のせいにしていたではないか。本編でも、司祭という位にある人物がバンシーの存在を信じている。

そんな時代に、あくまで現実的に真相を探るフィデルマ。この時代、確かに現代のような科学捜査は存在しない。だが科学的思考は存在し、それが論理的な推理への第一歩なのだということが本編では描かれているのである。


「消えた鷲」

アンソロジー *The Mammoth Book of Roman Whodunnits*（二〇〇三年）のための書き下ろし。

ブリテン島のカンタベリーを訪れたフィデルマは、五百年以上前に消え失せたという鷲の像のありかを古文書から推理して欲しいと頼まれたが……。他の作品にも言えることだが、短い物語の中にどんでん返しを仕込む手腕は見事だ。また、作中に「かつて経験した地下墓地《セメトリー》を思い出させた」とあるのは『サクソンの司教冠《ミトラ》』参照のこと。

本編には日本版短編集で初めてエイダルフ修道士が登場した。ただし大司教のそばに控えているだけなので、初めて読んだ方には彼が何者なのかは伝わらないだろう。実はエイダルフ修道士は長編第一作『死をもちて赦《ゆる》されん』でフィデルマと出会って以来、彼女のよきパートナーなのである。ふたりの関係はぜひ長編でお読みいただきたい。

なお、エイダルフとフィデルマの初めての出会いは「廊下の角でぶつかった」というもの。「少女漫画か！」とつっこんだものだが、本書には「化粧ポウチ」「痣」の二作で、走っていたら廊下の角でぶつかる、という場面がある。もしかしたらトレメインのお好みのシチュエーションなのでは。次回はぜひパンをくわえさせてほしい。

「昏《くら》い夜　昇る月」

The Brehon: Journal of the International Sister Fidelma Society 二〇〇三年九月号に掲載。

荷を積んだまま忽然と消え失せた二艘の川船。荷主は船の持ち主に弁償を迫り、船主は自分こそ被害者だと訴える。フィデルマの判決は……。法廷を舞台にした裁判官フィデルマを堪能できる一編であるとともに、当時の商業、運輸、弱者救済のための法律までがわかる構成になっている。あくまでもエンタメの枠をはずれず、その中に当時の文化を織り込むのに長けたトレメインの真骨頂と言っていい。

本編でフィデルマをサポートする船長のロスは『幼き子らよ、我がもとへ』『蛇、もっとも禍《まが》し』に登場している。

十代のフィデルマ、学生のフィデルマ、そして修道女になってからの地元での事件、アイルランドを離れた旅先での事件、そして法廷でのフィデルマと、この一冊にはフィデルマのバラエティに富んだ魅力が詰まっている。本書が格好の入門編でありスペシャルな一冊だと申し上げた理由がおわかりいただけたことだろう。さらに本書では、男女平等で能力主義の社会制度、法律、歴史、宗教観、伝承、酪農の様子、薬学などなど、古代アイルランド文化のあれこれに触れることもできる。

初めての方には、どうか本書をきっかけにこの素晴らしきヒロインが活躍する素晴らしき古代アイルランド探偵譚の扉を開いていただきたい。フィデルマファンの方には、本書の若きフィデルマの中に見える名弁護士の萌芽をじっくり味わっていただきたい。

長編には付き物のトレメインによる「歴史的背景」が短編集にはないので、ここで彼の決まり文句を拝借して、解説を終わろう。

いざ、《フィデルマ・ワールド》へ！

検印
廃止

訳者紹介　早稲田大学大学院博士課程修了。英米演劇、アイルランド文学専攻。翻訳家。主な訳書に、C・パリサー『五輪の薔薇』、P・トレメイン『蜘蛛の巣』『消えた修道士』『修道女フィデルマの探求』『アイルランド幻想』など。

修道女フィデルマの挑戦
──修道女フィデルマ短編集──

2017年12月22日　初版
2018年6月8日　再版

著　者　ピーター・トレメイン

訳　者　甲《か》　斐《い》　萬《ま》　里《り》　江《え》

発行所　(株)　東京創元社
代表者　長谷川晋一

162-0814/東京都新宿区新小川町1-5
電　話　03・3268・8231-営業部
03・3268・8204-編集部
URL　http://www.tsogen.co.jp
工友会印刷・本間製本

乱丁・落丁本は、ご面倒ですが小社までご送付ください。送料小社負担にてお取替えいたします。

ISBN978-4-488-21822-5　C0197